R&B

Douglas Adams
Mark Carwardine

DIE LETZTEN IHRER ART

Eine Reise zu den aussterbenden Tieren unserer Erde

Aus dem Englischen
von Sven Böttcher

Rogner & Bernhard
bei Zweitausendeins

Überarbeitete Ausgabe mit erweitertem Bildteil.

1. Auflage, Mai 1992.
2. Auflage, Oktober 1992.
3. Auflage, Februar 1993.
4. Auflage, September 1993.
5. Auflage, April 1994.

Titel der Originalausgabe: »LAST CHANCE TO SEE…«

Die Originalausgabe erschien 1990 bei William Heinemann Ltd., London.
Die deutsche Erstausgabe erschien 1991 bei Hoffmann und Campe, Hamburg.

ISBN 3-8077-0256-3

Umschlaggestaltung Angelo Marabese,
unter Verwendung eines Fotos von José Azel/FOCUS.
Herstellung Dieter Kohler & Bernd Leberfinger, Nördlingen.
Satz Utesch Satztechnik GmbH, Hamburg.
Druck Gutmann + Co GmbH, Talheim, Neckar.
Gedruckt auf chlor- und säurefreies Werkdruckpapier,
geliefert von E. A. Geese GmbH, Hamburg.
Einband G. Lachenmaier, Reutlingen.
Printed in Germany.

Dieses Buch gibt es nur bei Zweitausendeins
im Versand (Postfach, D-60831 Frankfurt am Main) oder
in den Zweitausendeins-Läden in Berlin, Essen, Frankfurt, Freiburg, Hamburg,
Köln, München, Nürnberg, Saarbrücken, Stuttgart.

In der Schweiz über buch 2000,
Postfach 89, CH-8910 Affoltern a. A.

Für Alain le Garsmeur

Mit besonderem Dank an
Sue Freestone und Lisa Glass
fürs Lektorieren, für ihre Nachforschungen
und dafür, daß sie da waren

Inhalt

Zweig-Technologie
9

Hier Hühner
18

Ein Pillenschachtel-Hütchen
aus Leopardenfell
69

Herzklopfen in der Nacht
134

Blinde Panik
181

Selten oder selten selten?
224

Vom Stochern in der Asche
257

Marks letztes Wort . . .
261

Dank
269

Zweig-Technologie

Das hier ist ganz und gar nicht, was ich erwartet hatte. 1985 hatte man mich aufgrund einer Art journalistischen Versehens mit Mark Carwardine nach Madagaskar geschickt, um dort nach einer so gut wie ausgestorbenen Lemurenart zu suchen, dem sogenannten Aye-Aye. Wir drei waren uns vorher nie begegnet. Ich kannte Mark nicht, und ein Aye-Aye hatte – kein Wunder – auch seit Jahren niemand zu Gesicht bekommen.

Die Idee, uns alle so überstürzt ins gleiche Boot zu werfen, stammte von der Magazinbeilage des *Observer*. Mark ist ein ungemein erfahrener und bewanderter Zoologe, der damals für den World Wildlife Fund arbeitete und dessen Aufgabe im wesentlichen darin bestand, von allem eine Ahnung zu haben. Meine Aufgabe – eine, für die ich absolut qualifiziert bin – bestand darin, ein ungemein unwissender Nicht-Zoologe zu sein, für den alles wie aus heiterem Himmel zu kommen hatte. Das Aye-Aye hingegen mußte nur tun, was die Aye-Ayes seit Millionen von Jahren tun – auf einem Baum sitzen und sich verstecken.

Das Aye-Aye ist ein nachtaktiver Lemur, sieht ausgesprochen merkwürdig aus und scheint aus Teilen anderer Tiere zusammengesetzt zu sein. Es erinnert ein bißchen an eine große Katze mit Fledermausohren, Biberzähnen, einer straußenfederähnlichen Taille, einem knorrigen, astähnlichen Ringfinger und riesigen Augen, die an einem vorbei in eine Welt zu spähen scheinen, die lediglich jenseits der linken Schulter des Betrachters existiert.

Wie praktisch alle Lebewesen auf Madagaskar kommt das Aye-Aye sonst nirgends auf der Welt vor. Sein Ursprung reicht zurück in jene Zeit der Weltgeschichte, als Madagaskar noch Teil des afrikanischen Kontinents war (der seinerseits noch Teil des gigantischen Superkontinents Gondwana war), eine Zeit, zu der die Vorfahren der madagassischen Lemuren die auf der ganzen Welt dominierende Primatenart waren. Als Madagaskar in den Indischen Ozean abdriftete, wurde es von den evolutionären Entwicklungen der anderen Erdteile abgeschnitten. Es ist ein Rettungsfloß aus einer anderen Zeit. Heutzutage gleicht es einem zierlichen, zerbrechlichen, von allem losgelösten Planeten.

Die entscheidende Entwicklung, die an Madagaskar vorbeiging, war das Auftreten der Affen. Sie stammten zwar von den gleichen Vorfahren wie die Lemuren ab, verfügten jedoch über größere Gehirne und waren aggressive Widersacher im Kampf um denselben Lebensraum. Während die Makis sich damit begnügt hatten, in den Bäumen herumzuhängen und sich wohl zu fühlen, waren die Affen ehrgeizig und interessierten sich für alles mögliche, vor allem für Zweige. Wie sie nach kurzer Zeit herausfanden, konnten sie damit Dinge tun, die sie allein nicht fertigbrachten – nach Sachen buddeln, in Sachen herumstochern, auf Sachen herumhauen. Die Affen übernahmen die Erde, und der Lemuren-Zweig der Primatenfamilie starb überall aus – nur auf Madagaskar nicht, das für Millionen Jahre von Affen verschont blieb.

Vor fünfzehnhundert Jahren kamen die Affen dann aber schließlich doch auf Madagaskar an oder, besser gesagt, kamen deren Nachfahren auf Madagaskar an – wir. Dank erstaunlicher Weiterentwicklungen auf dem Gebiet der Zweig-Technologie erreichten wir die Insel mit Kanus, später mit Booten und schließlich mit Flugzeugen und nahmen den Kampf um den Lebensraum ein weiteres Mal auf, diesmal allerdings mit Feuer und Macheten, mit Haustieren, Asphalt und Beton. Und wieder kämpfen die Lemuren ums Überleben.

Meine Maschine voller Affennachfahren landete auf dem Flughafen von Antananarivo. Dort traf ich zum erstenmal mit Mark zusammen, der schon vorausgeflogen war, um die Expedition vorzubereiten, und mich sofort über den Stand der Dinge aufklärte.

»Alles ist schiefgelaufen«, sagte er.

Er war schlank, braun, wortkarg und hatte leichte nervöse Zuckungen. Er erklärte mir, er sei normalerweise bloß schlank, braun und wortkarg, aber die Ereignisse der letzten Tage seien ihm ziemlich an die Nieren gegangen. Wenigstens *versuchte* er, mir das zu erklären. Seine Stimme, krächzte er, habe er wegen des dauernden Herumschreiens leider auch verloren.

»Ich hätte dich beinahe per Telex abbestellt«, sagte er. »Die ganze Geschichte ist ein Alptraum. Ich bin jetzt seit fünf Tagen hier und warte noch immer darauf, daß überhaupt irgendwas klappt. Der Botschafter in Brüssel hat mir zugesagt, daß der Landwirtschaftsminister uns zwei Landrover und einen Hubschrauber zur Verfügung stellen würde. Jetzt stellt sich heraus, daß sie leider nur ein Moped haben, und das ist kaputt.

Außerdem hat mir der Botschafter versichert, wir könnten direkt in den Norden rauffahren, nur stellt sich jetzt plötzlich heraus, daß die Straße unpassierbar ist, weil sie von den Chinesen neu gebaut wird, was man uns natürlich nicht mitteilen mußte. Und frag mich nicht, was das ›plötzlich‹ bedeuten soll, denn wie es aussieht, sind die Jungs schon seit zehn Jahren dabei.

Ich hab's trotzdem geschafft, ein paar Sachen auf die

Beine zu stellen, aber wir müssen sofort los«, fügte er hinzu. »Die Maschine ins Dschungelgebiet startet in zwei Stunden, und wir müssen mit. Wenn wir uns beeilen, schaffen wir es gerade noch, dein überflüssiges Gepäck im Hotel abzuladen. Äh, irgendwas davon ist doch hoffentlich überflüssig?«

Besorgt betrachtete er zuerst den Kofferberg, den ich hinter mir herzerrte, und dann, mit wachsender Panik, die mit Nikon-Kameras, Objektiven und Stativen gefüllten Kisten, die Alain le Garsmeur, unser Fotograf auf dieser Reise, gerade in den Kleinbus verfrachtete.

»Ach, da fällt mir ein . . .«, sagte er. »Ich hab eben rausbekommen, daß wir wahrscheinlich keine Erlaubnis zur Ausfuhr von Filmmaterial bekommen werden.«

Einigermaßen benommen bestieg ich den Kleinbus. Nach dem dreizehnstündigen Flug von Paris hatte ich mich auf eine Dusche, eine Rasur und eine Mütze voll Schlaf gefreut, um dann am nächsten milden Morgen bei einer Tasse Tee allmählich zu versuchen, Madagaskar auf der Landkarte zu entdecken. Ich versuchte mich zusammenzureißen und die ganze Sache geistig in den Griff zu bekommen. Plötzlich hatte ich nicht mehr den blassesten Schimmer, was ich, Autor spaßiger Science-Fiction-Abenteuer, hier eigentlich machte. Ich blinzelte in die grelle Tropensonne und fragte mich, was in aller Welt Mark von mir erwartete. Er wieselte durch die Gegend, gab einem Gepäckträger ein Trinkgeld, erklärte einem anderen sehr geduldig, daß er bisher genaugenommen noch keinen unserer Koffer weggetragen habe, führte tiefschürfende Verhandlungen mit dem Fahrer und brachte allmählich etwas wie Ordnung in das Chaos.

Madagaskar, dachte ich. Aye-Aye, dachte ich. Ein so gut wie ausgestorbener Lemur. In zwei Stunden Aufbruch in den Dschungel. Noch nie war es mir so wichtig gewesen, aufgeweckt und geistreich zu klingen.

»Äh, glaubst du eigentlich, daß wir dieses Tier wirklich zu

Gesicht bekommen werden?« fragte ich Mark, während er einstieg und die Tür hinter sich zuwarf. Er grinste.

»Tja, der Brüsseler Botschafter meinte, wir hätten nicht den Hauch einer Chance«, sagte er, »also sieht es vielleicht gar nicht so schlecht aus. Willkommen«, fügte er hinzu, während wir mit dem Schlaglochslalom in Richtung Innenstadt begannen, »auf Madagaskar.«

Antananarivo wird »Tananarive« ausgesprochen und wurde während der letzten hundert Jahre meistens auch genauso geschrieben. Als die Franzosen Madagaskar gegen Ende des letzten Jahrhunderts übernahmen (kolonialisierten wäre wohl eine zu nette Umschreibung für das Einmarschieren in ein Land, das, bis die Franzosen plötzlich von der Wanderlust gepackt wurden, ganz gut allein klargekommen war), zeigten sie kein übermäßiges Verständnis für die merkwürdige Angewohnheit der Madagassen, die Anfangs- und Endsilben von Ortsnamen einfach unter den Tisch fallen zu lassen. In ihrer rationalen gallischen Art beschlossen sie also, daß man die Namen ja wohl verdammt noch mal genauso schreiben konnte, wie sie ausgesprochen wurden. Das ist ungefähr so, als würde jemand nach England kommen und uns erzählen, von heute an sollten wir statt Leicester »Lester« schreiben und das auch noch gut finden. Man könnte uns vielleicht zu einer derartigen Schreibweise zwingen, aber gefallen würde es uns nicht – genausowenig wie den Madagassen. Nachdem es ihnen in den siebziger Jahren gelungen war, sich von der französischen Herrschaft zu befreien, führten sie die alten Schreibweisen sofort wieder ein und behielten nur die Kochkünste und die Verwaltung weiter bei.

Es gehört zu meinen eher eigenartigen Lebenserfahrungen, daß mich Verleger infolge einer Idee, die mir als abgebrannter, auf Feldern und in Telefonzellen schlafender Anhalter gekommen war, heute auf teure Lesereisen rund um den Globus schicken und mich in Hotelzimmer stecken, in denen man erst mal einen Haufen Türen öffnen muß, bevor man das Bett findet. Zufällig hatte ich gerade eine solche Tour durch die USA hinter mir, und so reagierte ich, als ich mich jetzt auf dem Betonboden einer spinnenverseuchten Hütte mitten im Dschungel wiederfand – merkwürdig, aber wahr –, mit grenzenloser Erleichterung. Die Wochen sinnbetäubenden American-Express-Lebens fielen von mir ab wie Schlamm unter der Dusche, und ich konnte mich zurücklehnen und dem Genuß hingeben, es auf wunderbare, gelassene, scheußliche Art unbequem zu haben. Mark entging das offenbar, denn als er mir meine Schlafstelle auf dem Boden zeigte, war er anfangs ziemlich besorgt – »Äh, wird das gehen? Eigentlich sollten hier Matratzen liegen ... mmh, sollen wir dir den Beton ein bißchen aufschütteln?« –, und ich mußte immer wieder sagen: »Das verstehst du nicht. Das hier ist toll, es ist herrlich. Darauf hab ich mich seit Wochen gefreut.«

In Wirklichkeit konnten wir uns natürlich nicht zurücklehnen. Das Aye-Aye ist ein nachtaktives Tier und trifft keine Verabredungen bei Tageslicht. Die wenigen Aye-Ayes, von deren Existenz man 1985 wußte, fand man (obwohl man sie normalerweise nicht findet) auf einer an der nordöstlichen Küste von Madagaskar gelegenen kleinen, idyllischen Regenwaldinsel namens Nosy Mangabé, auf die man die Aye-Ayes zwanzig Jahre zuvor umgesiedelt hatte. Es war ihr letzter Zufluchtsort, und hätte Mark uns nicht eine Sondergenehmigung der Regierung besorgt, hätten wir die Insel genausowenig betreten können wie jeder andere. Dort stand unsere Hütte, und dort droschen wir uns Nacht um Nacht, bewaffnet mit kleinen, schwachen Taschenlampen (die großen, stärkeren, die wir mitgebracht hatten, befanden sich unter dem »unnützen« Gepäck, das wir im Antananarivo Hilton abgeladen hatten), bei sintflutartigen Regenfällen einen Weg durch den Regenwald, bis ... wir das Aye-Aye fanden.

Das war das Außergewöhnliche. Wir fanden dieses Geschöpf nämlich wirklich. Wir bekamen es zwar nur für ein paar Sekunden zu Gesicht, als es einige Meter über unseren Köpfen langsam über einen Ast kroch und mit gleichgültigem Unverständnis durch den Regen auf die merkwürdigen Wesen dort unten heruntersah, aber trotzdem war das einer jener Augenblicke, die einen restlos und nachhaltig durcheinanderbringen.

Warum?

Weil ich, wie mir später aufging, ein Affe war, der einen Lemur anstarrte.

Indem wir mit einer 747 von New York und Paris nach Antananarivo und in einer alten Propellermaschine nach Diégo-Suarez geflogen und in einem noch älteren Laster zum Hafen von Maroantsetra gefahren waren, in einem Boot, das so alt und baufällig war, daß man es kaum mehr von Treibholz unterscheiden konnte, nach Nosy Mangabé übergesetzt hatten und schließlich nachts durch den uralten Regenwald gewandert waren, hatten wir sozusagen eine Zeitreise durch alle zurückliegenden Stufen unserer Zweig-Technologie-Forschungen unternommen, bis hin zu jener Umgebung, aus der wir die Lemuren ursprünglich vertrieben hatten. Und dort oben saß einer der letzten Überlebenden dieser Art und betrachtete mich mit, wie ich es nennen würde, gleichgültigem Unverständnis.

Am nächsten Tag saßen Mark und ich in der Morgensonne auf den Stufen vor der Hütte, machten uns Notizen und diskutierten Einfälle für den Artikel, den ich für den *Observer* über die Expedition schreiben sollte. Mark erklärte mir die Geschichte der Lemuren bis ins Detail, und ich sagte ihm, darin liege für mich eine gewisse Ironie. Für die Lemuren war Madagaskar ein Affen-freier, von Afrika abgetrennter Zufluchtsort gewesen, und jetzt mußte Nosy Mangabé als Affen-freier, von Madagaskar abgetrennter Zufluchtsort dienen. Die Zufluchtsorte wurden immer kleiner, und nun saßen die Affen auch schon auf diesem herum und machten sich Notizen darüber.

»Der Unterschied«, sagte Mark, »besteht darin, daß der erste Affen-freie Zufluchtsort zufällig entstanden ist. Der zweite wurde von den Affen selbst eingerichtet.«

»Folglich muß man wohl fairerweise einräumen, daß die Zunahme unserer Intelligenz uns nicht nur größere Macht, sondern auch ein größeres Verständnis für die Auswirkungen dieser Macht verliehen hat. Dadurch haben wir die Fähigkeit erworben, unsere Umgebung zu beherrschen und darüber hinaus auch uns selbst.«

»Tja, bis zu einem gewissen Grad schon«, sagte Mark. »Bis zu einem gewissen Grad. Im Moment leben auf Madagaskar einundzwanzig Lemurenarten, von denen das Aye-Aye als die seltenste gilt, also mit anderen Worten am dichtesten vor dem Aussterben steht. Vor einiger Zeit waren es noch über vierzig Arten. Gut die Hälfte ist ausgestorben. Und das sind nur die Makis. Praktisch alles, was hier im Regenwald von Madagaskar lebt, existiert sonst nirgendwo auf der Welt – und ist nur ein Zehntel von dem, was mal da war. Und das ist nur Madagaskar. Warst du mal auf dem afrikanischen Festland?«

»Nein.«

»Eine Art nach der anderen verabschiedet sich. Und zwar von den Hauptarten. Es gibt nur noch knapp zwanzig weiße Nashörner, und um die ist ein erbitterter Kampf mit den Wilderern ausgebrochen. Die leben in Zaire. Oder nimm die Berggorillas – obwohl sie zu den engsten lebenden Verwandten des Menschen gehören, haben wir sie in diesem

Jahrhundert fast vollständig ausgerottet. Aber das passiert überall, auf der ganzen Welt. Hast du schon mal was vom Kakapo gehört?«

»Vom was?«

»Vom Kakapo. Das ist der größte, dickste und flugunfähigste Papagei der Welt. Lebt in Neuseeland. Ist der seltsamste Vogel, den ich kenne, und wird wahrscheinlich genauso berühmt wie der Dodo, falls er ausstirbt.«

»Wie viele gibt's denn noch von denen?«

»Vierzig, Tendenz fallend. Kennst du den Yangtse-Delphin?«

»Nein.«

»Die Drachenechse von Komodo? Den Rodrigues-Flederhund?«

»Moment mal, Moment mal«, sagte ich. Ich ging in die Hütte, wühlte in den Ameisen herum und zog eine der meistgerühmten Errungenschaften des Affen heraus. Diese Errungenschaft bestand aus einem Haufen zu Brei gestampfter und anschließend zu Zetteln plattgeklopfter Zweige, die von etwas zusammengehalten wurden, das vorher eine Kuh zusammengehalten hatte. Ich nahm meinen Terminkalender mit nach draußen und blätterte ihn durch, während die Sonnenstrahlen durch die Bäume hinter mir fielen, in denen einige der Raufbolde unter den Lemuren sich irgendwas zugrölten.

»Tja«, sagte ich und nahm wieder auf der Stufe Platz. »Ich muß zwar noch ein paar Romane schreiben, aber, äh, hast du 1988 schon was vor?«

Hier Hühner

Das erste Tier, nach dem wir uns drei Jahre später auf die Suche machten, war die Drachenechse von Komodo. Wie bei den meisten Tieren, die wir uns ansehen wollten, handelte es sich dabei um ein Tier, über das ich nur sehr wenig wußte. Und das wenige, wovon ich wußte, war nicht gerade liebenswert.

Sie sind Menschenfresser. Das ist an sich noch nicht so schlimm. Auch Löwen und Tiger sind Menschenfresser, und obwohl wir ihnen gegenüber höchst mißtrauisch sind und sie mit ängstlichem Respekt behandeln, bewundern wir sie doch instinktiv. Wir wollen zwar nicht von ihnen gefressen werden, aber die Idee als solche verübeln wir ihnen nicht. Was vermutlich daran liegt, daß wir wie sie Säugetiere sind. Es scheint hier so etwas wie ein erzkonservatives Vorurteil gegenüber anderen Arten am Werk zu sein: ein Löwe ist einer von uns, aber eine Echse nicht. Das gleiche gilt übrigens auch für Fische und erklärt unsere wahnwitzige Angst vor Haien.

Außerdem sind die Echsen von Komodo groß. Sehr groß. Zur Zeit lebt eine auf Komodo, die fast vier Meter lang und im Stehen knapp einen Meter hoch ist, was einem unwillkürlich als völlig unpassende Größe für eine Echse erscheint, vor allem, wenn sie ein Menschenfresser ist und man beabsichtigt, sich auf derselben Insel wie sie aufzuhalten.

Obwohl sie Menschenfresser sind, fressen sie nur selten

Menschen, sondern ernähren sich größtenteils von Ziegen, Schweinen, Wild und ähnlichen Tieren, die sie jedoch nur töten, wenn sie nichts bereits Totes finden, weil sie im Grunde ihres Herzens Aasfresser sind. Sie mögen ihr Fleisch am liebsten verdorben und stinkend. Wir mögen unser Fleisch am liebsten anders und neigen dazu, Viechern mit solchen Geschmacksvorstellungen nicht über den Weg zu trauen. Was diese Echsen anging, traute ich ihnen überhaupt nicht über den Weg.

Mark hatte während der vergangenen drei Jahre viel Zeit damit zugebracht, unsere bevorstehenden Expeditionen zu planen, zu recherchieren, Briefe zu schreiben, zu telefonieren und vor allem Naturforschern zu telexen, die sich in den entlegensten Teilen der Welt aufhielten, sowie Reiserouten zu erarbeiten, Empfehlungen und Karten zu beschaffen. Außerdem hatte er sämtliche Visa, Flüge, Schiffspassagen und Unterkünfte organisiert und sie zu guter Letzt noch einmal von vorn organisieren müssen, als sich herausstellte, daß ich mit meinen beiden Romanen nicht fristgerecht fertig würde.

Schließlich war auch das erledigt. Ich ließ mein Haus in der Obhut von Bauarbeitern zurück, die behaupteten, nur noch drei Wochen daran arbeiten zu müssen, und machte mich auf den Weg, meine letzte Verpflichtung zu erfüllen – eine Lesereise durch Australien. Wenn Leute sich über Talkshows im Rundfunk oder Fernsehen beschweren, bei denen sich Autoren über ihr neuestes Werk verbreiten, kann ich das sehr gut nachfühlen. Andererseits schaffen uns solche Auftritte außer Haus und bewahren unsere Familien davor, sich das Gelaber über unser neuestes Werk anhören zu müssen.

Nachdem auch das überstanden war, konnten wir uns endlich auf die Suche nach den Riesenechsen machen.

Wir trafen uns in einem Hotelzimmer in Melbourne und

inspizierten die Ausrüstung für unsere Expedition. »Wir«, das waren Mark, ich und Gaynor Shutte, eine Rundfunkjournalistin, die unsere Großtaten für die BBC mitschneiden wollte. Unsere Ausrüstung bestand aus einem gewaltigen Haufen von Kameras, Kassettenrecordern, Zelten, Schlafsäcken, Notapotheken, Moskitonetzen, unidentifizierbaren Gegenständen aus Zeltstoff und Nylon mit Metallösen und Plastikhaken, Regenkutten, Stiefeln, Fackeln und einem Kricketschläger.

Keiner von uns wollte zugeben, den Kricketschläger mitgebracht zu haben. Uns war vollkommen schleierhaft, was er zwischen den anderen Sachen zu suchen hatte. Wir riefen beim Zimmerservice an und baten, man möge uns ein paar Dosen Bier hochbringen und den Kricketschläger wegschaffen, aber niemand wollte ihn haben. Der Zimmerkellner meinte, falls wir uns wirklich auf die Suche nach einer menschenfressenden Echse machen wollten, wäre ein Kricketschläger doch ein ziemlich praktischer Begleiter.

»Wenn ein Drache mit fünfzig Stundenkilometern und schnappendem Kiefer auf Sie zukommt, können Sie ihn so immer noch mit einem Befreiungsschlag durch die Deckung dreschen«, sagte er, stellte das Bier ab und verschwand.

Wir versteckten den Kricketschläger unter dem Bett, öffneten die Bierflaschen und ließen uns von Mark erklären, was auf uns zukommen würde.

»Seit Jahrhunderten«, sagte er, »erzählt man sich in China Geschichten von großen, schuppigen, feuerspeienden Ungeheuern, nur hielt man sie früher für Mythen und schrullige Phantasiegebilde. Die alten Seefahrer haben von ihnen berichtet und ›Hier Drachen‹ auf ihre Karten geschrieben, wenn sie Land entdeckten, das ihnen schon von weitem nicht geheuer war.

Dann, zu Beginn dieses Jahrhunderts, unternahm ein holländischer Flugpionier den Versuch, von Insel zu Insel über den indonesischen Archipel nach Australien zu hüpfen, bekam dabei Probleme mit dem Motor und mußte auf einer kleinen Insel namens Komodo notlanden. Im Gegensatz zu seiner Maschine überstand er den Absturz unbeschadet.

Er suchte nach Wasser. Bei dieser Suche stieß er am Strand auf eine seltsame breite Spur, folgte ihr und sah sich plötzlich einem Ding gegenüber, dessen Anblick ihm ganz und gar nicht geheuer war. Nämlich einem großen, schuppigen, menschenfressenden, gute dreieinhalb Meter langen Ungeheuer. Und was er da anstarrte, ist, wonach wir suchen werden – der Komodo-Waran oder die Drachenechse von Komodo.«

»Hat er überlebt?« fragte ich ohne Umschweife.

»Ja, hat er, im Gegensatz zu seinem Ruf. Er schlug sich drei Monate lang durch und wurde dann gerettet. Aber als er nach Hause kam, hielten ihn alle für verrückt und glaubten ihm kein Wort.«

»Dann gehen also die chinesischen Drachenlegenden auf die Komodo-Warane zurück?«

»Tja, so genau kann man das natürlich nicht sagen. Ich zumindest nicht. Aber einiges spricht dafür. Die Echse ist ein Lebewesen mit Schuppen, sie ist ein Menschenfresser, und obwohl sie nicht gerade Feuer speit, hat sie von allen uns bekannten Lebewesen den mit Abstand übelsten Mundgeruch. Und es gibt noch etwas, was ihr über die Insel wissen solltet.«

»Was?«

»Nimm dir erst noch ein Bier.«

Ich nahm mir noch ein Bier.

»Auf Komodo«, sagte Mark, »gibt es pro Quadratmeter Boden mehr Giftschlangen als in jedem vergleichbaren Gebiet auf Erden.«

In Melbourne lebt ein Mann, der vermutlich mehr über giftige Schlangen weiß als jeder andere Mensch. Er heißt Dr. Struan Sutherland und hat sich zeit seines Lebens mit dem Studium der Tiergifte beschäftigt.

»Und ich hab's satt«, sagte er, als wir ihn am nächsten Morgen aufsuchten. »Nicht auszuhalten, diese giftigen Biester, diese Schlangen und Insekten und Fische und das ganze Zeug. Blöde Viecher, beißen jeden. Und dann erwarten die Leute von mir, daß ich ihnen sage, was sie dagegen tun sollen. Ich sage ihnen, was sie tun sollen. Sich grundsätzlich nicht beißen lassen. Das ist die Antwort. Ich hab's satt. Hydrokulturen, ja, *das* ist ein interessantes Thema. Kann Ihnen alles über Hydrokulturen erzählen. Faszinierende Sache, Pflanzen künstlich in Wasser zu züchten, sehr interessante Technik. Wenn man zum Mars oder sonstwohin will, sollte man alles darüber wissen. Wo, sagten Sie, wollen Sie hin?«

»Komodo.«

»Schön, lassen Sie sich nicht beißen, mehr fällt mir dazu nicht ein. Und andernfalls kommen Sie bloß nicht hier angelaufen, weil Sie es erstens nicht rechtzeitig schaffen und ich zweitens wahrscheinlich sowieso nicht hiersein werde. Ich hasse dieses Büro, sehen Sie sich das doch bloß mal an. Alles vollgestopft mit giftigen Tieren. Sehen Sie mal hier, dieser Behälter, randvoll mit Feuerameisen. Giftig. Langweilen mich zu Tode. Na, was soll's. Ich hab Kuchen hier, falls Sie Appetit haben. Möchten Sie ein Stück Kuchen? Wenn ich bloß wüßte, wo ich den gelassen hab. Tee ist auch noch da, aber der schmeckt nicht besonders. Herrgott, jetzt setzen Sie sich doch endlich hin.

Sie wollen also nach Komodo. Na, ich weiß zwar nicht, warum Sie da hinwollen, aber Sie werden schon Ihre Gründe haben. Auf Komodo gibt es fünfzehn verschiedene Schlangenarten, und davon ist die Hälfte giftig. Lebensgefährlich sind aber nur die Kettenviper, die grüne Bambusotter und die indische Kobra.

Auf der Liste der gefährlichsten Schlangen steht die indische Kobra auf Platz fünfzehn, und die anderen vierzehn Arten leben hier in Australien. Kein Wunder, daß ich kaum Zeit für meine Hydrokulturen finde, wo es hier überall nur so wimmelt von Schlangen.

Und Spinnen. Die giftigste Spinnenart ist die *Atrax robustus*, und die beißt jedes Jahr ungefähr fünfhundert Leute. Da viele von denen anschließend zu sterben pflegten, mußte ich ein Gegengift entwickeln, um nicht dauernd von irgendwelchen Leuten belästigt zu werden. Hat uns Jahre gekostet. Dann haben wir diesen Schlangenbißdetektor entwikkelt. Nicht, daß man einen Detektor bräuchte, um herauszubekommen, daß man von einer Schlange gebissen wurde – das merkt man ja normalerweise –, aber mit Hilfe des Gerätes kann man erkennen, von was man gebissen wurde, und den Biß anschließend richtig behandeln.

Möchten Sie mal eins von den Geräten sehen? Ich habe ein paar hier, im Giftkühlschrank. Werfen Sie ruhig einen Blick drauf. Ach, sieh an, da ist ja auch der Kuchen. Essen Sie schnell ein Stück, solange er noch frisch ist. Hab ich selbst gebacken.«

Er reichte uns den Schlangenbißdetektor und die steinharten Kuchenstücke, zog sich hinter seinen Schreibtisch zurück und strahlte uns von dort aus über seine Fliege und den buschigen Bart hinweg vergnügt an. Wir fanden die Geräte beeindruckender als den Kuchen und fragten Sutherland, wie viele Schlangen ihn schon gebissen hätten.

»Keine«, sagte er. »Ein weiteres Gebiet, auf dem ich enorme Fähigkeiten entwickelt habe, ist das Anfassen von Schlangen. Ich überlasse es anderen Leuten. Mach ich nicht selbst. Will ich vielleicht gebissen werden? Wissen Sie, was über mich im ›Who is Who‹ steht? ›Hobbys: Gartenarbeit –

mit Handschuhen; Angeln – mit Gummistiefeln; Reisen – mit Umsicht‹. So sieht's aus. Ach, und ich trage ausgebeulte Hosen. Sobald eine angreifende Schlange etwas im Maul hat, beginnt sie Gift zu injizieren. Trägt man eine weite Hose, spritzt der Großteil des Giftes an der Innenseite des Hosenbeines herunter, wo es erheblich besser aufgehoben ist als im Bein. Sie essen Ihren Kuchen ja gar nicht. Na los, runter damit, ist noch jede Menge im Kühlschrank.«

Wir fragten zaghaft an, ob wir vielleicht einen Schlangenbißdetektor nach Komodo mitnehmen könnten.

»Klar können Sie das, klar können Sie das. Nehmen Sie so viele, wie Sie wollen. Wird Ihnen bloß nicht die Bohne nützen, weil die Dinger nur bei australischen Schlangen funktionieren.«

»Na schön, was sollen wir also tun, wenn wir von irgendwas Lebensgefährlichem gebissen werden?« fragte ich.

Er sah mich an, als sei ich bescheuert.

»Na, was machen Sie dann wohl?« sagte er. »Sie sterben. Was denn sonst? Deshalb heißt es ja lebensgefährlich.«

»Und was halten Sie davon, die Wunde aufzuschneiden und das Gift herauszusaugen?« fragte ich.

»Können Sie gerne machen«, sagte er. »Ich persönlich halte nicht viel von einem Mund voll Gift. Sämtliche Blutgefäße im Zungenbereich liegen sehr dicht an der Oberfläche, und das Gift wandert direkt in die Blutbahn. Immer vorausgesetzt, Sie bekommen viel von dem Gift heraus, was Ihnen vermutlich nicht gelingt. Und auf einer Insel wie Komodo heißt das, daß Sie sehr schnell sowohl mit einer infizierten Wunde als auch mit einem giftgefüllten Bein zu kämpfen haben. Blutvergiftung, Wundbrand, was Sie wollen. Sie würden es nicht überleben.«

»Wie wär's mit einer Aderpresse?«

»Wunderbar, solange es Ihnen nichts ausmacht, sich nachher das Bein abnehmen zu lassen. Das müßten Sie allerdings, weil es nämlich abgestorben wäre. Und falls Sie es in diesem Teil Indonesiens irgend jemandem zutrauen, Ihnen ein Bein abzunehmen, sind Sie bedeutend mutiger als ich. Nein, es sieht so aus: Alles, was Sie tun können, ist, einen Druckverband genau über der Wunde anzubringen und das gesamte Bein fest, aber nicht zu fest, zu bandagieren. Verlangsamen Sie den Blutstrom, aber schnüren sie ihn nicht ab, wenn Sie an ihrem Bein hängen. Halten Sie das Bein oder jedes andere Körperteil, in das sie gebissen wurden, unterhalb von Herz- und Kopfhöhe. Verhalten Sie sich sehr, sehr ruhig, atmen Sie langsam, und rufen Sie *sofort* einen Arzt. Auf den werden Sie auf Komodo einige Tage warten müssen, und bis dahin sind Sie sowieso tot.

Die einzige Antwort ist, und das meine ich ernst: *Lassen Sie sich nicht beißen*. Warum sollten Sie? Sämtliche Schlangen gehen Ihnen aus dem Weg, noch bevor Sie sie zu Gesicht bekommen. Solange Sie vorsichtig sind, müssen Sie sich wegen der Schlangen wirklich keine Sorgen machen. Nein, was Sie allerdings tatsächlich beunruhigen sollte, sind die Meeresbewohner.«

»Was?«

»Seeskorpione, Steinfische, Wasserschlangen. Wesentlich giftiger als das, was an Land lebt. Wenn Sie sich von einem Steinfisch stechen lassen, werden Sie schon vor Schmerz umkommen. Manche Leute ertränken sich, nur um die Qualen zu beenden.«

»Und wo sind diese ganzen Dinger?«

»Im Wasser. Tonnenweise. Würde an Ihrer Stelle nicht zu dicht rangehen. Alles gerammelt voll mit giftigen Tieren. Ich hasse das Zeug.«

»Gibt es irgend etwas, was Sie mögen?«

»Hydrokulturen.«

»Nein, ich meine, gibt es irgendein giftiges Lebewesen, das Sie besonders gern haben?«

Für einen Augenblick sah er aus dem Fenster.

»Gab's mal«, sagte er. »Aber sie hat mich verlassen.«

Wir flogen nach Bali.

David Attenborough hat Bali als den schönsten Ort auf Erden bezeichnet, muß aber länger als wir dagewesen sein oder andere Ecken gesehen haben, denn das meiste von dem, was wir während der Vorbereitungen zur Weiterreise dort zu Gesicht bekamen, war gräßlich. Gesehen haben wir nur den Tourismussektor, also jenen Teil, der im Interesse der Menschen, die von weither wegen der Schönheit der Insel nach Bali anreisen, fast genauso aussieht wie überall auf der Welt.

Die engen, matschigen Straßen von Kuta waren gesäumt von Souvenirläden und Hamburgerständen und bevölkert von Massen betrunkener, grölender Touristen, Kamikaze-Motorradfahrern, Verkäufern gefälschter Uhren und kleinen Hunden. Die Kamikaze-Motorradfahrer versuchten, die Touristen und die kleinen Hunde von der Straße zu fegen, während der Kleinbus, in dem wir unsere Koffer für den Großteil des Abends von einem vollen Hotel zum nächsten vollen Hotel beförderten, mit Videospiel-Geschwindigkeit durch die Uhrenverkäufer und Kamikazefahrer raste. Irgendwo, nicht weit von diesem Ort entfernt, in Richtung Inselmitte, mochte sich der Himmel auf Erden verstecken, aber vor die Tore zu diesem Paradies hatte die Hölle einen Haufen Arbeit gestellt.

Die Touristen mit ihren Bierdosen und ihren »Fuck-Off«-T-Shirts mußten jedem ein vertrautes Bild sein, der Engländer in Spanien oder Griechenland im Einsatz erlebt hat, aber mir ging beim Betrachten dieser Szenen plötzlich auf, daß ich mich ausnahmsweise nicht in Grund und Boden schämen mußte. Es waren keine Engländer. Es waren Australier.

Andererseits war die Ähnlichkeit so groß, daß sie mich ins Grübeln über konvergierende Evolution brachte – einen Begriff, den ich vor weiteren Ausführungen besser kurz erkläre.

Frappierend ähnliche, trotzdem ganz und gar nicht miteinander verwandte Lebensformen entwickeln sich aufgrund gleicher Lebensbedingungen in verschiedenen Erdteilen. Beispielsweise verfügt das Aye-Aye, der Lemur, den Mark und ich bei unserer ersten Reise nach Madagaskar aufgespürt hatten, über einen besonders bemerkenswerten Körperteil. Sein Mittelfinger ist bedeutend länger als die anderen Finger und knochendürr, fast wie ein Zweig. Diesen Finger benutzt es, um die Larven, von denen es sich ernährt, unter der Baumrinde herauszuklauben.

Ein anderes Tier, ein in Papua-Neuguinea heimisches, langfingriges Opossum, verhält sich ebenso. Es verfügt über einen langen, dürren Ringfinger für genau denselben Zweck. Zwischen den beiden Tieren besteht keine Verwandtschaft, und was sie verbindet, ist einzig dies: das Fehlen von Spechten.

Es gibt keine Spechte auf Madagaskar, und es gibt keine Spechte auf Papua-Neuguinea. Folglich liegt Nahrung – die Larven unter der Rinde – brach, und in beiden Fällen haben die Säugetiere einen Mechanismus entwickelt, an sie heranzukommen. Der Mechanismus, dessen sich beide bedienen, ist der gleiche – verschiedene Finger, gleicher Grundgedanke. Eine Übereinstimmung, die einzig und allein dem Selektionsprozeß der Evolution zuzuschreiben ist, da die Tiere nicht miteinander verwandt sind.

Einander exakt entsprechende Verhaltensmuster haben sich vollkommen unabhängig voneinander auf beiden Hälften der Erdkugel entwickelt. In den Souvenirläden in Spanien, Griechenland oder auf Hawaii lassen sich die Einheimischen gegen Bezahlung fröhlich beleidigen oder ausnutzen, um das eingenommene Geld dann zum intensiveren Raubbau an ihrem Lebensraum zwecks Anziehung größerer Scharen geldbeladener Räuber auszugeben.

»Schön«, sagte Mark, als wir uns an diesem Abend zum Essen in einem Touristenrestaurant zwischen Plastikblumen, Supermarktmusik und Papierschirmchen zur Verzierung der Drinks einfanden, »ist doch zauberhaft. Jetzt müssen wir uns nur noch eine Ziege besorgen.«

»Hier?«

»Nein. In Labuan Bajo. Labuan Bajo liegt auf der Insel Flores und ist der Komodo nächstgelegene Hafen. Wir werden eines der tückischsten Meere Asiens überqueren müssen. An der Stelle treffen das Südchinesische Meer und der Indische Ozean aufeinander, und das ganze Gebiet ist durchzogen von Gegenströmungen, Stromkabbelungen und Strudeln. Die Überfahrt ist sehr gefährlich und kann bis zu zwanzig Stunden dauern.«

»Mit einer Ziege?«

»Einer toten Ziege.«

Ich spielte mit meinem Essen herum.

»Ideal ist es«, fuhr Mark fort, »wenn die Ziege schon seit gut drei Tagen tot ist und einen anständigen Verwesungsgeruch entwickelt hat. Das erhöht die Wahrscheinlichtkeit, daß sich die Drachen angezogen fühlen.«

»Du beabsichtigst, zwanzig Stunden auf einem Boot. . .«

»Einem kleinen Boot«, ergänzte Mark.

». . . bei rauhem Seegang. . .«

»Höchstwahrscheinlich.«

». . . mit einer seit drei Tagen toten Ziege zu verbringen?«

»Ja.«

»Mir fehlen die Worte.«

»Es gibt da noch was, das ich dir vielleicht sagen sollte, und zwar, daß ich keine Ahnung habe, ob irgend etwas von alldem eigentlich stimmt. Es kursieren die widersprüchlichsten Geschichten, von denen einige vermutlich einfach überholt oder komplett erfunden sind. Wir werden uns hoffentlich einen besseren Überblick über die Lage verschaffen können, wenn wir in Labuan Bajo sind. Wir fliegen morgen über Bima und sollten rechtzeitig am Flughafen Denpasar sein. Es war ein Alptraum, die Tickets und den Anschlußflug zu bekommen. Wir *dürfen* diese Maschine einfach nicht verpassen.«

Wir taten es trotzdem. Auf dem Flughafen erwartete uns ein Ausbruch der Hölle, der aus einem heillosen Durcheinander von Menschen und unüberhörbaren Andeutungen von Gewalttätigkeit bestand. Der Mann am Schalter der Fluggesellschaft teilte uns mit, unser Flug von Bima nach Labuan Bajo sei vom Reisebüro nicht bestätigt worden, also hätten wir keine Plätze. Achselzuckend gab er uns unsere Tickets zurück.

Da man uns gesagt hatte, Indonesien könne man nur in einem Gemütszustand äußerster Gelassenheit in Angriff nehmen, beschlossen wir, es damit zu versuchen. Wir versuchten, dem Mann gelassen klarzumachen, daß auf unseren Tickets, genaugenommen, »bestätigt« stehe, woraufhin er uns erklärte, »bestätigt« bedeute, genaugenommen, gar nicht *bestätigt*, sondern werde lediglich auf Wunsch gewisser Leute auf die Tickets geschrieben, weil man sich so eine Menge Mühe spare und die Leute dazu bringe wegzugehen.

Er ging weg. Wir standen gelassen da und fächelten uns mit den Tickets schlechte Luft zu. Hinter dem Schalter war ein Fenster, durch das uns ein schlanker Flughafenangestellter mit schmalem Schnurrbart, schmalem Schlips und einem weißen Hemd mit schmalen Schulterstücken durch die dünnen Rauchschwaden seiner Zigarette teilnahmslos anstarrte. Wir winkten ihm mit unseren Tickets zu, aber er schüttelte nur sehr, sehr bedächtig den Kopf.

Gelassen marschierten wir zum Ticketbüro, wo man uns sagte, man sei nicht zuständig, wir sollten uns an das Reisebüro wenden. Nach einer Reihe zunehmend weniger gelassener Telefongespräche mit dem Reisebüro auf Bali wußten wir nur, daß die Tickets mit Sicherheit bestätigt worden waren und daß mehr dazu nicht zu sagen sei. Im Ticketbüro sagte man uns, daß sie das mit Sicherheit nicht seien und daß mehr dazu nicht zu sagen sei.

»Wie sieht's denn mit einem anderen Flug aus?« fragten wir. Vielleicht, sagten sie. Vielleicht nächste oder übernächste Woche.

»Nächste oder übernächste Woche?« beklagten wir uns lautstark.

»Moment«, sagte einer der Männer, nahm unsere Tickets und verschwand. Nach ungefähr zehn Minuten kehrte er zurück und gab sie einem anderen Mann, der »Moment« sagte und verschwand. Er kam eine Viertelstunde später zurück, sah uns an und sagte: »Ja? Was kann ich für Sie tun?« Nachdem wir ihm die Situation noch einmal ausführlich geschildert hatten, nickte er, sagte »Moment« und verschwand erneut. Als wir, nachdem einige Zeit vergangen war, fragten, wo er sei, teilte man uns mit, er sei seine Mutter in Jakarta besuchen gegangen, weil er sie seit drei Jahren nicht gesehen habe.

Ob er unsere Tickets mitgenommen habe, wollten wir wissen.

Nein, die seien hier irgendwo. Ob wir sie gern zurückhätten?

Ja, allerdings, erklärten wir. Wir versuchten nämlich gerade, nach Labuan Bajo zu kommen.

Offenbar löste diese Nachricht beträchtliche Bestürzung aus, denn binnen weniger Minuten waren alle Angestellten des Büros zum Mittagessen gegangen.

Langsam wurde uns klar, daß die Maschine ohne uns starten würde. Wir verwarfen die Möglichkeit, den ersten Teil der Reise bis nach Bima zurückzulegen und dann dort auf dem trockenen zu sitzen, und beschlossen statt dessen, auf Bali zu bleiben und uns den Mann vom Reisebüro vorzunehmen. Schluß mit der Gelassenheit.

Ein Kleinbus brachte uns zurück zum Reisebüro, wo wir unter der Last unseres gesamten Gepäcks langsam die Stufen hinaufstürmten und das Angebot, Platz zu nehmen, Kaffee zu trinken und dabei einer Maschine zuzuhören, die bei jedem Telefonklingeln »Greensleeves« anstimmte, wütend zurückwiesen. Es lag eine Art stillschweigendes Entsetzen in der Luft, als ob einer von uns gestorben wäre, aber da wir ungefähr eine Stunde lang von niemandem beachtet wurden, begannen wir schließlich wieder zu zetern und wurden unverzüglich ins Büro des Geschäftsführers geleitet, der uns einen Platz anbot und sagte, die Indonesier seien eine stolze Rasse, und darüber hinaus sei sowieso alles die Schuld der Fluggesellschaft.

Er beruhigte uns anschließend beträchtlich, teilte uns mit, er verfüge auf Bali über einigen Einfluß, und machte uns klar, daß wir auch durch Wutausbrüche nichts an unserer Lage ändern könnten.

Das war ein Standpunkt, mit dem ich mich ziemlich problemlos anfreunden konnte, da ich von Natur aus ohnehin eher ein stillschweigender Nicker und Lächler bin, der Ärger und Frustrationen zunächst die gerunzelte Stirn bietet, um dann einfach ins Bett zu gehen.

Andererseits führte kein Weg an der Feststellung vorbei, daß unser Lächeln und Nicken und freundliches Lachen als Reaktion auf Menschen, die uns freundlich anlachten, praktisch nichts bewirkt hatte, außer, daß irgendwelche Leute häufiger »Moment, Moment« gesagt hatten und nach Jakarta abgereist waren oder uns teilnahmslos durch blasse

Rauchschwaden angestarrt hatten. Sobald wir uns allerdings in unsere Wut hineingesteigert und ein bißchen mit den Füßen aufgestampft hatten, wurden wir unverzüglich ins Büro des Reisebüroleiters geführt, der uns nun eifrig versicherte, zu Wutausbrüchen bestehe überhaupt kein Anlaß und daß er speziell für uns einen Sonderflug nach Labuan Bajo arrangieren werde.

Die Sinnlosigkeit unseres Herumgestampfes versuchte er uns mit Hilfe von Karten zu verdeutlichen. »In diesem Bereich«, sagte er und zeigte auf eine große Wandkarte, die halb Asien zeigte, »funktioniert es. Östlich dieser Linie hier funktioniert es nicht.«

Er klärte uns auf, daß man bei Reisen in Indonesien für alles Dringliche immer vier oder fünf Tage einplanen müsse. Wie er sagte, passierten Dinge wie die Geschichte mit unseren belegten Plätzen in der Maschine ständig. Häufig benötige irgendein Regierungsbeamter oder eine andere hochrangige Persönlichkeit überraschend einen Platz, was dann natürlich dazu führe, daß jemand anders seinen Sitz verliere. Wir fragten, ob genau das auch uns zugestoßen sei. Er sagte, nein, das sei nicht der Grund gewesen, nur sollten wir diese Art Grund im Hinterkopf behalten, wenn wir über derartige Probleme nachdächten.

Es war der richtige Moment, den Kaffee anzunehmen.

Er organisierte uns ein Hotelzimmer für die Nacht und eine nachmittägliche Kleinbus-Tour über die Insel.

Wie wir herausfanden, kann man auf Bali gut davon leben, auf Tiere zu deuten. Zuerst muß man sein Tier finden, dann deutet man darauf.

Wenn man es geschickt anstellt, kann man sogar davon leben, auf die Person zu deuten, die auf das Tier deutet. Ein besonders gutes Beispiel für diese Art von Broterwerb entdeckten wir am Strand in der Nähe des berühmten Tempels von Tanah Lot, und offenbar handelte es sich um ein alteingesessenes und florierendes Unternehmen. Oberhalb des Strandes lag eine sehr flache, breite Höhle, in deren Seitenwand sich ein paar gelbe Schlangen häuslich eingerichtet hatten. Vor der Höhle saß ein Mann auf einer Kiste, sammelte Geld ein und deutete auf den Mann in der Höhle. Nachdem man bezahlt hatte, durfte man in die Höhle kriechen, und der Mann in der Höhle deutete auf die Schlangen.

Von diesem Lichtblick abgesehen, war die Tour mit unserem Reiseführer ausgesprochen deprimierend. Als wir ihm erzählten, wir hätten keine Lust, uns die typischen Touristenecken anzusehen, brachte er uns dorthin, wo sie alle Touristen hinbringen, die keine Lust haben, sich die typischen Touristenecken anzusehen. Natürlich sind diese Ecken voller Touristen. Was nicht bedeuten soll, daß wir in irgendeiner Hinsicht weniger Touristen waren als alle anderen, nur wirft es ein Licht auf die leidige Erfahrung, daß alles, was man sehen will, allein durch die Tatsache, daß man es sehen will, verändert wird, was, nebenbei bemerkt, genau die Art von Problemstellung ist, mit der sich Physiker seit Beginn dieses Jahrhunderts herumschlagen. Ich werde nicht darauf herumreiten, daß Bali in einen Original-Bali-Park verwandelt wird, wobei man die Insel nach und nach zerstört, um Platz zu schaffen für einen billigen, künstlichen Abklatsch dessen, was früher einmal da war, weil dieser Vorgang schon zu bekannt ist, um noch irgend jemandem neu zu sein. Ich möchte nur einmal frustriert und wütend aufschreien dürfen. Ich fürchte, ich konnte es kaum erwarten, den schönsten Ort auf Erden wieder zu verlassen.

Am nächsten Tag schafften wir es endlich, vom Flughafen Denpasar aus nach Bima aufzubrechen. Wegen des Tohuwabohus vom Vortag kannte uns praktisch jeder, und der schlanke Mann, der uns durch seine dünnen Rauchschwaden angestarrt hatte, lächelte ununterbrochen und war entsetzlich hilfsbereit.

Aber das sollte uns nur mürbe machen.

In Bima angekommen, teilte man uns mit, vor dem nächsten Morgen werde keine Maschine nach Labuan Bajo weiterfliegen. Ob wir dann vielleicht wiederkommen wollten? In diesem Augenblick begannen wir ein bißchen auszurasten, wurden dann jedoch unerwartet gepackt, durch die Menge geschubst und in eine baufällige kleine Maschine geschaufelt, die vollbesetzt auf der Rollbahn hockte und auf die Starterlaubnis nach Labuan Bajo wartete.

Auf dem Weg zum Flugzeug kamen wir mitten auf der Rollbahn an einem kleinen, von niemandem beachteten Gepäckwagen vorbei, auf dem sich unser atemberaubender Gepäckberg türmte. Nachdem wir die Maschine bestiegen und Platz genommen hatten, debattierten wir nervös die Frage, ob wir glaubten, daß jemand auf die Idee verfallen würde, das Zeug einzuladen.

Schließlich verlor ich die Nerven, stieg aus dem Flugzeug und begann, über die Rollbahn zurückzulaufen. Sofort wurde ich von Flughafenangestellten aufgehalten und gefragt, was ich vorhätte. Ich sagte mehrmals »Gepäck« und zeigte mit dem Finger darauf. Sie versicherten mir, alles sei in Ordnung, es gebe keinerlei Probleme, und sie hätten alles im Griff. Ich konnte sie schließlich überreden, mir zu dem mitten auf der Rollbahn stehenden Gepäckwagen zu folgen. Ohne nennenswert aus dem Takt zu geraten, hörten sie auf, mir zu versichern, unser Gepäck sei an Bord der Maschine, und halfen mir, es tatsächlich dorthin zu verfrachten.

Nachdem das erledigt war, konnten wir wegen dieser Sache endlich beruhigt sein und anfangen, uns ernsthafte Sorgen über den grauenhaften Zustand des Flugzeugs zu machen.

Die Tür zum Cockpit blieb während der gesamten Flugdauer geöffnet und hätte genausogut völlig fehlen können. Mark erzählte mir, Air Merpati fliege ausschließlich mit gebrauchten Maschinen von Air Uganda, aber das sollte vermutlich ein Witz sein.

Ich betrachte Flugreisen dieser Art immer mit fröhlicher Sorglosigkeit. Normalerweise kratzt mich das alles überhaupt nicht. Ich glaube nicht, daß das etwas mit Mut zu tun hat, denn in Autos bin ich häufig starr vor Schreck, besonders, wenn ich selbst am Steuer sitze. In einem Flugzeug ist man jeder Verantwortung enthoben und kann sich genausogut zurücklehnen und das Knarren und Rütteln des alten Wracks, das von Turbulenzen durch den Himmel geschleudert wird, mit einem schwachsinnigen Lächeln über sich ergehen lassen. Man kann ja sowieso nichts daran ändern.

Mark studierte die Instrumente im Cockpit mit wachsender Neugier und sagte schließlich, die Hälfte funktioniere schlichtweg nicht. Ich lachte, zugegebenermaßen ein bißchen hysterisch, und sagte, das sei wahrscheinlich in Ordnung so. Falls die Instrumente nämlich funktionierten, würden sie die Piloten bestimmt ablenken und verunsichern, und mir wäre durchaus lieb, wenn sie so weitermachten wie bisher. Mark fand diese Bemerkung überhaupt nicht komisch, womit er zweifellos recht hatte, hielt mich aber trotzdem nicht davon ab, noch mal richtig ausgiebig zu lachen und auch während der restlichen Flugzeit nicht mehr damit aufzuhören. Mark drehte sich um und fragte einen der Passagiere hinter uns, ob diese Maschinen gelegentlich abstürzten. Ja, kam die Antwort, aber keine Sorge – es habe schon seit Monaten keinen schweren Absturz mehr gegeben.

In Labuan Bajo zu landen war interessant, weil die Piloten nicht in der Lage waren, die Landeklappen auszufahren. Besonders interessant war für uns auch die Frage, ob wir angesichts der immer näher rückenden Bäume am Ende der Landebahn und der mit vereinter Kraft an einem Hebel in der Kabinendecke zerrenden Piloten weiterleben würden oder nicht. Im letzten Moment gab der Hebel nach, und in gedämpfter und besinnlicher Stimmung knallten wir auf die Rollbahn.

Wir kletterten aus dem Flugzeug und brachten das Flughafenpersonal nach längeren Verhandlungen dazu, auch unser Gepäck auszuladen, da wir es letztlich für eine gute Idee hielten, es mitzunehmen.

In der Ankunftshalle oder vielmehr -hütte des Flughafens erwarteten uns zwei Männer. Sie hießen Kiri und Moose und waren wie die meisten Indonesier, die wir kennenlernten, klein, gertenschlank und drahtig. Wir hatten keine Ahnung, wer sie waren.

Kiri war ein charmanter Mann mit einem nahezu quadratischen Gesicht, einem schwarzen, gewellten Haarschopf und einem dichten schwarzen Schnurrbart, der wie ein Riegel Schokolade auf seiner Oberlippe klebte. Er hatte eine tiefe Stimme, die aber gleichzeitig so dünn und ohne jegliches Volumen war, daß er nur eine Art supercooles Krächzen hervorbrachte. Die meisten seiner Bemerkungen setzten sich aus einem behäbigen, faulen, ausgebufften Lächeln und ein paar abgewürgten, rasselnden Kehllauten zusammen. Er schien mit den Gedanken ständig woanders zu sein. Wenn er einen anlächelte, kam das Lächeln nie an, sondern blieb auf halber Strecke stecken, als gelte es ihm selbst. Moose war wesentlich unkomplizierter, wenn sich auch nach kurzer Zeit herausstellte, daß Moose gar nicht »Moose«, sondern »Mus« hieß, was die Abkürzung von »Hieronymus« darstellte. Ich kam mir ein bißchen blöd vor, weil ich »Moose« verstanden hatte. Es wäre schon ziemlich ungewöhnlich gewesen, einen indonesischen Inselbewohner nach einem großen kanadischen Elch zu benennen. Wohl fast so ungewöhnlich, wie ihn mit unausgesprochener »Hieronie« Hieronymus zu nennen.

Wir hatten eigentlich jemand anderen erwartet, nämlich einen Mr. Condo (ausgesprochen Chondo), unseren Führer. Was mich irritierte, war, daß er als einziger der Indonesier, die wir bisher kennengelernt hatten, mit »Mr.« angesprochen wurde. Den geheimnisvollen und glamourösen Anschein, den ihm der Titel verlieh, konnte er nicht zerstreuen, da er offensichtlich tauchen gegangen war. Kiri und Moose erläuterten uns, er werde in Kürze wieder auftauchen, und sie seien gekommen, um uns das zu sagen.

Wir bedankten uns, verstauten unser gesamtes Gepäck auf der Ladefläche des Lieferwagens, setzten uns obendrauf und holperten von der Ankunftshütte in Richtung der Innenstadt von Labuan Bajo. Im Flugzeug hatte uns jemand erzählt, auf der ganzen Insel Flores gebe es nur drei Lastwagen, und von denen passierten wir auf dem Weg in die Stadt sechs. So gut wie alles, was man uns in Indonesien erzählte, erwies sich als unwahr, manchmal nahezu augenblicklich. Mit einer Ausnahme. Wenn man uns erzählte, etwas werde augenblicklich geschehen, erwies sich das für geraume Zeit als unwahr.

Aufgrund unserer Erfahrungen vom Vortag hielten wir bei der Merpati-Airlines-Hütte und ließen uns unsere Buchung für den Rückflug bestätigen. Das Büro war lediglich mit einem Mann in Gummilatschen besetzt, der sämtliche Flugbuchungen mit einem Armee-Funkgerät vornahm. Da er keinen Stift hatte, mußte er sich an alles nach bestem Wissen erinnern. Ihm wäre es lieber gewesen, wir hätten einfache Tickets statt Hin- und Rückflug gebucht, weil wir die Rückflugtickets dann dort hätten kaufen können. Niemand, sagte er, kaufe Tickets bei ihnen, obwohl sie das Geld gut gebrauchen könnten.

Wir fragten ihn, wie viele Leute für den Rückflug gebucht hätten. Er sah auf eine Liste und sagte »Acht«. Mit einem Blick über seine Schulter stellte ich fest, daß außer unseren drei Namen nur noch ein weiterer auf der Liste stand, und ich fragte ihn, wie er auf die Zahl Acht komme. Er setzte mir auseinander, das sei ganz einfach. Es flögen immer acht Leute mit.

Wie sich einige Tage später herausstellte, hatte er vollkommen recht. Möglicherweise verbirgt sich hinter diesem Umstand ein schwer zu ergründendes Prinzip, das British Airways, der Lufthansa und anderen Fluggesellschaften enorme Gewinne einbrächte, wenn sie herausfänden, worum es sich dabei handelt.

Die Straße in die Stadt war staubig. Die Luft war bedeutend heißer und feuchter als auf Bali und voll von den berauschenden Gerüchen der Bäume und Sträucher. Ich fragte Mark, ob er die Bäume anhand ihrer Gerüche identifizieren könne, und er sagte, nein, er sei Zoologe. Er meinte, einen Gelbhaubenkakadu herauszuriechen, aber auf mehr wollte er sich beim besten Willen nicht festlegen.

Kurz darauf wurden diese schwachen, flüchtigen Düfte vom alles beherrschenden Gestank der Kanalisation von Labuan Bajo verdrängt. Der Laster, mit dem wir in die Stadt polterten, wurde von hüpfenden, lächelnden Kindern umringt, die sich riesig freuten, uns zu sehen, und stolz mit ihrem neuesten Spielzeug angaben, einem einbeinigen Huhn. Die lange Hauptstraße war überfüllt von einigen der drei Laster, die es auf Flores gab, hallte wider vom Lärm der Kinder und dem kratzigen Gurgeln eines auf Band aufgenommenen Muezzins, das aus einem bedenklich unsicher auf einer Wellblech-Moschee thronenden Minarett herunterplärrte. Unerklärlicherweise schienen die Rinnsteine bis zum Rand mit hellglänzendem, grünem Schleim gefüllt zu sein.

Eine Pension oder ein kleines Hotel heißt in Indonesien »Losmen«, und im größten dieser Losmen warteten wir auf Mr. Condos Erscheinen. Da wir noch am selben Nachmittag nach Komodo weiterreisen wollten und das Losmen ohnehin so gut wie leer war, hielten wir es für überflüssig, ein

Zimmer zu buchen. Wir vertrieben uns die Zeit im überdachten Innenhof, der zugleich das Eßzimmer war, tranken Bier und plauderten mit den sonderbaren Gästen, die von Zeit zu Zeit eintrudelten. Als wir, da der Nachmittag sich ohne Mr. Condo seinem Ende näherte, endlich kapierten, daß wir an diesem Tag bestimmt nicht mehr nach Komodo kommen würden, hatte sich das Losmen anständig gefüllt, also versuchten wir einigermaßen panisch, einen Schlafplatz aufzutreiben.

Ein kleiner Junge kam zu uns heraus, sagte, es sei noch ein Zimmer frei, falls wir das haben wollten, und führte uns über eine wacklige Treppe nach oben. Wie sich herausstellte, führte der Gang, den wir betraten, nicht in unser Zimmer, sondern war das Zimmer. Wir hatten uns von der Tatsache, daß in ihm keine Betten standen, in die Irre führen lassen, erklärten uns jedoch trotzdem einverstanden und kehrten in den Innenhof zurück, wo wir endlich von Mr. Condo begrüßt wurden, einem kleinen, charismatischen Mann, der sagte, daß alles organisiert sei und wir am nächsten Morgen um sieben in See stechen könnten.

Was ist mit der Ziege? fragten wir besorgt.

Er zuckte die Achseln. Welcher Ziege? fragte er.

Ob wir denn etwa keine Ziege bräuchten?

Er versicherte uns, auf Komodo gebe es eine Menge Ziegen. Oder bräuchten wir eine für die Reise?

Wir sagten, das sei unserer Auffassung nach wohl nicht unbedingt nötig, worauf er erwiderte, er habe es nur erwähnt, weil es allem Anschein nach das einzige sei, was wir nicht mitzunehmen beabsichtigten. Wir verstanden das als eine Art satirische Anspielung auf den uns umgebenden kühnen Gepäckberg, lachten höflich und ließen uns von ihm eine angenehme Nachtruhe wünschen.

In Labuan Bajo zu schlafen hat was von einem Ausdauertest.

Im Morgengrauen von den Hähnen geweckt zu werden ist an sich kein Problem. Das eigentliche Problem entsteht erst, wenn die Hähne nicht genau wissen, wann der Morgen denn nun eigentlich graut. Gegen ein Uhr nachts erwachen sie schlagartig kreischend und schreiend zum Leben. Gegen halb zwei bemerken sie ihren Irrtum und halten den Schnabel, kurz bevor die nächtlichen Hunde-Hauptkämpfe eingeläutet werden. Die Veranstaltung beginnt normalerweise mit einigen unbedeutenden Gefechten begeisterter Nachwuchstalente, bevor einem dann der komplette Chor der Schwergewichtsmeister einen nachhaltigen Eindruck des Gefühls vermittelt, mit dem London Symphony Orchestra geradewegs in die Hölle zu rutschen.

Anschließend kann man die pädagogisch wertvolle Erfahrung machen, daß zwei kämpfende Katzen problemlos mehr Krach verursachen können als vierzig Hunde. Es ist bedauerlich, das ausgerechnet um Viertel nach zwei Uhr nachts lernen zu müssen, aber andererseits haben die Katzen von Labuan Bajo auch allen Grund zur Klage. Ihre Schwänze werden bei der Geburt kupiert, weil das angeblich Glück bringen soll, wenn auch vermutlich nicht unbedingt den Katzen.

Sobald die Katzen ihre Ausführungen beendet haben, legen die Hähne wieder los, weil sie urplötzlich meinen, es dämmere. Was natürlich nicht der Fall ist. Bis zum Morgengrauen sind es noch immer zwei Stunden, und bis dahin muß man nur noch den Hup-Wettbewerb der Lieferwagenfahrer durchstehen, der von überraschend im Nebenzimmer ausbrechenden, lautstarken Scheidungsvorbereitungen untermalt wird.

Zu guter Letzt beruhigt sich alles, und dankbar beginnen die Augen in der dämmrigen Ruhe zuzufallen, bis die Hähne fünf Minuten später zum erstenmal ins Schwarze treffen.

Verschlafen und nervös standen wir eine oder zwei Stunden später inmitten unserer Berge von Expeditionsgepäck am Wasser und starrten so unerschrocken wie irgend möglich über das zwanzig Meilen breite, rauheste, turbulenteste Stück Meer im gesamten Osten – den wilden und gefährlichen Treffpunkt zweier gewaltiger aufeinanderprallender Wassermassen, einen brodelnden Aufruhr aus Strudeln und Kabbelungen.

Es sah aus wie ein Mühlteich.

Winzige Wellen von weit entfernten Fischerbooten breiteten sich über das endlose Meer in Richtung Strand aus. Das Licht der Morgensonne lag auf dem Wasser wie auf einem Laken. Mark zufolge drehten über uns kleine Fregattvögel und weißbäuchige Seeadler gelassen ihre Runden. Für mich sahen sie aus wie schwarze Flecken.

Wir waren da, Mr. Condo nicht. Nach ungefähr einer Stunde tauchte aber immerhin Kiri auf, um seiner gewohnten Rolle entsprechend zu erklären, Mr. Condo werde nicht kommen, aber dafür sei ja er, Kiri, da und habe seine Gitarre mitgebracht. Außerdem sei der Kapitän eigentlich gar nicht der Kapitän, sondern dessen Vater. Und wir würden mit einem anderen Boot fahren. Die gute Nachricht war, daß wir definitiv nach Komodo fahren würden und daß die Reise höchstens vier Stunden dauern werde.

Das Boot war ein wirklich schmucker, sieben Meter langer Fischerkahn namens *Raodah*, und die vollständige Besatzung bestand, nachdem wir alles verladen und vertäut hatten, aus uns dreien, Kiri, dem Vater des Kapitäns, zwei ungefähr zwölfjährigen Jungen, die das Boot steuerten, und vier Hühnern.

Es war ein ruhiger, herrlicher Tag. Die beiden Jungen tollten über das Boot wie Katzen, entrollten und hißten die Segel blitzartig, sobald sich ein Windhauch regte, holten sie dann wieder ein, starteten den Motor und schliefen ein, wann immer der Wind erstarb. Zum erstenmal gab es nichts, was wir tun mußten oder tun konnten, also schlenderten wir an Deck herum, blickten auf das vorbeirollende Meer, beobachteten die Haubenseeschwalben und Seeadler, die über uns kreisten, und die fliegenden Fische, die gelegentlich um das Boot herumschwirrten.

Die vier Hühner saßen im Bug des Bootes und beobachteten uns.

Eine der verwirrendsten Begleiterscheinungen des Reisens in abgelegenen Gegenden ist die Notwendigkeit, seine Nahrung in unverderblicher Form mit sich zu führen. Für einen Mitteleuropäer, der seine Hühner gewöhnlich in Zellophan verpackt aus dem Supermarkt bezieht, ist es eine unangenehme Erfahrung, während einer langen Bootsreise von vier lebenden Hühnern mit tiefem, grauenvollem Argwohn angestarrt zu werden, ohne diesen irgendwie zerstreuen zu können.

Auch wenn man davon absieht, daß ein indonesisches Inselhuhn vermutlich ein wesentlich natürlicheres und glücklicheres Leben hinter sich hat als seine in englischen Legebatterien gezüchteten Verwandten, wird ein Huhn, mit dem man in einem Boot gesessen hat, wohl auch jene Leute ziemlich aus der Fassung bringen, die sich normalerweise keine Gedanken über den Kauf ofenfertiger Ware machen – was darauf schließen läßt, daß ein tief in die westliche Psyche eingegrabenes Tabu existiert, demzufolge man niemanden ißt, dem man persönlich vorgestellt wurde.

Es war uns nicht bestimmt, alle vier selbst aufzuessen. Jener Gott aus dem komplizierten Hindu-Pantheon, zu dessen bescheidenen Aufgaben es gehört, über Hühnerschicksale zu entscheiden, war an jenem Tag offenbar in ziemlicher Randalierstimmung und hatte eigene Pläne für eine kleinere Verwüstung geschmiedet.

Endlich lag die Insel Komodo vor uns und kroch uns langsam vom Horizont aus entgegen. Die Farbe des Meeres um uns verwandelte sich vom schweren, tintigen Schwarz der letzten Stunden in ein sehr viel helleres, durchlässiges Blau, aber die Insel selbst erschien uns, vielleicht auch nur unseren überaus empfänglichen Sinnen, als eine düstere, finstere Masse, die bedrohlich über die See heranrückte.

Im Näherkommen lösten sich ihre düsteren Konturen allmählich zu großen, schroffen Felsformationen und dahinterliegenden, mächtigen Verwerfungen auf. Kurz darauf gelang es uns, Einzelheiten der Vegetation auszumachen. Es wuchsen Palmen, allerdings nur sehr wenige. Sie steckten sporadisch in den Abhängen, als habe die Insel Stacheln oder jemand Dartpfeile in die Hügel geschleudert. Der Anblick erinnerte mich an eine Zeichnung aus *Gullivers Reisen*, auf der Gulliver von den Liliputanern am Boden festgezurrt worden ist und Dutzende von winzigen Liliputanerspeeren in seinem Körper stecken.

Die Bilder, die die Insel der Phantasie aufnötigte, waren hartnäckig. Die felsigen Ausläufer hatten die Form massiver Schneidezähne, und die dunklen, düster stimmenden, graubraunen Hügel waren gewellt wie die schweren Hautlappen einer Eidechse. Ich wußte, daß ich, wäre ich ein Seefahrer in unbekannten Gewässern gewesen, »Hier Drachen« auf meine Seekarte geschrieben hätte.

Je genauer ich die Insel betrachtete, während sie auf der Steuerbootseite an uns vorbeikroch, und je mehr ich mich bemühte, die Eingebungen meiner regen Phantasie zu verscheuchen, desto unwiderruflicher drängten sich diese Bilder auf. Der Kamm eines Hügels, der sich in dicken, tiefzerfurchten Verwerfungen bis ins Wasser erstreckte, hatte die Konturen eines Eidechsenbeines – wenn schon nicht durch seine tatsächliche Form, so doch durch das natürliche Zusammenspiel seiner Umrisse und dank seiner schwerfälligen, mächtigen Struktur.

Es war das erste Mal, daß ich diesen Eindruck hatte, aber während der Reisen, die wir später in diesem Jahr unternahmen, beschlich mich jedesmal wieder das gleiche Gefühl: jedes neue Terrain, das wir irgendwo auf der Welt erkundeten, schien durch eine einzigartige Palette von Farben, Strukturen, Formen und Konturen charakterisiert zu sein; und die Lebensformen, auf die man in diesen Gebieten stieß, schienen oft mit der gleichen unverwechselbaren Palette gemalt. Natürlich kennen wir einige einleuchtende Mechanismen, mit denen sich dieses Phänomen erklären läßt: Für viele Lebewesen ist Tarnung ein überlebenswichtiger Mechanismus, und die Evolution wird sich für die günstigste entscheiden. Nur ist das Ausmaß dieser intuitiven, vielleicht zur Hälfte eingebildeten Übereinstimmungen wesentlich größer und umfassender, als mit diesem Mechanismus erklärt werden kann.

Wir beginnen zur Zeit, viele neue Vorstellungen über die Entstehung von Formen in der Natur zu entwickeln, und so unvorstellbar ist es nicht, daß wir, je mehr wir über die Fraktalgeometrie, die »chaotischen Attraktoren« lernen, die jeder neuen Variante der Chaos-Theorie zugrunde liegen, je mehr wir über die Interaktion zwischen Wachstum und Erosion wissen, vielleicht herausfinden werden, daß diese augenscheinlichen Übereinstimmungen von Form und Struktur nicht nur auf eine Laune oder auf einen Zufall zurückzuführen sind. Vielleicht.

Ich machte Mark gegenüber ein paar Bemerkungen in diese Richtung, und er meinte, ich sei albern. Da er immerhin dieselbe Landschaft betrachtete wie ich, räume ich ein, daß es sich bei der Geschichte um eine trotz der indonesischen Sonne möglicherweise nur halbgare Idee gehandelt haben könnte.

Wir legten an einem langen, wackligen Holzsteg an, der von einem breiten Sandstrand aus ins Wasser ragte. Am landwärts gelegenen Ende des Stegs stand ein Torbogen, von dessen höchstem Punkt uns ein Holzbrett auf Komodo willkommen hieß und so einen bescheidenen Beitrag leistete, unser Gefühl der Unerschrockenheit weiter zu verringern.

Als wir den Torbogen durchquerten, drang uns plötzlich ein starker Geruch in die Nase. Man mußte den Torbogen hinter sich lassen, um ihn wahrnehmen zu können. Solange man auf dem Steg stand, war man noch nicht richtig da und kam nicht in den Genuß des starken, deftigen, abgestandenen Geruchs von Komodo.

Den nächsten schweren Schlag bekam unsere Unerschrockenheit von einem ziemlich ordentlich angelegten Weg. Er führte vom Ende des Stegs aus parallel zum Ufer bis zum nächsten und entscheidenden Schlag gegen unser Gefühl der Unerschrockenheit – einem Besucherdorf.

Das Dorf bestand aus einer Ansammlung leidlich zusammengezimmerter Holzbauten: einem Gebäude, von dem aus die Insel (die ein Naturschutzgebiet ist) verwaltet wird, einer Terrasse mit Cafeteria und einem kleinen Museum. Hinter diesen Gebäuden standen, aufgereiht vor einer abschüssigen, halbkreisförmigen Böschung, ungefähr ein halbes Dutzend Besucherhütten – auf Pfählen.

Es war Mittagszeit, und ein gutes Dutzend Leute saß auf der Terrasse, aß Nudeln und trank Seven-Up; Amerikaner, Holländer, alles, was das Herz begehrt. Wo waren die hergekommen? Und wie waren sie hergekommen? Was war hier eigentlich los?

Vor der Verwaltungshütte stand ein Schild voller Vorschriften, wie zum Beispiel »Melden Sie sich im Nationalpark-Büro«, »Ausflüge außerhalb des Besucher-Zentrums nur in Begleitung von Führern«, »Hosen und Schuhe tragen« und »Achten Sie auf Schlangen«.

Auf dem Boden unter diesem Schild lag ein kleiner, ausgestopfter Drache. Ich sage klein, weil er höchstens einen Meter zwanzig lang war. Er lag flach auf dem Bauch, die vor sich ausgestreckten Vorderbeine und die an seinen langen, spitz zulaufenden Schwanz angelegten Hinterbeine platt auf dem Boden. Als ich ihn entdeckte, war ich zuerst etwas erschrocken, dann ging ich hinauf, um ihn mir anzusehen.

Er öffnete die Augen und sah mich an. Mit einem überraschten Aufschrei machte ich einen Satz rückwärts, was eine Welle höhnischen Gelächters auf der Terrasse auslöste.

»Das ist doch nur ein Drache«, rief ein amerikanisches Mädchen.

Ich ging zu ihr.

»Sind Sie alle schon länger hier?« fragte ich.

»Ach, seit Stunden«, sagte sie. »Wir sind mit der Fähre von Labuan Bajo rübergekommen. Haben die Drachen besichtigt. Stinklangweilig. Das Essen ist grauenhaft.«

»Welcher Fähre?« fragte ich.

»Der, die jeden Tag herfährt.«

»Aha. Verstehe. Von Labuan Bajo aus?«

»Sie müssen rübergehen und sich im Büro ins Gästebuch eintragen«, sagte sie und deutete auf einen Holzbau.

Einigermaßen zerknirscht ging ich zurück und gesellte mich zu Mark und Gaynor.

»Das hatte ich mir vollkommen anders vorgestellt«, sagte Mark, der inmitten unseres kühnen Gepäckberges stand und die vier Hühner in der Hand hielt. »Hätten wir die mitbringen müssen?« fragte er Kiri.

Kiri sagte, es sei immer eine gute Idee, Hühner für die Küche mitzubringen. Andernfalls gebe es nur Nudeln und Fisch zu essen.

»Ich glaube, ich ziehe Fisch vor«, sagte Gaynor.

Kiri erklärte ihr, das sei falsch und daß sie eigentlich Huhn Fisch vorzöge. Leute aus dem Westen, setzte er uns auseinander, zögen grundsätzlich Huhn vor. Das wisse praktisch jeder. Fisch sei nichts weiter als ein billiges Essen für Bauern. Wir würden also Huhn essen, weil das aufregend sei und wir es bevorzugten.

Er nahm die Hühner, die mit einem langen Band zusammengebunden waren, stellte sie neben unserem Gepäck ab und drängte uns die Stufen zum Büro des Nationalparks hinauf, wo uns einer der Parkwächter Fragebögen und Stifte in die Hand drückte. Wir hatten gerade mit dem detaillierten Eintragen unserer Reisepaßnummern, Geburtstage, Heimatländer, Geburtsorte und ähnlichem begonnen, als es draußen mit einemmal zu einem heftigen Tumult kam.

Zuerst beachteten wir den Lärm nicht, weil wir alle Hände voll zu tun hatten, uns an die Mädchennamen unserer Mütter zu erinnern und zu überlegen, wen wir als nächsten Angehörigen auserwählen sollten, aber als der Radau zunahm, begriffen wir plötzlich, daß es sich um das ängstliche Kreischen von Hühnern in Not handelte. Unserer Hühner.

Wir rasten nach draußen. Der ausgestopfte Drache griff unsere Hühner an. Er hatte eins von ihnen im Maul und schüttelte es, verschwand jedoch, als er uns kommen sah, in einer Staubwolke um die Hausecke und über die Lichtung, die mißhandelten, noch immer zusammengebundenen, kreischenden Hühner hinter sich herzerrend.

Als der Drache ungefähr dreißig Meter von uns entfernt war, blieb er stehen, biß die Schnur mit einem fiesen Kopfzucken durch und ließ die restlichen Hühner in Richtung der Bäume wegrennen, wo sie sich kreischend und schreiend in immer kleiner werdenden Kreisen bewegten, während die Parkwächter ihnen hinterherjagten und sie zu umzingeln versuchten. Der Drache, nun befreit von den überzähligen Hühnern, galoppierte ins dichte Unterholz.

Unter allerlei Höflichkeitsbekundungen wie »Nach dir, bitte« und »Nein, bitte nach dir« liefen wir vorsichtig zu der

Stelle, wo er verschwunden war, und gelangten schließlich atemlos und etwas nervös dort an. Wir spähten ins Gebüsch.

Der Drache war auf einen großen, vom Unterholz überwucherten Erdwall gekrochen und dort stehengeblieben. Wir konnten wegen der dichten Vegetation nicht näher als bis auf einen Meter an ihn heran, gaben uns allerdings auch keine besondere Mühe.

Er lag ruhig da. Zwischen seinen Zähnen ragte das Hinterteil des Huhns heraus, dessen dürre Beine lautlos in der Luft herumruderten. Die Drachenechse beobachtete uns unbeteiligt mit jenem Auge, das uns zugewandt war – einem runden, dunkelbraunen Auge.

Es hat etwas zutiefst Verstörendes, in ein Auge zu starren, das einen anstarrt, besonders, wenn das starrende Auge beinahe ebenso groß wie das eigene und das Ding, aus dem es starrt, eine Echse ist. Das Blinzeln der Echse war ebenfalls verstörend. Es war nicht die übliche, reflexartige Bewegung, die man von einem Reptil erwartet, sondern ein langsames, bedachtes Blinzeln, das einem das Gefühl vermittelte, die Echse sei sich dessen bewußt, was sie tat.

Nachdem sich das Hühnerhinterteil kurze Zeit freizukämpfen versucht hatte, lockerte der Drache seinen Biß ein wenig, damit sich das Huhn durch seine Bewegungen weiter in den Drachenschlund hineinstoßen konnte. Das wiederholte sich mehrmals, bis nur noch ein einziges dürres Hühnerbein zu sehen war, das grotesk aus dem Maul der Kreatur ragte. Ansonsten bewegte sich die Echse nicht. Sie sah uns einfach nur an. Am Ende waren wir diejenigen, die, von blankem Entsetzen geschüttelt, davonschlichen.

Warum? fragten wir uns, als wir wieder auf der Terrasse saßen und uns mit Seven-Up zu beruhigen versuchten. Alle drei waren wir so aschfahl, als wären wir gerade Zeugen eines gemeinen, heimtückischen Mordes geworden. Aber hätten wir einen Mord beobachtet, hätte uns der Mörder wenigstens nicht so ungerührt ins Auge gesehen wie diese Echse. Vielleicht war es der Eindruck kühler, unerschütterlicher Arroganz, der uns derart aus der Fassung brachte. Nur wußten wir bei all den bösartigen Gefühlen, die wir der Echse anzudichten versuchten, daß es überhaupt keine Echsengefühle waren, sondern unsere eigenen. Diese Echse tat nicht mehr, als ihren Echsen-Beschäftigungen auf einfache, unkomplizierte, echsige Art nachzugehen. Sie wußte nichts von dem Entsetzen, der Schuld, der Schändlichkeit und Widerwärtigkeit, die wir, beispiellos schuldige und schändliche Tiere, ihr aufs Auge zu drücken versuchten. Also prallten all diese Empfindungen, gespiegelt in jenem einen unbeweglichen, desinteressierten Auge, auf uns zurück.

Überwältigt von der Vorstellung, daß wir uns vor unserem eigenen Spiegelbild dermaßen erschrocken hatten, saßen wir stumm da und warteten auf das Mittagessen.

Mittagessen.

Angesichts der bisherigen Ereignisse dieses Tages fiel es uns plötzlich schwer, ein Mittagessen auch nur in Erwägung zu ziehen.

Wie sich herausstellte, gab es zum Essen kein Huhn. Es gab kein Huhn, weil der Drache es gegessen hatte. Wie die Küche herausgefunden hatte, daß ausgerechnet das Drachenfutter-Huhn jenes gewesen war, das wir andernfalls zum Mittagessen verspeist hätten, war uns nicht ganz klar, aber immerhin hatten wir es diesem Umstand offenbar zu verdanken, daß wir Nudeln ohne alles bekamen.

Wir unterhielten uns darüber, wie leicht man den Fehler begeht, Tiere zu vermenschlichen und seine eigenen Gefühle und Wahrnehmungen unangemessener- und unpassenderweise auf sie zu übertragen. Wir konnten uns einfach nicht vorstellen, wie es *ist*, eine extrem große Echse zu sein, genausowenig wie übrigens die Echse, die sich ja gar nicht bewußt war, eine extrem große Echse zu sein, sondern nur den damit zusammenhängenden Tätigkeiten nachging. Auf ihr Verhalten mit Abscheu zu reagieren bedeutete, fälschlicherweise nach Kriterien zu urteilen, die nur bei der Beurteilung menschlichen Verhaltens angemessen sind. Wir alle richten uns in der Welt häuslich ein und lernen auf unterschiedliche Art und Weise zu überleben. Ein für uns erfolgreiches Verhalten funktioniert bei den Echsen nicht und umgekehrt.

»Zum Beispiel«, sagte Mark, »essen wir unsere eigenen Kinder nicht auf, wenn sie zufällig in Reichweite sind und wir gerade Kohldampf haben.«

»*Was?*« sagte Gaynor und ließ Messer und Gabel sinken.

»In den Augen eines Erwachsenen ist ein Jungdrache nichts weiter als Futter«, fuhr Mark fort. »Er bewegt sich und hat ein bißchen Fleisch auf den Knochen. Das ist Futter. Natürlich wäre es nicht besonders sinnig, wenn sie all ihre Nachkommen auffressen würden, weil dann die Art aussterben müßte. Die meisten Arten überleben, weil die Erwachsenen den Instinkt entwickelt haben, ihre Kinder nicht zu fressen. Die Drachen überleben, weil ihre Kinder den Instinkt entwickelt haben, auf Bäume zu klettern. Die Erwachsenen sind dazu zu schwer, also sitzen die Kleinen oben in den Bäumen, bis sie groß genug sind. Trotzdem werden einige Babys gefressen, aber das erfüllt auch seinen Zweck. Es hilft den Drachen, wenn das Futter knapp ist, und trägt dazu bei, die Population auf einem gleichbleibenden Niveau zu halten. Manchmal fressen sie die Kleinen aber auch einfach so.«

»Wie viele von den Dingern gibt es denn noch?« fragte ich leise.

»Ungefähr fünftausend.«

»Und wie viele waren es ursprünglich?«

»Ungefähr fünftausend. Man geht davon aus, daß, grob geschätzt, immer so viele da waren.«

»Also sind sie eigentlich nicht besonders gefährdet?«

»Doch, sind sie, weil von diesen fünftausend nur dreihundertfünfzig tragende Weibchen sind. Ob das die normale Anzahl ist oder nicht, wissen wir nicht, aber sie erscheint uns eher niedrig. Außerdem sind Tiere, die, wie die Drachen auf diesen paar Inseln hier, in geringer Anzahl auf begrenztem Raum zusammenleben, besonders anfällig für Veränderungen ihrer Lebensräume, und wenn irgendwo Menschen auftauchen, verändern sich diese Lebensräume ausgesprochen schnell.«

»Also sollten wir nicht hier sein.«

»Darüber kann man streiten«, sagte Mark. »Es würde höchstwahrscheinlich irgendwas schiefgehen, wenn das alles hier niemanden interessieren würde. Ein einziger Waldbrand oder eine krankheitsbedingte Abnahme der Wildbestände könnte die Drachen auslöschen. Außerdem stünde zu befürchten, daß die ständig wachsende Inselbevölkerung zu dem Schluß käme, daß es sich ganz gut ohne diese Viecher leben läßt. Es sind äußerst gefährliche Tiere. Es besteht ja nicht bloß die Gefahr, von ihnen gefressen zu werden. Auch wenn man nur gebissen wird, hat man schon richtigen Ärger am Hals. Also, wenn ein Drache ein Pferd oder einen Büffel angreift, wird er nicht unbedingt davon ausgehen, sein Opfer gleich an Ort und Stelle umbringen zu können. Falls der Drache nun in einen Kampf verwickelt wird, könnte er verletzt werden, und da das eigentlich nichts bringt, beißt er sein Opfer manchmal einfach und geht wieder weg. Da die Bakterien, die sich im Speichel des Drachen befinden, allerdings so virulent sind, daß die Wunden nicht verheilen, wird das gebissene Tier normalerweise innerhalb weniger Tage an einer Blutvergiftung eingehen, und anschließend kann der Drache es in aller Ruhe fressen. Er oder ein anderer Drache, wenn der es zufällig vorher findet – sie sind wirklich nicht kleinlich. Für die Art ist es gut und wichtig, daß die Versorgung mit schwerverletzten und sterbenden Tieren überall auf der Insel sichergestellt ist.

Es gab mal einen sehr bekannten Fall, bei dem ein Franzose von einem Drachen gebissen wurde und schließlich zwei Jahre später in Paris gestorben ist. Die Wunde eiterte und heilte einfach nicht. Da es in Paris unglücklicherweise keine Drachen gab, die davon hätten profitieren können, ist die Strategie in diesem einen Fall gescheitert, aber normalerweise funktioniert sie prima. Der Punkt ist einfach, daß man diese Scheißkerle hier auf der Türschwelle liegen hat, und trotz der Toleranz der Dorfbewohner von Komodo und Rinca hat es eine ganze Reihe von Angriffen und Todesfällen gegeben. Also könnte mit der Bevölkerungszunahme auch ein größerer Interessenkonflikt entstehen und gleichzeitig die Bereitschaft abnehmen, sich bei jedem Ausflug in die Gefahr zu begeben, ein Bein abgebissen zu kriegen oder sich die Eingeweide von einem vorbeilaufenden Drachen aus dem Leib reißen zu lassen.

Wie wir ja gesehen haben, ist Komodo mittlerweile ein geschützter Nationalpark. Wir haben den Punkt erreicht, an dem ein aktives und unverzügliches Einschreiten zum Schutz seltener Arten notwendig ist, was üblicherweise durch öffentliches Interesse unterstützt wird. Und öffentliches Interesse wird durch öffentlichen Zugang aufrechterhalten. Wenn man diesen Zugang sorgfältig kontrolliert und die Zerstörung auf ein Minimum begrenzt, funktioniert es prima und ist schön und gut. *Glaube* ich. Obwohl ich nicht behaupten kann, daß mir dabei ganz wohl ist.«

»Mir ist bei dieser ganzen Insel überhaupt nicht wohl«, sagte Gaynor fröstelnd. »Als ob hier von überallher irgendwas Heimtückisches auf einen zukriecht.«

»Bildest du dir nur ein«, sagte Mark. »Für einen Naturforscher ist es das Paradies.«

Vom Dach der Terrasse war plötzlich ein Glitschen zu hören, und eine große Schlange fiel neben uns zu Boden. Sofort kamen einige Wächter angelaufen und jagten sie zurück in den Busch.

»Das hab ich mir ja wohl nicht eingebildet«, sagte Gaynor.

»Ich weiß«, sagte Mark begeistert. »Es ist einfach herrlich.«

Begleitet von Kiri und einem Wächter, zogen wir am Nachmittag los, um die Gegend zu erforschen. Wir fanden zwar keine Drachen, als wir uns unbekümmert durch das Unterholz schlugen, entdeckten aber statt dessen einen Vogel, der mir sofort ans Herz wuchs.

Meinen Ruf als ziemlicher Technik-Freak habe ich mir schwer erarbeitet, und ich bin selten glücklicher als an jenen Tagen, die ich von morgens bis abends damit zubringe, meinen Computer auf das automatische Erledigen einer Aufgabe zu programmieren, die mich bei eigenhändiger Ausführung gute zehn Sekunden kosten würde. Zehn Sekunden, sage ich mir, sind zehn Sekunden. Zeit ist kostbar, und die Einsparung von zehn Sekunden ist es allemal wert, einen Tag fröhlicher Aktivität auf die Suche nach ihrer Einsparungsmöglichkeit zu verwenden.

Der Vogel, auf den wir stießen, heißt Taubenwallnister und hat eine sehr ähnliche Einstellung zum Leben.

Er sieht ein bißchen aus wie ein mageres, lebhaftes Huhn, obwohl er Hühnern gegenüber den Vorteil hat – wenn auch etwas schwerfällig –, fliegen und so den Drachen besser entwischen zu können, die nur in Märchen und einigen der Alpträume fliegen können, von denen ich während meiner Schlafversuche auf Komodo heimgesucht wurde.

Entscheidend ist, daß sich der Taubenwallnister eine wundervolle Methode zur Arbeitseinsparung ausgedacht hat. Die Arbeit, die er sich ersparen möchte, ist das zeitraubende Auf-dem-Nest-Hocken und Eier-Ausbrüten, während er doch zur gleichen Zeit unterwegs sein und etwas erledigen könnte.

An dieser Stelle muß ich einräumen, daß wir genaugenommen nicht auf den Vogel selbst stießen, obwohl wir glaubten, einen durchs Unterholz abzischen gesehen zu haben. Dafür stießen wir aber auf seine arbeitsparende Erfindung, die kaum zu übersehen war. Es handelte sich um einen ungefähr einsachtzig hohen und am Fuß ebenso breiten kegelförmigen Erdwall aus dichtgepreßter Erde und verrottendem Laub. Tatsächlich war der Wall noch wesentlich höher, als er wirkte, weil er selbst in einer wiederum etwa einen Meter tiefen Mulde errichtet worden war.

Ich habe gerade eine gute Stunde damit zugebracht, an meinem Computer ein Programm zu schreiben, das mir unverzüglich das Volumen des Walls mitteilt. Das Programm ist übersichtlich und aufregend, mit allen möglichen Pop-up-Menüs und solchem Zeug, und der Vorteil meiner Arbeitsweise besteht darin, daß ich, falls ich irgendwann den Inhalt eines Taubenwallnister-Nestes ausrechnen will, nur die Grundmaße eingeben muß und von meinem Computer nach einer knappen Sekunde die Antwort erhalte, was natürlich eine wundervolle Zeitersparnis darstellt. Die Kehrseite könnte sein, daß ich wohl nie wieder in die Verlegenheit kommen werde, den Inhalt eines Taubenwallnister-Nestes ausrechnen zu wollen, aber was soll's: Der Rauminhalt dieses Walls betrug knapp sieben Kubikmeter.

Der Wall ist ein vollautomatischer Brutkasten. Die durch die chemischen Reaktionen im verrottenden Laub entstehende Hitze hält die tief im Inneren des Walls verbuddelten Eier warm – und nicht bloß einfach warm. Indem der Taubenwallnister das Material wohlüberlegt aufstockt oder reduziert, kann er genau die Temperatur einstellen, die die Eier benötigen, um angemessen vor sich hin zu brüten.

Der Taubenwallnister muß also zum Ausbrüten seiner Eier nicht mehr tun, als zweieinhalb Kubikmeter Erde auszuheben, das entstandene Loch mit zweieinhalb Kubikmetern verrotendem Laub zu füllen, weitere viereinhalb Kubikmeter Laub zu sammeln, daraus einen Wall zu bauen und die darin entstehende Hitze anschließend ständig im Auge zu behalten und herumzurennen, um hier ein bißchen was draufzulegen und dort ein bißchen was wegzunehmen.

Womit er sich die ganze Mühe erspart, ab und zu auf seinen Eiern zu hocken.

Das heiterte mich unheimlich auf und versetzte mich in eine ausgelassene Stimmung, die während des ganzen Rückwegs zum Besucherdorf anhielt, bis zu genau dem Augenblick, in dem wir die Hütte betraten, die man uns als Schlafquartier zugewiesen hatte.

Sie war ziemlich groß und stand, wie ich schon sagte, auf Pfählen – aus naheliegenden Gründen. Nur war das Holz, das man zum Bau benutzt hatte, halb verfault, in den kleinen Schlafzimmern lagen feuchte, stinkende Matratzen, in allen Ecken hingen bedenklich große Spinnennetze, auf dem Boden lagen tote Ratten, und über allem schwebte der Gestank einer verstopften Toilette.

Wir versuchten spaßeshalber, dort zu schlafen, wurden aber letztlich von den Geräuschen der Ratten vertrieben, die über uns, in den Hohlräumen des Daches, mit irgendwelchen Schlangen kämpften, brachten unsere Schlafsäcke schließlich hinunter zum Boot und schliefen an Deck.

Wir erwachten früh am nächsten Morgen, ausgekühlt und feucht vom Tau, aber in dem guten Gefühl, in Sicherheit zu sein. Wir rollten unsere Schlafsäcke zusammen und machten uns auf den Rückweg über den wackligen Steg und durch den Torbogen. Wieder fiel uns der Geruch der Insel an, kaum daß wir den Torbogen hinter uns gelassen hatten, und empfing uns in der heimtückischen anderen Welt, auf Komodo.

Man hatte uns angekündigt, daß wir die Drachen an diesem Morgen definitiv zu sehen bekämen. Große Drachen. Wir wußten nicht genau, was uns erwartete, aber es war nicht das, womit wir ursprünglich gerechnet hatten. Es hatte nicht den Anschein, als müßten wir eine tote Ziege am Boden festpflocken und uns dann den ganzen Tag über auf einem Baum versteckt halten.

An diesem Tag sollten sich fast ausschließlich Dinge ereignen, mit denen wir nicht gerechnet hatten, was schon mit der Ankunft von ungefähr zwei Dutzend amerikanischen Touristen auf einem extra gecharterten Boot begann. Die meisten waren im Frührentner-Alter, ausgerüstet mit Kameras, Freizeitanzügen aus Polyamid, goldgeränderten Brillen, kamen, ihrem Akzent nach zu urteilen, aus dem mittleren Westen und sahen in meinen Augen auch nicht unbedingt aus, als wollten sie den ganzen Tag auf einem Baum hocken.

Durch ihre Ankunft gingen wir schwer angeschlagen in die Knie und spürten, daß sich in diesem Moment auch der letzte Hauch von Unerschrockenheit verabschiedete, an den wir uns noch geklammert hatten.

Wir fanden einen Wächter und fragten ihn, was eigentlich los sei. Er sagte, wir könnten vorausgehen, falls wir der großen Gruppe aus dem Weg gehen wollten, also brachen wir unverzüglich auf. Wir wanderten über einen drei oder vier Meilen langen Waldweg, der offenbar sorgfältig angelegt und ebenso sorgfältig ausgetreten war. Die Luft war heiß und stickig, und wir hatten wegen der uns bevorstehenden Ereignisse ein flaues, unsicheres Gefühl in der Magengegend. Nach einiger Zeit hörten wir irgendwo vor uns das leise Läuten einer Glocke und beschleunigten unsere Schritte, um die Ursache herauszufinden. Wir bogen um eine Ecke und sahen uns mit einer Realität konfrontiert, die einem wirklich den Magen umdrehte.

Bis zu diesem Augenblick hatte dem ganzen Erlebnis etwas Traumartiges angehaftet. Es war, als versetzten einen das Durchqueren des Torbogens und das Einatmen des abgestandenen Geruchs dieser Insel in eine Traumwelt, in der Begriffe wie »Drachen«, »Schlange« und »Ziege« fantastische Bedeutungen erlangten, die in der wirklichen Welt weder Entsprechungen noch Konsequenzen hatten. Jetzt aber beschlich mich das Gefühl, der Traum gehe den Bach runter und verwandle sich in genau die Art Alptraum, aus dem man erwacht und feststellen muß, daß man tatsächlich ins Bett gemacht hat, daß einen tatsächlich jemand schüttelt und anschreit und daß der beißende Rauchgeruch tatsächlich daher rührt, daß einem gerade das Dach über dem Kopf abbrennt.

Vor uns stand eine junge Ziege. Sie trug ein Halsband mit Glocke und ließ sich widerwillig von einem Wächter über den Weg führen. Betäubt schlichen wir ihr nach. Gelegentlich trottete sie unschlüssig einige Schritte hinter dem Wächter her, schien dann jedoch plötzlich von einer grauenhaften Vorahnung gepackt zu werden, stemmte die Vorderbeine in den Boden, senkte den Kopf und wehrte sich, verzweifelt meckernd und blökend, gegen das Zerren des Mannes. Der Wächter riß energisch am Seil und schlug der Ziege mit einem Büschel belaubter Zweige, das er in der anderen Hand hielt, gegen die Hinterbeine, bis sie schließlich, weggetreten vor Angst, ein paar Schritte weitertaumelte und -trottete. Für die Ziege bestand kein sichtbarer Anlaß, sich derartig zu fürchten, und, soweit wir das beurteilen konnten, auch kein hörbarer; aber wer weiß schon, was die Ziege von jenem Ort her, auf den wir zusteuerten, riechen konnte.

Unsere ohnehin schon schwer gedrückte Stimmung erhielt die nächste Abreibung von der Seite, aus einer vollkommen unerwarteten Richtung. Wir stießen auf eine runde Betonfläche, die sich mitten auf einer Lichtung befand. Der Kreis hatte einen Durchmesser von zirka sechs Metern und war mit zwei parallel verlaufenden Streifen bemalt, die in der Mitte durch einen geraden schwarzen Strich verbunden waren. Es dauerte eine Weile, bis wir das Symbol erkannten. Dann begriffen wir. Es war ein »H«, nichts weiter. Der Kreis war ein Hubschrauberlandeplatz. Um sich anzusehen, was dieser Ziege bevorstand, reisten also Leute mit dem Hubschrauber an.

Betäubt und benebelt trotteten wir weiter und fanden vollkommen bedeutungslose Dinge urplötzlich zum Brüllen komisch, als marschierten wir vorsätzlich auf etwas zu, das auch uns vernichten sollte.

Der Weg, der vom Hubschrauberlandeplatz wegführte, war noch ordentlicher als der, der hinter uns lag. Er war mehrere Meter breit und zu beiden Seiten von einem stabilen, ungefähr einen halben Meter hohen Holzzaun begrenzt. Wir folgten ihm ein paar hundert Meter weit, bis wir schließlich eine breite, drei Meter tiefe Grube erreichten, in deren Nähe es einiges zu sehen gab.

Links von uns war eine Art Tribüne.

Mehrere Sitzbänke waren, von einem schrägen Dach gegen die Sonne oder andere Witterungseinflüsse geschützt, hintereinander aufgereiht. Am vorderen Geländer der Tribüne waren die beiden Enden eines langen blauen Nylonseils befestigt, das hinunter in die Grube führte und über eine Flaschenzugrolle lief, die ihrerseits an den Ästen eines kleinen, krummen Baumes befestigt war. Am Seil hing ein kleiner Eisenhaken.

Um den Baum herumgruppiert aalten sich sechs große, matschiggraue Drachenechsen im trüben Licht dieses heißen, aber bedeckten Tages und im Verwesungsgestank des Todes.

Die größte von ihnen war ungefähr drei Meter lang.

Anfangs fiel es mir wirklich schwer, ihre Größe zu schätzen. Wir waren noch nicht nahe genug, das Licht war zu dunstig und zu grau, um sie mit dem Auge richtig erfassen zu können, und das Auge war schlicht und einfach nicht daran gewöhnt, etwas dermaßen Großes mit einer Echsenform in Verbindung zu bringen.

Ich starrte sie eine Zeitlang entgeistert an, bis ich merkte, daß Mark mir auf den Arm klopfte. Ich sah mich um. Ein großer Drache näherte sich uns von der anderen Zaunseite her.

Er war aus dem Unterholz aufgetaucht, wohl wissend, daß die Ankunft von Menschen mit der Fütterungszeit gleichzusetzen war. Später erfuhren wir, daß die in Grubennähe herumhängende Drachengruppe sich kaum mehr von dort entfernte und eigentlich nur noch darauf beschränkte, herumzuliegen und auf die Fütterung zu warten.

Der Waran tappte auf uns zu, klatschte seine Füße aggressiv auf den Boden, zuerst den linken Vorder- und rechten Hinterfuß, dann das andere Beinpaar, und bewegte sich trotz seines großen Gewichtes leicht und federnd mit der schwingenden, entschlossenen Gangart eines Schlägers. Er ließ seine lange, dünne, bleiche, gespaltene Zunge vor- und zurückschnellen und versuchte, den Geruch toter Dinge aus der Luft zu schmecken.

Er erreichte die gegenüberliegende Zaunseite, begann dort unwirsch auf und ab zu wandern und schwang und schürfte seinen schweren Schwanz erwartungsvoll über den staubigen Boden. Die grobe, schuppige Haut hing ihm lokker wie ein Kettenhemd vom Körper und bildete unmittelbar hinter seinem länglichen Totenschädel von einem Gesicht eine Reihe kuhartiger Hautfalten. Die Beine des Warans waren stämmig und muskulös und endeten in Klauen, die man normalerweise am Ende von Messingtischbeinen vorzufinden erwartet.

Das Ding ist nur ein Waran und doch bis zu einem geradezu unwirklichen Grad massiv. Wenn er den Kopf über den Zaun hebt und beim Abdrehen mitschwenkt, fragt man sich unwillkürlich, wie es funktioniert und was für ein Trick dahintersteckt.

In diesem Augenblick kam die Touristengruppe fröhlich, unbeeindruckt und neugierig auf das, was anstand, über den Pfad in unsere Richtung gezottelt. Guck mal, da ist einer von diesen Drachen. Ooh, das ist aber 'n Großer. Sieht ja übel aus, der Bursche!

Das Schlimmste sollte aber noch kommen.

Die Ziege wurde in taktvoller Entfernung hinter der Tribüne geschlachtet. Zwei der Parkwächter drückten die ausschlagende, meckernde Kreatur zu Boden, legten ihren Nacken auf einen Holzklotz und hackten ihr mit einer Machete den Kopf ab. Um die heftige Blutung zu stillen, drückten sie das Büschel Laubzweige auf die Wunde. Es dauerte einige Minuten, bis die Ziege sich nicht mehr regte.

Unmittelbar danach schnitten die Wächter ein Hinterbein für den Drachen hinter dem Zaun ab, nahmen den Rest des Ziegenkadavers und befestigten ihn mit dem Haken an dem blauen Nylonseil. Er schaukelte und schwankte im Wind hin und her, als sie ihn zu den in der Grube liegenden Drachen hinunterkurbelten.

Eine Weile zeigten sich die Drachen allenfalls mäßig interessiert. Es waren wohlgenährte und schläfrige Drachen. Schließlich raffte sich einer auf, näherte sich dem hängenden Kadaver und schlitzte sanft dessen weichen Bauch auf. Ein Riesenschlamassel aus Gedärm glitschte aus der Ziege und ergoß sich über den Kopf des Warans. Dort blieb es eine Zeitlang dampfend liegen. Der Waran schien, jedenfalls für den Augenblick, nicht weiter daran interessiert.

Dann wuchtete sich einer der anderen Drachen in Bewegung und kam näher. Er beschnüffelte und bezüngelte die

Luft und begann daraufhin, dem ersten Drachen die Innereien der toten Ziege vom Kopf zu fressen, bis dieser ihn anschnauzte und einen Teil der Mahlzeit für sich beanspruchte. Beim ersten Zuschnappen floß eine grüne Flüssigkeit aus dem glänzenden grauen Knäuel, und im weiteren Verlauf der Mahlzeit wurden die Köpfe aller Drachen triefend naß von dieser grünen Flüssigkeit.

»Mensch, so sind sie richtig riesig, Pauline«, sagte ein neben mir stehender Mann, der durch einen Feldstecher sah. »So wirken sie viel größer, als sie sind. Ich sag dir, wenn man da durchguckt, sind sie tatsächlich so groß, wie ich immer gedacht hab.«

Er gab den Feldstecher an seine Frau weiter.

»O ja, das macht wirklich was aus!« sagte sie.

»Der Feldstecher ist echt große Klasse, Pauline. Und nicht mal schwer.«

Andere Mitglieder der Reisegruppe versammelten sich um die beiden.

»Darf ich auch mal gucken? Wem gehört der?«

»Mann, das wär was für Howard!«

»Al? Al, guck dir mal den Feldstecher hier an – und fühl mal, wie schwer der ist!«

Als ich gerade nachsichtig anmerkte, der Feldstecher stelle eigentlich nur eine willkommene Ablenkung dar, um sich die höllische Vorstellung in der Grube nicht wirklich ansehen zu müssen, rief die Frau, die ihn im Moment mit Beschlag belegt hatte, fröhlich: »Gulp, gulp, gulp! Alles weg! Was für ein Verdauungssystem! Jetzt hat er uns gewittert!«

»Der will bestimmt richtig frisches Fleisch«, brummte ihr Mann. »Lebendiges, das noch zuckt.«

Tatsächlich dauerte es fast eine Stunde, bis die Ziege restlos verschwunden war, und zu diesem Zeitpunkt hatte die Gruppe bereits schnatternd den Rückweg zum Dorf angetreten. Beim Aufbruch gestand uns eine einsame Engländerin, sie mache sich eigentlich nicht viel aus den Drachen. »Mir gefällt die Gegend«, sagte sie verträumt. »Die Drachen kriegt man halt dazu. Und natürlich ist das Ganze mit all diesen Haken und Ziegen und Touristen wirklich nur eine große Show. Wenn man allein rumlaufen und auf einen von denen treffen würde, ja, das wäre schon was anderes, aber so ist es einfach nur Kasperletheater.«

Nachdem sie alle verschwunden waren, sagte uns der Wächter, wir könnten, falls wir wollten, in die Grube hinunterklettern und uns die Drachen aus der Nähe ansehen, was wir dann auch unter heftigen Schwindelgefühlen taten. Zwei Wächter begleiteten uns, bewaffnet mit langen Stöcken, die sich am Ende gabelten. Damit drückten sie die Drachen am Nacken weg, wenn sie uns zu nahe kamen oder anfingen, aggressiv zu wirken.

Viel zu verängstigt, um wirklich zu begreifen, was wir eigentlich taten, kraxelten und rutschten wir durch eine Rinne nach unten, und binnen weniger Minuten fand ich mich vor dem größten Drachen wieder. Da er schon reichlich gefressen hatte, betrachtete er mich ohne besonderes Interesse. Ein Streifen tropfendes Gedärm hing ihm aus dem offenen Maul, und sein Gesicht glänzte von Blut und Speichel. Das Innere seines Maules war blaß hellrosa gefärbt, und sein stinkender Atem sorgte zusammen mit dem der heißen, fauligen Grubenluft für einen dermaßen überwältigenden Gestank, daß unsere Augen brannten und tränten und wir vor Ekel halb bewußtlos wurden.

Alles, was von der meckernden Ziege übriggeblieben war, der wir über den Weg hinterhergestolpert waren, war ein blutiges, zerfetztes Bein, das am Knöchel vom Haken an dem blauen Nylonseil herunterhing. Nur einer der Drachen interessierte sich noch dafür und kaute lustlos an den Oberschenkelmuskeln herum. Dann bekam er das ganze Bein richtig zu fassen und versuchte, es mit fiesen, ruckartigen Kopfbewegungen vom Haken zu reißen, aber es saß fest. Der Waran zog und zerrte und manövrierte sich selbst immer weiter nach vorn, so daß mehr und mehr von dem Bein in seinem Rachen verschwand, bis nur noch der Huf und der Haken herausragten. Doch schon nach kurzer Zeit gab der Drache es auf, sich damit abzumühen, hockte sich einfach hin und blieb in dieser Pose mindestens zehn Minuten lang reglos sitzen, bis ihm einer der Wächter den Gefallen tat, das Bein unterhalb des Hakens mit der Machete abzuschlagen. Der letzte Ziegenüberrest rutschte dem Echsenmagen entgegen, um dort zusammen mit Knochen, Hufen, Hörnern und allem anderen langsam von den zersetzenden Kräften der Enzyme aufgelöst zu werden, die sich im Verdauungstrakt eines Komodo-Warans aufhalten.

Wir entschuldigten uns und verschwanden.

Das erste der restlichen drei Hühner hatte seinen Auftritt beim Mittagessen, aber uns war nicht nach Huhn. Lustlos schubsten wir die knochigen Teile über unsere Teller und fanden kaum Gesprächsstoff.

Am Nachmittag fuhren wir mit dem Boot zur Hauptsiedlung auf Komodo und trafen uns dort mit einer Frau, die als einzige Überlebende eines Drachenangriffs galt. Sie war bei der Feldarbeit von einer riesigen Echse angefallen worden, und bis die Nachbarn und deren Hunde auf ihre Schreie hin herbeigeeilt waren und die Bestie in die Flucht geschlagen hatten, war eines ihrer Beine vollkommen zerfetzt gewesen. Langwierige Operationen auf Bali bewahrten sie vor einer Amputation, und wie durch ein Wunder schüttelte sie die Infektion ab und überlebte, wenn auch ihr Bein verstümmelt blieb. Man erzählte uns, auf Rinca, der Nachbarinsel, sei ein vierjähriger Junge von einem Drachen geschnappt worden, als er auf der Treppe vor seinem Elternhaus gelegen und gespielt hatte. Die Lebenden bauen ihre Häuser auf Pfählen, aber auf diesen Inseln sind nicht einmal die Toten sicher, und über ihren Gräbern werden scharfkantige Felsbrocken aufgetürmt.

Meinem rationalen westlichen Intellekt und meiner Erziehung zum Trotz überkam mich in diesem Augenblick das Gefühl, in einer archaischen Welt zu leben, die von einem heimtückischen, perversen Gott regiert wurde, und trübte meinen Blick auf alles, was ich an diesem Nachmittag sah – sogar auf die Kokosnüsse. Die Dorfbewohner verkauften uns ein paar und schlugen sie für uns auf. Kokosnüsse sind nahezu perfekt konstruiert. Zuerst bohrt man sie an und trinkt die Milch, dann schlägt man die Nuß mit einer Machete auf und schneidet ein Stück Schale ab, das als Werkzeug zum Herausschneiden des Kokosnußfleisches dient. Was einen an dem verantwortlichen Götterwesen verwundert, ist, daß es etwas zum menschlichen Gebrauch dermaßen perfekt Geeignetes erfindet und es dann in sieben Metern Höhe an einem astlosen Baum aufhängt.

Ich hab mir was Kniffliges einfallen lassen, mal sehen, wie sie damit klarkommen. Oh, sieh mal einer an! Sie haben herausbekommen, wie man auf die Bäume klettert. Hätte ich ihnen nicht zugetraut. Na fein, mal sehen, wie sie das Ding aufkriegen. Hmm, jetzt haben sie also auch noch spitzgekriegt, wie man Stahl härtet. Also gut, Schluß mit der netten Tour. Wenn sie das nächste Mal auf diesen Baum klettern wollen, wird sie unten ein Drache erwarten.

Die Geschichte mit dem Apfel muß ihn doch mehr verärgert haben, als ich gedacht hatte.

Ich ging und setzte mich neben einem Mangrovenbaum an den Strand und betrachtete die sich sanft kräuselnde See. Ein paar Fische hüpften über den Strand und auf einen Baum, und obwohl ich es eher komisch finde, wenn Fische solche Dinge tun, gab ich mir Mühe, sie nicht dafür zu ver-

Reishalm-Terrassen in einem der noch immer schönen Teile von Bali.

Unerschrocken trotzt unser Boot der aufgepeitschten See um Komodo.

Echsenartige Formen in den Hügeln von Komodo?

Vier Hühner in unverderblicher Form betrachten uns mit tiefem und grauenvollem Argwohn, den wir leider absolut nicht zerstreuen können.

Das Huhn, das man uns nicht zum essen vorsetzte, und der Grund dafür.

Ein drei Meter langer Komodowaran. Das zur Zeit längste bekannte Exemplar ist einen guten halben Meter länger.

Schon der Speichel eines Komodowarans kann einen Menschen umbringen.

Der Komodowaran benutzt seine Zunge zum Schnuppern. Möglicherweise hielten frühere, nervöse Entdecker diese schnuppernde Zunge irrtümlich für Flammenstöße und rannten lieber weg, als genauer hinzusehen. Obwohl die Echse nicht gerade Feuer speit, hat sie von allen dem Menschen bekannten Lebewesen den übelsten Mundgeruch, und wenn man ihr so nahekommt, kann man der Versuchung wegzurennen kaum widerstehen.

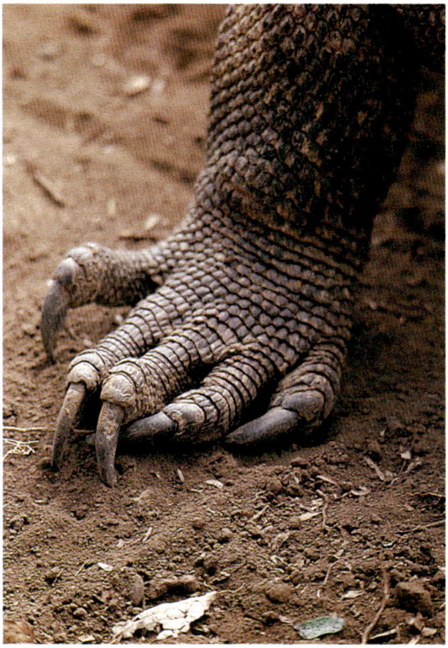

Die Klauen der Drachenechse von Komodo sehen aus wie die Füße eines Messingtischchens.
unten links: *Die Drachenechsen schlafen mit dem Kopf voran in geräumigen Höhlen. Es ist eine sehr, sehr, sehr schlechte Idee, auch nur daran zu denken, sie am Schwanz zu ziehen.*
unten rechts: *Ein Komodowaran beim letzten Stück seiner täglichen Vorstellung.*

Das Restaurant am Ende des Universums.

Rinca: Der Sohn dieser Mutter wurde von einem Waran gefressen, als er auf den Stufen vor dem Haus spielte.

dammen. Ich hatte ein ziemlich flaues Gefühl, was meine eigene Art anging, und verspürte keine Neigung, wegen anderer spöttisch die Augenbrauen hochzuziehen. Wenn es ihnen Spaß machte, sollten diese Fische in den Bäumen spielen, soviel sie wollten; solange sie nicht versuchten, sich zu rechtfertigen oder einander weiszumachen, ein heimtückischer Gott sorge dafür, daß sie gern in den Bäumen spielten.

Was meine eigene Art anging, hatte ich ein ziemlich flaues Gefühl, weil wir uns anmaßen, eine Entscheidung zwischen dem, was wir als gut, und dem, was wir als böse bezeichnen, zu treffen. Die Verkörperung dessen, was wir als böse bezeichnen, entdecken wir in Dingen, die nicht in uns sind, sondern in Lebewesen, die von all diesen Fragen nichts wissen, weshalb wir uns von ihnen abgestoßen und uns im Gegensatz zu ihnen gut fühlen können. Und falls es ihnen nicht aus eigener Kraft gelingt, uns ausreichend anzuwidern, heizen wir sie mit einer Ziege an. Sie wollen die Ziege nicht, sie brauchen sie nicht. Falls sie eine wollten, würden sie sie ohne fremde Hilfe finden. Das einzig wirklich Abstoßende, was mit der Ziege geschieht, verursachen in Wirklichkeit wir.

Warum also hatten wir nichts gesagt? Zum Beispiel: »Bringt die Ziege nicht um!«

Tja, dafür gibt es eine ganze Reihe von möglichen Gründen:

- Wenn man die Ziege nicht unseretwegen getötet hätte, dann für andere – zum Beispiel für die amerikanische Touristengruppe.
- Wir begriffen erst, als es bereits zu spät war, was da vor sich gehen sollte.
- Die Ziege hatte sowieso kein besonders angenehmes Leben. Besonders heute nicht.
- Wahrscheinlich hätte sie sonst später ein anderer Drache gekriegt.

- Wenn es nicht die Ziege gewesen wäre, hätten die Drachen eben etwas anderes bekommen, einen Hirsch oder ähnliches.
- Wir mußten für dieses Buch und für die BBC von dem Vorfall berichten. Die vollständige Erfahrung war wichtig, um die Leute detailliert darüber informieren zu können. Eine Ziege wird das ja wohl wert sein.
- Wir waren uns zu fein, »bitte, bringt die Ziege nicht unseretwegen um« zu sagen.
- Wir waren ein Haufen stockfeiger, rationalistischer Drecksäcke.

Das Tolle daran, die einzige zwischen richtig und falsch unterscheidende Art zu sein, ist, daß wir uns immer genau die Regeln ausdenken können, die uns gerade in den Kram passen.

Die Fische hoppelten noch immer unschuldig den Baumstamm rauf und runter. Sie waren ungefähr acht Zentimeter lang und braun-schwarz, mit kleinen Bommelaugen, die dicht nebeneinander auf ihren Köpfen klebten. Sie hoppelten vorbei und benutzten ihre Flossen als Krücken.

»Schlammspringer«, sagte Mark, der in diesem Moment vorbeikam. Er ging in die Hocke, um sie sich anzusehen.

»Was machen sie auf dem Baum?« fragte ich.

»Man könnte sagen, daß sie am Experimentieren sind«, sagte Mark. »Sollte sich herausstellen, daß sie an Land besser zurechtkommen als im Wasser, entwickeln sie sich im Laufe der Zeit möglicherweise zu Landbewohnern. Im Augenblick nehmen sie eine bestimmte Sauerstoffmenge durch die Haut auf, aber von Zeit zu Zeit müssen sie zurück ins Meer, um sich einen Mundvoll Wasser zu holen und es durch die Kiemen zu schleusen. Aber das kann sich ändern. Hat es ja schon gegeben.«

»Was meinst du?«

»Na, es ist mehr als wahrscheinlich, daß das Leben auf diesem Planeten im Wasser begonnen hat und daß die Meereslebewesen auf der Suche nach neuen Lebensräumen aufs Festland gezogen sind. Vor mehr als 350 Millionen Jahren gab es mal einen Fisch, der große Ähnlichkeit mit dem Schlammspringer hatte. Er kam an Land, indem er seine Flossen als Krücken benutzte. Durchaus möglich, daß das der Urahn aller an Land lebenden Wirbeltiere war.«

»Ehrlich? Wie hieß der?«

»Ich glaube nicht, daß er damals schon einen Namen hatte.«

»Also ist dieser Fisch, was wir vor 350 Millionen Jahren waren?«

»Gut möglich.«

»Also könnte in 350 Millionen Jahren einer seiner Nachkommen hier mit einer Kamera um den Hals am Strand sitzen und andere Fische aus dem Meer hoppeln sehen?«

»Keine Ahnung. Über so was sollen sich Science-fiction-Autoren den Kopf zerbrechen. Als Zoologen können wir nur sagen, was unserer Meinung nach bisher passiert ist.«

Ich fühlte mich plötzlich, tja, entsetzlich *alt*, als ein Schlammspringer mit seinem mir jetzt so wunderbar hoffnungslos, grenzenlos und naiv erscheinenden Optimismus an mir vorbeihoppelte. Er hatte einen noch so schrecklich, schrecklich, schrecklich weiten Weg vor sich. Ich hoffte, daß sein Nachfahre, falls er in 350 Millionen Jahren mit einer Kamera um den Hals an diesem Strand säße, das Gefühl hätte, die Reise habe sich gelohnt. Ich hoffte, daß er ein besseres Verständnis seiner selbst und seiner Umwelt haben würde als wir. Ich hoffte, daß ihm etwas Besseres einfallen möge, als andere Lebewesen in Horror-Zirkusnummern zu verwandeln, um ihr Überleben zu sichern. Ich hoffte, daß er, falls jemand nur der schaurigen Show zuliebe versuchte, den entfernten Nachkommen einer Ziege an den entfernten

Nachkommen eines Drachen zu verfüttern, dies für falsch halten würde.

Ich hoffte, er würde nicht zu feige sein, dann auch den Schnabel aufzureißen.

Ein Pillenschachtel-Hütchen aus Leopardenfell

Indem wir entgegen unserer ursprünglichen Absicht einen Missionsflug nach Zaire nahmen, jagten wir uns selbst einen gehörigen Schrecken ein. Alle planmäßigen Flüge von und nach Kinshasa waren wegen des plötzlichen Ausbruchs eines häßlichen Streits zwischen Zaire und dessen Ex-Kolonialherren, den Belgiern, eingestellt worden, und die Hintertür-Strecke via Nairobi hatten wir nur Marks raffinierten Schachzügen zu verdanken, der von Godalming aus durch die Nacht telexte.

Wir waren gekommen, um Nashörner aufzutreiben: die nördliche Unterart der weißen Nashörner, von denen noch zwanzig in Zaire lebten und acht in der Tschechoslowakei. Die tschechoslowakischen Nashörner leben natürlich nicht in freier Wildbahn und haben es lediglich der lebenslangen fanatischen Arbeit eines Mitte dieses Jahrhunderts verstorbenen Sammlers weißer Nashörner zu verdanken, daß sie überhaupt in der Tschechoslowakei sind. Außerdem leben noch ein paar Exemplare im Zoo von San Diego in Kalifornien. Wir hatten beschlossen, über einen Umweg ins Nashorngebiet zu fahren, um uns unterwegs noch ein paar andere Dinge anzusehen.

Das Flugzeug war ein Sechzehn-Sitzer, der mit uns dreien – Mark, unserem BBC-Tontechniker Chris Muir und mir – sowie dreizehn Missionaren besetzt war. Oder, besser gesagt, nicht mit dreizehn richtigen Missionaren, sondern einer Mischung aus Missionaren, Missionsschullehrern und einem älteren amerikanischen Ehepaar, das sich sehr für Missionsarbeit interessierte und Strohhüte aus Miami, Kameras und entrückte, gütige Blicke zur Schau trug, die es jedem unverhohlen zuteil werden ließ, ob man sie nun wollte oder nicht.

Wir waren zwei Stunden in der brütenden Hitze um das baufällige Zoll- und Einreisebüro in einer der hintersten Ekken des Flughafens von Nairobi herumgekrochen, um unsere Maschine und unsere Mitreisenden auszumachen. Es ist nicht leicht, einen Missionar auf den ersten Blick zu erkennen, aber irgend etwas eindeutig Komisches ging vor sich, denn jedermann bemühte sich, seinen Platz auf der einzigen Sitzgelegenheit, einer schmalen, dreisitzigen Bank, die unter einem Dach im Schatten stand, aufzugeben und seinem Nachbarn anzubieten, so daß die Bank letztlich leer blieb und wir alle blinzelnd und verwelkend in der erblühenden Morgenhitze herumstanden. Nachdem wir das eine Stunde lang getan hatten, murmelte Chris irgend etwas Schottisches in seinen Bart, stellte seine Ausrüstung ab, legte sich auf die leere Bank und schlief, bis die Maschine startbereit war. Ich wünschte, das wäre mir eingefallen.

Einer ganzen Reihe von Marks Bemerkungen hatte ich entnommen, daß er Missionare nicht ausstehen konnte, denen er bei seiner Tätigkeit in Afrika und Asien häufig begegnet war, und als wir über das heiße Flugfeld zur Maschine gingen und unsere zierlichen, engen Sitze einnahmen, wirkte er ungewöhnlich angespannt und verschlossen. Als das Flugzeug dann über die Piste zu rollen begann, nahm auch meine eigene Anspannung zu, da die Begrüßung des Piloten aus einer Beschreibung unserer Reiseroute, einer Erklärung der Sicherheitsvorkehrungen und einem kurzen Gebet zusammensetzte.

Das »Herr, gepriesen sei Dein Name, weil Du diesen Tag

für uns gesegnet hast« machte mir noch nicht besonders zu schaffen, aber »Wir legen unser Leben in Deine Hände, Herr« ist, ehrlich gesagt, nicht gerade das, was man von einem Piloten hören möchte, wenn er Vollgas gibt. Unsere Fingerknöchel waren kalkweiß, als wir über die Rollbahn rasselten, und als wir aufstiegen, kam uns eine große, alte, zigarrenförmige Dakota entgegen, die wegen Schlechtwetters über dem Großen Rift Valley mit dreißig Jahren Verspätung zur Landung ansetzte.

Im krassen Widerspruch zu all unseren vernünftigen Erkenntnissen über Geographie und Geometrie ist der Himmel über Kenia schlicht und einfach größer als irgendwo sonst. Wenn man in ihn hineingehoben wird, sieht man sich angesichts des immensen, unbegrenzten Raumes zwischen sich und dem unendlich weit entfernten Horizont von einem Gefühl gesteigerter Ehrfurcht überwältigt.

Andererseits war die Atmosphäre an Bord der Maschine so klaustrophobisch nett, daß einem die Galle hochkam. Alle waren nett, alle lächelten, alle lachten dieses gräßlich gütige, ersterbende Lachen, das einem den letzten Nerv raubt, und alle trugen eigenartigerweise Brillen. Und zwar nicht bloß einfach Brillen. Sie trugen fast alle die gleichen Brillen, mit oben schwarzen und unten durchsichtigen Fassungen, genau die Art, die nur englische Vikare, Chemielehrer und eben Missionare tragen. Wir saßen da und rissen uns zusammen.

Es fällt mir sehr schwer, nicht unmelodisch zu summen, wenn ich versuche, mich zusammenzureißen, und dieses Summen muß wohl den Missionar neben mir irgendwie verärgert haben, was er mir signalisierte, indem er mich so lange mit seinem entsetzlich gütigen, ersterbenden Lachen bedachte, bis ich ihn am liebsten gebissen hätte.

Der Missionsgedanke gefällt mir nicht. Genauer gesagt, löst dieses Geschäft bei mir nur Angst und Sorge aus. Ich glaube nicht an Gott, zumindest nicht an jenen Gott, den wir Engländer uns ausgedacht haben, um unseren eigenartigen englischen Bedürfnissen gerecht zu werden, und ganz bestimmt nicht an jene Götter, die man in Amerika erfunden hat und die ihre Schäfchen mit Toupets, Fernsehstationen und – was am allerwichtigsten ist – gebührenfreien Telefonnummern versorgen. Ich wünschte, diejenigen, die an diese Dinge glauben, würden das Zeug für sich behalten und nicht in die Entwicklungsländer exportieren. Ich saß da und betrachtete die Miami-Hüte, die aus dem Fenster auf Afrika herabsahen – da saßen sie zwischen einer unermeßlichen Landmasse und einem unermeßlichen Himmel und lächelten unbegreiflicherweise einen Kontinent an. Ich glaube, Conrad hat mal etwas Ähnliches über ein Boot gesagt.

Sie lächelten dem Mount Kenya zu, strahlten den Kilimandscharo an und waren liebreizend gütig zum Großen Rift Valley, während es majestätisch unter uns durchzog. Sie waren sogar hoch erfreut und glücklich über eine kurze Zwischenlandung in Mwanza, Tansania, was man, wie sich herausstellen sollte, von uns nicht behaupten konnte.

Vor einer Art Bushaltestellenhäuschen, das Mwanza als Flughafen diente, trudelte die Maschine zum Stillstand, und wir wurden gebeten, für eine halbe Stunde auszusteigen und in der »International Transit Lounge« zu warten. Diese Lounge bestand aus einem großen Betonverschlag mit zwei großen, durch einen Gang verbundenen Räumen. Das Gebäude wirkte wie frisch bombardiert – die Wände hatten riesige Löcher, und ein rostiges Drahtgewirr quoll aus ihrem Inneren und durch vergilbte Italienposter. Wir gingen hinein, um die halbe Stunde abzuwarten, stellten die Taschen mit unserer Fotoausrüstung auf den Boden und ließen uns in die lädierten Sitze sacken. Ich kramte eine Zigarette heraus, und Mark kramte seine Kamera heraus, um mich beim Rauchen zu fotografieren. Mehr konnten wir ja nicht tun.

Kurz darauf sah ein Mann in einem braunen schmutzabweisenden Anzug zu uns herein, fand unseren Anblick nicht gerade berauschend und fragte, ob wir Transit-Passagiere wären. Wir sagten, ja, wären wir. Er schüttelte grenzenlos verdrossen den Kopf und sagte, wenn wir Transit-Passagiere wären, müßten wir in dem anderen der beiden Räume sein. Wer das nicht wußte, mußte offensichtlich geisteskrank oder zumindest ziemlich beschränkt sein. Gegen den Türrahmen gesackt, stand er da und zog pikiert die Augenbrauen hoch, bis wir unseren Kram zusammenpackten und durch den Gang in den Nebenraum schleiften. Er sah uns nach, schüttelte den Kopf, verwundert und betroffen darüber, wie heillos dämlich die Menschheit im allgemeinen und wir im besonderen waren, und schloß dann hinter uns die Tür.

Der zweite Raum sah genauso aus wie der erste, abgesehen von einer in eine Wand eingelassenen Luke. In dieser Luke, ein Schalter, lehnte ein großes, abwesend wirkendes Mädchen mit aufgestützten Armen und gegen die Wangenknochen gedrückten Fäusten. Sie beobachtete an der Wand hochkrabbelnde Fliegen, ohne dabei besonderes Interesse an den Tag zu legen, weil die Fliegen nichts Überraschendes taten, aber immerhin taten sie überhaupt irgend etwas. Hinter dem Mädchen stand ein mit Keksen, Schokoladentafeln, Cola und einer Kanne Kaffee vollgestapelter Tisch, und wie eine Horde Wiesel marschierten wir sofort darauf zu. Kurz bevor wir den Tisch erreichten, wurden wir allerdings von einem Mann in einem blauen schmutzabweisenden Anzug abgefangen, der uns fragte, was wir hier zu suchen hätten. Wir setzten ihm auseinander, wir seien Transit-Passagiere auf dem Weg nach Zaire, woraufhin er uns ansah, als habe sich unser Verstand jetzt vollständig verabschiedet.

»*Transit*-Reisende?« fragte er. »Transit-Reisende dürfen sich hier überhaupt nicht aufhalten.« Er winkte uns mit einer erhabenen Geste vom Snack-Tresen weg, ließ uns unseren ganzen Kram wieder aufsammeln und scheuchte uns durch die Tür und den Gang zurück in den ersten Raum, wo uns der Mann in dem braunen schmutzabweisenden Anzug eine Minute später erneut entdeckte.

Er sah uns an.

Ein zentnerschweres Unverständnis überkam ihn, gefolgt von Traurigkeit, Wut, tiefer Enttäuschung und dem Gefühl, daß die Welt einzig und allein erschaffen worden war, um ihm Verdruß zu bereiten. Er lehnte sich gegen die Wand, runzelte die Stirn, schloß die Augen und kniff sich in den Nasenrücken.

»Sie sind im falschen Raum«, sagte er schlicht. »Sie sind Transit-Passagiere. Bitte gehen Sie in den anderen Raum.«

In Situationen wie dieser fühlt man eine herrliche Ruhe in sich aufsteigen, ganz besonders, wenn auch ein Kiosk mit Erfrischungen darin verwickelt ist. Wir nickten, packten unseren Kram in Zen-Manier zusammen und machten uns durch den Gang auf den Rückweg in den zweiten Raum. Dort sprach uns der Mann im blauen schmutzabweisenden Anzug wieder an, aber diesmal erklärten wir ihm geduldig, daß er sich verpissen könne. Wir brauchten Schokolade, wir brauchten Kaffee, vielleicht sogar ein erfrischendes Päckchen Kekse und beabsichtigten darüber hinaus, das alles auch zu bekommen. Wir ließen ihn sprachlos zurück, warfen unsere Taschen zu Boden, marschierten aufrecht zum Schalter und trafen auf ein größeres, unvorhergesehenes Hindernis.

Das Mädchen wollte uns nichts verkaufen. Es schien sie zu überraschen, daß wir uns überhaupt die Mühe machten, das Thema anzuschneiden. Ohne die Wangenknochen von den Fäusten zu heben, schüttelte sie langsam den Kopf und starrte weiter die Fliegen an der Wand an.

Während des folgenden Gesprächs, das fast so anregend

vor sich hin plätscherte wie Gummi aus einem Baum, kristallisierte sich allmählich heraus, daß das Problem folgendes war: Sie war nicht bereit, anderes als tansanisches Geld anzunehmen. Ohne zu fragen, wußte sie, daß wir keins hatten, weil schlicht und ergreifend noch nie jemand tansanisches Geld gehabt hatte. Wir befanden uns in einer internationalen Wartehalle, und im Flughafen gab es keine Wechselstube, folglich konnte jemand, der hierherkam, unmöglich irgendwelche tansanischen Zahlungsmittel bei sich haben, folglich konnte sie auch niemandem etwas verkaufen.

Nach einer mehrminütigen, sinnlosen Diskussion mußten wir uns ihren makellosen Argumenten beugen und die restliche Zeit damit zubringen, mit von nutzlosen Dollar, Pfund, Franc und Kenia-Schillingen ausgebeulten Hosentaschen dazusitzen und den Kaffee und die Schokoriegel trübsinnig anzuschmachten. Das Mädchen sah abwesend die Fliegen an und hatte sich ganz offensichtlich damit abgefunden, daß sie niemals mit jemandem ins Geschäft kommen würde. Nach einer Weile beobachteten auch wir interessiert die Fliegen.

Schließlich sagte man uns, die Maschine sei jetzt wieder startklar, und wir kehrten zu unserer Flugzeugladung Missionare zurück.

Wo, wunderten wir uns, waren sie gewesen, während all das passiert war? Wir fragten nicht. Etwa eine Stunde später landeten wir endlich in Bukavu, und als wir auf die Terminalbaracken des Flughafens zurollten, hallte die Maschine von fröhlichen »Oh, wie schön, der Bischof ist gekommen, um uns zu begrüßen«-Rufen wider. Und da stand er, groß und freudestrahlend in seiner lila Tunika, und er trug eine Brille mit oben schwarzer und unten durchsichtiger Fassung. Die Missionare, die Missionsschullehrer und das amerikanische Paar, das sich sehr für Missionsarbeit interessierte, kletterten lächelnd aus der Maschine, und nachdem wir unsere Kamerataschen unter den Sitzen hervorgezogen hatten, folgten wir ihnen nach draußen.

Wir waren in Zaire.

Was in Zaire so grauenhaft schiefläuft, läßt sich, wenn man mich fragt, am besten durch den Abdruck einer Karte verdeutlichen, die uns einige Tage später von einem Beamten des Fremdenverkehrsverbandes überreicht wurde.

Ein Absatz ist den Touristen zuliebe in englischer Sprache abgefaßt. Er lautet wie folgt:

»Madam, Sir,
im Namen des Vorsitzenden und Gründers des MPR (Mouvement Populaire de la Révolution), des Präsidenten der Republik, seiner Regierung und meiner Landsleute wünsche ich Ihnen von ganzem Herzen einen wundervollen Aufenthalt in der Republik Zaire.

Sie werden in diesem Land majestätische Sehenswürdigkeiten, eine üppige Flora und eine einzigartige Fauna vorfinden.

Die Aufgeschlossenheit und Gastfreundlichkeit der zairischen Menschen wird Ihnen den Einblick in die Traditionen und Gebräuche unseres Volkes erleichtern.

Unsere junge Nation erhofft sich viel von Ihren Anregungen und dankt Ihnen, daß Sie selbst uns durch Ihre Vorschläge dabei helfen, die Freunde, die Sie zu uns schicken, noch besser willkommen heißen zu können.
Der Fremdenverkehrsminister.«

Das klingt doch ganz anständig. Was einen ins Grübeln darüber bringt, was man denn nun wirklich vorfinden wird, ist der andere Absatz. Den soll man nämlich jedem Zairer zeigen, dem man begegnet, und er lautet wie folgt:

»ZAIRER, HELFT UNSEREN BESUCHERN!
Der Freund, der diese Karte bei sich hat, ist zu Besuch in unserem Land. Er ist unser Gast.

Falls er Fotos machen will, seid zuvorkommend und freundlich. Tragt dazu bei, daß er seinen Aufenthalt genießt, dann wird er wiederkommen und seine Freunde mitbringen.

Indem ihr ihm helft, helft ihr unserem Land. Denkt immer daran, daß uns der Tourismus mit Einnahmen versorgt, die uns die Schaffung neuer Arbeitsplätze, den Bau neuer Schulen, Krankenhäuser, Fabriken und anderer Einrichtungen ermöglichen.

Die Zukunft unseres Fremdenverkehrs hängt davon ab, wie wir unsere Gäste empfangen.«

Es ist schon alarmierend genug, daß eine Ermahnung wie diese überhaupt für notwendig erachtet wird, aber noch wesentlich alarmierender ist, daß dieser Abschnitt ebenfalls nur auf englisch abgedruckt ist.

Kein Zairer – oder »Zairois«, wie sie sich selbst normalerweise nennen – spricht englisch, oder jedenfalls kaum einer.

Das Prinzip, nach dem Zaire funktioniert und das zu korrigieren diese Karte ein herrlich hoffnungsloser Versuch war, ist ausgesprochen simpel. Jeder Beamte, an den man herantritt, wird einem das Leben so schwer wie nur irgend möglich machen, bis man ihn dafür bezahlt, es zu lassen. Mit amerikanischen Dollar. Danach reicht er einen an den nächsten Beamten weiter, der wieder von vorn beginnt, einem das Leben schwerzumachen. Verglichen mit den alptraumhaften Ausmaßen, die dieser Prozeß später annahm, war unser aus einem zweistündigen feuchten, elenden Hüttenaufenthalt bestehender Einstieg in Zaire bloß ein relativ sanfter Zermürbungsversuch.

Das erste, was wir in der Zollhütte sahen, war ein Bild,

das uns eine Vorstellung davon vermittelte, was uns bei unserer Suche nach bedrohten Tierarten in Zaire erwarten würde. Auf dem Bild war ein Leopard zu sehen. Das heißt, auf dem Bild war nur ein Teil des Leoparden zu sehen. Der bewußte Leopardenteil war zu einem ziemlich adretten Pillenschachtel-Hütchen umgestaltet worden und schmückte den Kopf von Marschall Mobuto Sésé Séko Kuku Ngbendu Wa Za Banga, dem Präsidenten der Republik Zaire, der mit gebieterischer Ruhe auf uns herabsah, während zwei seiner Beamten uns in die Mangel nahmen.

Einer der beiden war ein eher freundlicher Mann, der uns gelegentlich Zigaretten anbot, und der andere war ein kleiner, fieser Mann, der unsere Zigaretten klaute. Was natürlich der klassischen Verhörmethode entspricht, die dem Zweck dient, das um Gnade winselnde Opfer an den Rand eines vollständigen seelischen Zusammenbruchs zu treiben. Offenbar hatten sie diese Vorgehensweise irgendwo gelernt und konnten sie sich jetzt einfach nicht mehr abgewöhnen, obwohl sie eigentlich nicht mehr von uns wissen wollten als unsere Namen, Paßnummern und die Seriennummern sämtlicher Ausrüstungsstücke, die wir mitführten.

Da vor allem der Große nichts gegen uns persönlich zu haben schien, während er uns pflichtgemäß durch den Irrsinn geleitete, dem er uns auszusetzen hatte, beschlich mich ein Gefühl merkwürdiger Nähe und bewegender Freundschaft, das ich aus den Beschreibungen der Beziehungen zwischen Folterknechten und ihren Opfern oder Kidnappern und ihren Geiseln kannte. Es entsteht das Gefühl, man sitze im gleichen Boot. Da im Briefkopf der Formulare, die wir ausfüllen mußten, »Belgisch-Kongo« durchgestrichen und mit Bleistift durch »Zaire« ersetzt worden war, mußten sie mindestens achtzehn Jahre alt sein. Das einzige Formular, das sie offenbar nicht vorrätig hatten, war jenes, das wir eigentlich brauchten. Wir waren von Freunden dringend darauf hingewiesen worden, daß wir uns bei der Einreise in Zaire eine Devisen-Einfuhrbestätigung besorgen sollten, um späteren Ärger zu vermeiden. Nach mehrfachem Bitten bekamen wir zu hören, die sei ausgegangen. Man sagte uns, in Goma könnten wir so was bekommen, und das sei dann schon in Ordnung.

Sie spielten mit dem Gedanken, meinen Laptop-Computer zu konfiszieren – für den Fall, daß wir die Regierung damit stürzen wollten –, aber am Ende begnügte sich der kleine, fiese Mann damit, lediglich Chris' Autozeitschrift zu beschlagnahmen – mit der Begründung, er möge Autos –, und dann waren wir frei, jedenfalls fürs erste.

Wir ließen uns von einem entfernt taxiähnlichen Gefährt nach Bukavu bringen. Wie sich herausstellte, war die Stadt enorm weit vom Flughafen entfernt, höchstwahrscheinlich, weil die Taxifahrer darauf bestanden hatten. Während wir über die erschreckend zerfurchte Straße hoppelten, die am Rand des Sees entlangführte und auf der ein Großteil der Bevölkerung von Zaire spazierenzugehen schien, tauchte unser Fahrer immer wieder für geraume Zeit unter das Armaturenbrett. Ich verfolgte das mit einiger Besorgnis, die sich schließlich, als ich mitbekam, was er da eigentlich tat, gehörig steigerte. Er bediente die Kupplung per Hand. Ich überlegte, ob ich den anderen davon erzählen sollte, entschied mich aber schließlich dagegen, weil es sie nur beunruhigt hätte. Mark erwähnte später, während der gesamten Fahrt sei kein anderes Fahrzeug auf der Straße zu sehen gewesen, abgesehen von ein paar Lastern, die schon so lange standen, daß sie keine Hinterachsen mehr hatten. Mir war das nicht aufgefallen, weil ich, nachdem mir klargeworden war, was der Fahrer mit der Kupplung anstellte, die Augen während der restlichen Reise einfach nicht mehr aufgemacht hatte.

Als wir endlich das Hotel erreichten, das für eine so verfallene Stadt wie Bukavu erstaunlich vornehm und geräumig war, waren wir zerschlagen und erschöpft und begannen uns ausgiebig anzugähnen. Das war eine Art wortloses Signal, daß jeder von uns den Anblick der beiden anderen gründlich satt hatte, auch wenn es erst sechs Uhr abends war. Wir gingen in die Zimmer und setzten uns zwischen unsere jeweiligen Gepäckberge.

Ich saß am Fenster und sah zu, wie die Sonne über dem See zu versinken begann, dessen Name mir nicht einfiel, weil alle Karten in Marks Zimmer lagen. Aus dieser Perspektive betrachtet, sah Bukavu, das auf einer in den See ragenden Halbinsel liegt, ziemlich idyllisch aus. Der Kivu-See. Jetzt war mir der Name wieder eingefallen. Ich fühlte mich noch immer ausgesprochen kribblig und schlotterig und kam zu dem Schluß, das Hinausstarren auf den See könne mir helfen.

Er lag freundlich und schimmernd da und ging in der Ferne, wo er auf die Ausläufer der ihn umgebenden Hügel traf, langsam in einen Grauton über. Das half.

Das Licht des frühen Abends warf lange Schatten über die belgischen Kolonialhäuser, die in leuchtende Blüten und Palmen gekuschelt am Hang vor dem Hotel standen. Auch das tat gut. Sogar die gewellten Dächer der weniger feinen, neueren Gebäude wirkten im sanften Licht weniger abweisend. Ich sah den schwarzen Falken zu, die über dem See kreisten, und merkte, daß ich ruhiger wurde. Ich stand auf, fing an, die Sachen auszupacken, die ich für die Nacht brauchte, und wurde von einem friedlichen, wohligen Gefühl erfüllt, einem Gefühl, das nur von der plötzlichen Erkenntnis beeinträchtigt wurde, daß ich bei unserer letzten Übernachtung mal wieder meine Zahnpasta vergessen hatte. Und mein Schreibpapier. Und mein Feuerzeug. Ich kam zu dem Schluß, daß es Zeit war, die Stadt zu erkunden.

Die Hauptstraße war eine finstere Anhöhe, breit, ungepflegt und mit Abfall übersät. Die Läden bestanden größtenteils aus Beton und Schmutz, und da Zaire eine ehemalige belgische Kolonie ist, war jeder zweite Laden, wie in Belgien und Frankreich, eine *Pharmacie*, nur mit dem Unterschied, daß man zu meiner Verwunderung in keinem dieser Läden Zahnpasta kaufen konnte.

Die meisten anderen Geschäfte waren unidentifizierbar. Als ein Laden auftauchte, dessen Angebot sich unter anderem aus Ghetto-Blastern, Socken, Seife und Hühnern zusammensetzte, erschien es mir nicht allzu abwegig, hineinzugehen und zu fragen, ob sie in einem ihrer Regale auch Zahnpasta oder Papier vergraben hätten, woraufhin sie mich ansahen, als sei ich vollkommen übergeschnappt. Ob ich denn nicht bemerkt hätte, daß dies ein Ghetto-Blaster-, Socken-, Seifen- und Hühnergeschäft sei? Nachdem ich mich eine halbe Meile weit die Straße rauf- und wieder runtergeschleppt hatte, fand ich schließlich beides bei einem winzigen Straßenstand, der, wie sich herausstellte, auch Kugelschreiber, Luftpostumschläge und Feuerzeuge verkaufte und wahrhaftig so ungewöhnlich auf meine Bedürfnisse zugeschnitten zu sein schien, daß ich beinahe gefragt hätte, ob sie nicht auch noch eine Ausgabe des *New Scientist* hätten.

Als nächstes fiel mir auf, daß man alles Lebenswichtige auf der Straße kaufen konnte. Zum Beispiel Fotokopien. Hier und da standen am Straßenrand alte Fotokopierer auf klapprigen Tapeziertischen, und ein- oder zweimal wurde ich von Straßengaunern abgefangen und gefragt, ob ich vielleicht irgend etwas fotokopiert haben oder mit ihren Schwestern schlafen wolle. Ich kehrte ins Hotel zurück, machte mir einige Notizen auf dem Schreibpapier, das aus unerfindlichen Gründen rosa war, und schlief wie ein Toter.

Am nächsten Morgen flogen wir nach Goma. Dort stellten wir fest, daß man auch bei Inlandsflügen in Zaire wieder die ganze Einwanderungs- und Zollsalbaderei über sich ergehen lassen mußte. Im Büro eines großen, verrohten Flughafenbeamten wurden wir von bewaffneten Männern zu der Frage verhört, weshalb wir aus Bukavu keine Devisen-Einfuhrbestätigung mitgebracht hatten.

Der Hinweis, daß in Bukavu die Formulare ausgegangen waren, zog nicht.

»Fünfzig Dollar«, sagte der Beamte.

Abgesehen von einem kleinen Schreibtisch, in dessen Schublade zwei Bögen Papier lagen, war sein großes, karges Büro leer. Er lehnte sich zurück und starrte an die Decke, die offenbar schon häufiger Zeuge solcher Vorfälle gewesen war. Dann beugte er sich wieder vor und fuhr sich mit den Handflächen langsam von oben nach unten über das Gesicht, als wolle er es abpellen. Er sagte wieder: »Fünfzig Dollar. Pro Person.« Dann starrte er hohl auf eine der Schreibtischecken und ließ einen Bleistift langsam zwischen den Fingern herumrollen. Eine Stunde lang waren wir dem ausgesetzt, dann hatte er unser erbärmliches Französisch satt und ließ uns gehen.

Blinzelnd verließen wir den Flughafen und trafen, wie durch ein Wunder, auf den Fahrer, den Freunde von Mark geschickt hatten und der uns zu den Virunga-Vulkanen bringen sollte, wo die Berggorillas leben.

Wir waren nicht nach Zaire gekommen, um uns die Gorillas anzusehen. Nur ist es kaum möglich, den weiten Weg nach Zaire auf sich zu nehmen und sie sich dann entgehen zu lassen. Ich wollte das gerade damit begründen, daß sie unsere engsten Verwandten sind, bin aber nicht ganz sicher, ob diese Erklärung ausreicht. Meiner Erfahrung nach ist es normalerweise so, daß man sich bei einem Besuch in einem Land, in dem man Verwandte hat, am liebsten flach hinlegen und hoffen möchte, sie bekämen gar nicht mit, daß man in der Gegend ist. Bei den Gorillas setzt man sich aber wenigstens nicht der Gefahr aus, zum Essengehen gezwungen zu werden und sich ein paar Millionen Jahre Familiengeschichte anhören zu müssen, also kann man ungestraft vorbeischauen. Natürlich sind sie nur entfernte Verwandte – n-te Cousins, n-ten Grades. Wir stammen beide vom selben Vorfahren ab, der bedauerlicherweise nicht mehr unter uns weilt und seit Darwins Zeiten Anlaß zu endloser Spekulation darüber gegeben hat, was für eine Art Lebewesen er/sie denn eigentlich gewesen ist.

Der Zweig der Primatenfamilie, dem wir angehören (als reiche, erfolgreiche Angehörige der Familie, diejenigen, denen es gut geht und die sich in jeder Hinsicht um die anderen, weniger gut weggekommenen Familienmitglieder kümmern sollten), ist der der großen Menschenaffen – wir sind große Menschenaffen.

Die anderen großen Menschenaffen sind die Gorillas (die in drei Unterarten eingeteilt sind: Berggorillas, Östliche Flachlandgorillas und Westliche Flachlandgorillas), zwei Schimpansenarten sowie die Orang-Utans von Borneo und Sumatra. Unter diesen sind wiederum die Gorillas, die Schimpansen und wir am engsten verwandt. Von den Gorillas haben wir uns – evolutionsgeschichtlich gesehen – vor kürzerer Zeit getrennt als von den anderen großen Menschenaffen, und deswegen sind die Gorillas enger mit uns verwandt als mit den Orang-Utans. Wir sind wirklich sehr, sehr nahe Verwandte – einander so nah wie der Indische und der Afrikanische Elefant, die ebenfalls einen gemeinsamen ausgestorbenen Vorfahren haben.

Die Virunga-Vulkane, auf denen die Berggorillas leben, erstrecken sich entlang der Grenze zwischen Zaire, Ruanda und Uganda. Etwa zwei Drittel der ungefähr zweihundertachtzig in diesem Gebiet ansässigen Gorillas leben in Zaire, das restliche Drittel in Ruanda. Ich sage ungefähr, weil die Gorillas hinsichtlich evolutionärer Rahmenbedingungen bisher noch nicht weit genug entwickelt sind, um den Nutzen von Pässen, Devisen-Einfuhrformularen und Beamtenbestechung herausgefunden zu haben, und deshalb dazu neigen, hin und her über die Grenze zu wandern, wann immer sie diese tierische, primitive Laune packt. Obwohl einige Versprengte ab und zu einen Abstecher nach Uganda machen, gibt es grundsätzlich keine ständig dort lebenden Gorillas, weil der ugandische Teil der Virungas nur fünfundzwanzig Quadratkilometer groß, ungeschützt und voller Menschen ist, denen die Gorillas, sofern man ihnen die Wahl läßt, lieber aus dem Weg gehen.

Die Fahrt von Goma dauert ungefähr fünf Stunden, und wir brachen so zügig auf, wie das nach zweieinhalb zermürbenden Stunden mit einem Reisebüromitarbeiter, einem Hotel-Manager, einem Mittagessen und einem Besuch in einer der größeren Nationalbanken möglich war – deren Namen hier zu erwähnen stinklangweilig wäre, wenn auch nicht halb so langweilig, wie sich in ihr aufhalten zu müssen.

Zum Überlaufen kam das Faß allerdings erst, als ich in einer Bäckerei von einem Taschendieb ausgenommen wurde.

Ich merkte überhaupt nicht, daß ich von einem Taschendieb ausgenommen wurde – was mich freut, weil ich grundsätzlich am liebsten mit Profis zusammenarbeite. Dafür bemerkten es alle anderen im Laden, und während ich noch mit der Auswahl meiner Brötchen beschäftigt war, wurde der Mann weggereicht und hastig auf die Straße befördert. Dank meiner bescheidenen Zairois-Französischkenntnisse begriff ich nicht, was der Bäcker mir klarzumachen versuchte, glaubte, er empfehle mir seine Rosinenbrötchen, und kaufte ihm deshalb sechs Stück ab.

In diesem Moment traf Mark mit ein paar Dosen Birnen, unseren Passierscheinen für das Gorillagebiet und unserem Fahrer ein, der die Situation sofort erfaßte und mir auseinandersetzte, was passiert war. Er erklärte mir außerdem, die Rosinenbrötchen seien nicht gut, meinte aber, wir sollten sie trotzdem behalten, da die anderen auch nicht besser seien, und irgend etwas bräuchten wir schließlich. Er war ein dünner, schlaksiger Moslem mit einem gewinnenden Lächeln, und er reagierte ausgesprochen positiv auf unseren Vorschlag, schleunigst die Kurve zu kratzen.

Wenn Leute vom »schwärzesten Afrika« sprechen, meinen sie in der Regel Zaire. Zaire ist das Land der Dschungel, der Berge, der gewaltigen Flüsse und der Vulkane; das Land, in dem es mehr exotische Tiere gibt, als man vernünftigerweise mit einem Stock in die Flucht zu schlagen versuchen sollte, in dem von der westlichen Zivilisation noch immer weitgehend unberührte Jäger- und Sammler-Pygmäenstämme leben und das weltweit über eines der schlechtesten Verkehrssysteme verfügt. Dies ist das Afrika, in dem Stanley auf Dr. Livingstone zu treffen hoffte.

Bis zum 19. Jahrhundert war dieser riesige Abschnitt Afrikas nichts weiter als ein schwarzes Loch auf jeder europäischen Karte des Schwarzen Kontinents, aber kaum war Livingstone in das Innere dieses schwarzen Lochs vorgedrungen, begann es eine ungeheuerliche Anziehungskraft auf die restliche Welt auszuüben.

Die ersten, die ins Land strömten, waren die Missionare: Katholiken, die kamen, um den Eingeborenen von den Irrwegen der Prostestanten zu erzählen, und Protestanten, die kamen, um den Eingeborenen von den Irrwegen der Katholiken zu erzählen. Einig waren sich Protestanten und Katholiken nur in dem Punkt, daß die Eingeborenen sich zweitausend Jahre lang auf einem Irrweg befunden hatten.

Kurz nach den Missionaren folgten Kaufleute auf der Suche nach Sklaven, Elfenbein, Kupfer und geeignetem Land für Plantagen. Mit Hilfe von Stanley, der einen Fünf-Jahres-Vertrag zur Erschließung von Zentralafrika abgeschlossen hatte, beanspruchte König Leopold von Belgien diesen ausgedehnten Landstrich 1885 erfolgreich für sich und setzte dessen Einwohner umgehend einer einzigartig brutalen und skrupellosen Form der Kolonialisierung aus, um ihnen so die Bedeutung des Wortes »falsch« überaus anschaulich und überzeugend zu vermitteln.

Als Nachrichten von den schlimmsten Greueltaten nach außen durchsickerten, zwang man Leopold, »sein« Land der belgischen Regierung zu übergeben, die anschließend tatkräftig dafür sorgte, daß sich so gut wie nichts an den dortigen Zuständen änderte. In den fünfziger Jahren jedoch, als sich die Unabhängigkeitsbewegungen wie ein Lauffeuer über Afrika ausbreiteten, waren die Kolonialherren 1959 nach Unruhen und grauenvollen Massakern in der Hauptstadt Kinshasa derartig angeschlagen, daß sie dem Land für das folgende Jahr die Unabhängigkeit zusicherten. 1971 wurde der Landesname »Belgisch-Kongo« schließlich in »Zaire« geändert.

Zaire ist, am Rande bemerkt, ungefähr achtzigmal so groß wie Belgien.

Wie die meisten Kolonien hatte sich auch Zaire eine alles erstickende Bürokratie zugelegt, deren alleinige Funktion darin bestand, Entscheidungen nach oben an die Kolonialherren des Landes zu verweisen. Beamte vor Ort waren selten befugt, Dinge zu tun, sondern nur, sie zu verhindern, bis die Bestechungsgelder eingegangen waren. Sind die Kolonialherren dann vertrieben, zappelt die Bürokratie weiter wie ein kopfloses Huhn, zu nichts anderem fähig, als sich selbst ein Bein zu stellen, allem und jedem im Weg zu stehen und sich, falls die nötigen Waffen zur Hand sind, in den Fuß zu schießen. Ehemalige Kolonien erkennt man immer an der unverhältnismäßigen Zahl von Menschen, deren einzige Beschäftigung darin besteht, Menschen mit einer Beschäftigung an deren Ausübung zu hindern.

Nach fünf Stunden schläfrigen Geholpers in einem Lastwagen trafen wir in Bukima ein, jenem Dorf am Fuß der Virungas, an dem die Straße endet und von dem aus wir zu Fuß weiterreisen mußten.

Oberhalb des Dorfes, vor einem großen Platz, stand ein lächerlich imposantes Ex-Kolonial-Gebäude, das, abgesehen von einem lächerlich kleinen, in den letzten Winkel gezwängten Büro, leer stand, in dem ein kleiner, uniformierter Mann sich düster grinsend in unsere Gorilla-Passierscheine vertiefte, als habe er so etwas noch nie oder wenigstens seit einer guten Stunde nicht mehr gesehen. Anschließend beschäftigte er sich einige Minuten lang mit einem Kurzwellenfunkgerät, bevor er sich wieder uns zuwandte und sagte, er wisse genau, wer wir seien, habe uns erwartet und werde uns wegen unserer guten Kontakte zum World Wildlife Fund in Nairobi einen zusätzlichen Tag bei den Gorillas zugestehen, und wer zum Teufel wir eigentlich seien, und warum ihm niemand erzählt habe, daß wir kämen?

Da wir nicht meinten, ihm bei der Beantwortung dieser Fragen behilflich sein zu können, ließen wir ihn allein und machten uns auf die Suche nach ein paar Trägern, die uns auf dem dreistündigen Fußmarsch zu unserem Nachtquartier, der Hütte des Wildhüters, begleiten sollten. Sie waren nicht schwer zu finden. Vor unserem Transporter hatte sich eine hoffnungsvolle Schar von ihnen versammelt, und unser Fahrer wollte unbedingt wissen, wie viele wir zum Transport aller unserer Taschen brauchen würden. Er schien das Wort »aller« ziemlich nachdrücklich zu betonen.

Plötzlich wurde uns etwas mit schrecklicher Deutlichkeit bewußt. Wir waren so scharf darauf gewesen, möglichst schnell aus Goma wegzukommen, daß wir einen entscheidenden Aspekt unseres Planes vergessen hatten, nämlich den Großteil unserer Sachen in einem Hotel in der Stadt zurückzulassen. Infolge dieser Nachlässigkeit hatten wir mehr Gepäck bei uns, als wir für den Ausflug zu den Gorillas tatsächlich brauchten.

Wesentlich mehr.

Außer der Gorilla-Beobachtungs-Grundausrüstung – Jeans, T-Shirt, irgendwas Wasserdichtes, einer Tonne Kameras und Dosenbirnen – hatte ich einen immensen Vorrat an schmutziger Wäsche dabei, einen Anzug und Schuhe, die ich bei einem Treffen mit meinem französischen Verleger in Paris getragen hatte, ein Dutzend Computerzeitschriften, ein Wörterbuch, zig Bände von Dickens' »Gesammelten Werken« und das Holzmodell eines Komodo-Warans. Ich halte es für richtig, mit wenig Gepäck zu reisen, aber ich halte es auch für richtig, mit dem Rauchen aufzuhören und rechtzeitig vor Weihnachten einkaufen zu gehen.

Ohne uns anmerken zu lassen, wie entsetzlich peinlich uns die Sache war, wählten wir eine Trägermannschaft aus, die diesen kleinen Berg für uns auf die Virunga-Vulkane schaffen sollte. Es störte sie nicht. Solange wir sie dafür bezahlen konnten, Dickens und Drachen zu den Gorillas rauf- und wieder runterzutragen, war für sie alles in bester Ordnung. Der weiße Mann hatte in Zaire wesentlich Schlimmeres angestellt, wenn auch vielleicht nichts wesentlich Dämlicheres.

Der lange Aufstieg zur Wildhüterhütte war mühsam und häufig von Pausen unterbrochen, in denen wir unsere Zigaretten und Coca-Cola-Vorräte mit den Trägern teilten, während sie die mit Dickens und den Computermagazinen gefüllten Taschen regelmäßig untereinander austauschten und verschiedene neuartige Methoden ausprobierten, sie auf dem Kopf zu behalten.

Die meiste Zeit trampelten wir durch feuchte Sagofelder, und mir kam plötzlich ein ebenso lächerlicher wie beglükkender Gedanke. Wir marschierten durch das einzige mir bekannte Anagramm meines Namens – nämlich »Sago Mud

Salad«. Ich stellte alberne Mutmaßungen an, welche tiefere, kosmische Bedeutung sich möglicherweise dahinter verbarg, und als ich den Gedanken endlich fallenließ, lag die Hütte, ein eher spartanischer, aber immerhin neuer und solider Holzbau, im schwächer werdenden Abendlicht vor uns.

Feuchte, schwere Nebelschwaden hingen über der Gegend und verhüllten die weit entfernten Vulkangipfel fast vollständig. Den unerwartet kalten Abend verbrachten wir im Schein zischender Grubenlampen; wir aßen unsere Dosenbirnen und das letzte verbliebene Brötchen und unterhielten uns in gebrochenem Französisch mit unseren beiden Führern, die Murara und Serundori hießen.

Beide, unnachahmlich elegante Typen in Tarnanzügen und schwarzen Uniformmützen, hingen schlapp über dem Tisch und streichelten gelangweilt ihre Gewehre. Wie sie uns erklärten, liefen sie bloß in diesem Aufzug herum, weil sie früher zu einer Kommandoeinheit gehört hatten. Alle Führer müßten Waffen tragen, erzählten sie uns, zum einen zum Schutz vor den wilden Tieren, vor allem aber für den Fall, daß sie auf Wilderer stießen. Murara sagte, er selbst habe schon fünf Wilderer erschossen. Achselzuckend fuhr er fort, so was sei *pas de problème*. Kein Ärger mit Ermittlungen oder ähnlichem; er hatte sie einfach erschossen und war nach Hause gegangen. Er lehnte sich auf seinen Stuhl zurück und befingerte beiläufig das Visier seines Gewehrs, während wir nervös mit unseren Birnenhälften herumspielten.

Natürlich stellt jede Form von Wilderei die größte Bedrohung für das Überleben der Berggorillas dar, aber man fragt sich doch unwillkürlich, ob man das Problem wirklich löst, indem man die Jagdsaison auf Menschen für eröffnet erklärt. Noch sind wir zwar keine gefährdete Art, aber es ist nicht so, daß wir nicht oft genug versucht hätten, eine zu werden.

Die Wilderei verliert heutzutage allerdings an Bedeutung – zumindest teilweise. Vier Fünftel der derzeit in Zoos lebenden Gorillas wurden ursprünglich aus freier Wildbahn geholt, aber kein öffentlicher Zoo würde heute mehr einen Gorilla annehmen, außer von einem anderen Zoo, weil er andernfalls Schwierigkeiten hätte, seine Herkunft zu erklären.

Trotzdem besteht von seiten privater Sammler noch immer Nachfrage, und der ungeschützte ugandische Teil der Virungas bleibt das schwache Glied in der Kette. Im September 1988 wurde auf ugandischer Seite ein Gorillababy gefangen. Zwei ausgewachsene Mitglieder seiner Familie wurden erschossen und das Jungtier später von einem Jagdaufseher (der mittlerweile im Gefängnis sitzt) für 15000 Pfund an ruandische Schmuggler verkauft. Das ist der bedrückendste Aspekt dieser Art von Wilderei – für jedes gefangene Jungtier sterben in der Regel mehrere andere Familienmitglieder, weil sie das Junge zu schützen versuchen.

Schlimmer als jene, die Gorillas für ihre privaten Zoos sammeln, sind allerdings diejenigen, die Gorillateile sammeln. Jahrelang herrschte ein reger Handel mit Schädeln und Händen, die an Touristen und Auswanderer verkauft wurden, die irrtümlicherweise glaubten, die Gorillateile würden auf ihrem Kaminsims besser wirken als am Körper der ursprünglichen Besitzer. Auch das geht, Gott sei Dank, mittlerweile zurück, seit eine Vorliebe für beinharte Brutalität als nicht mehr ganz so schicke Lebensart wie früher gilt.

In ein paar Gebieten Afrikas erlegt man Gorillas noch immer, um sie zu essen, allerdings nicht in der Gegend um die Virunga-Vulkane – zumindest nicht vorsätzlich. Das Problem besteht darin, daß sehr viele andere Tiere gejagt werden und Gorillas häufig in Buschbock- oder Ducker-Fallen geraten. Beispielsweise verfing sich im August 1988 ein junger weiblicher Gorilla namens Jozi mit der Hand in einer

Antilopen-Fußangel und starb schließlich an einer Blutvergiftung. Zum Schutz der Gorillas sind Patrouillen gegen Wilderer also nach wie vor notwendig.

Außer uns saßen an diesem Abend noch zwei weitere Personen in der Hütte. Und zwar zwei deutsche Studenten, deren Namen ich zwar zwischenzeitlich wieder vergessen habe, die ich aber, da sie nicht von all den anderen deutschen Studenten zu unterscheiden waren, denen wir auf unseren Reisen gelegentlich begegneten, einfach Helmut und Kurt nennen werde.

Helmut und Kurt waren jung, blond, tatkräftig, unglaublich gut ausgerüstet und uns in so gut wie jeder Hinsicht weit überlegen. Am frühen Abend bekamen wir sie kaum zu Gesicht, weil sie schwer mit der Zubereitung ihrer Mahlzeit beschäftigt waren. Dazu gehörte das Errichten eines Steinofens im Freien und anschließend allerlei Hin- und Hergelaufe mit Schüsseln voll kochenden Wassers, Stoppuhren, Taschenmessern und zerstückelten Teilen des örtlichen Wildbestandes. Schließlich setzten sie sich, verspeisten ihr Festmahl mit unerbittlicher Effizienz und weigerten sich auf beleidigende Art und Weise, unseren Dosenbirnenhälften wenigstens einen verächtlichen Blick zuzuwerfen.

Dann kündigten sie an, sie gingen jetzt schlafen, allerdings nicht etwa in der Hütte, sondern in einem mitgebrachten Zelt, das wesentlich besser sei. Es war ein deutsches Zelt. Sie verabschiedeten sich mit einem kur(t)zen Nicken und verschwanden.

Nachdem ich in dieser Nacht einige Zeit wach gelegen und mir Sorgen wegen Muraras und Serundoris gelegentlicher Neigung zum Leute-Erschießen gemacht hatte, begann ich mir schließlich dessen Sorgen wegen Helmut und Kurt zu machen. Ich wünschte mir, sie wären, wenn sie sich schon so verhalten mußten, nicht auch noch ausgerechnet Deutsche. Das war zu leicht. Zu offensichtlich. Es war, als begegnete man einem wahrhaftig dummen Iren, einer wahrhaftig fetten Schwiegermutter oder einem amerikanischen Geschäftsmann, der seinen zweiten Vornamen wahrhaftig mit einer Initiale abkürzt und Zigarre raucht. Man hat das Gefühl, gegen seinen Willen in einer Varietènummer aufzutreten, und möchte sich am liebsten hinsetzen und das Buch umschreiben. Wären Helmut und Kurt Brasilianer oder Chinesen oder Letten oder sonstwas gewesen, hätten sie sich genauso benehmen können, und es wäre überraschend und faszinierend und, was vor allem mich betraf, auch wesentlich einfacher zu beschreiben gewesen. Schriftsteller sollten nicht am Aufrechterhalten von Klischees mitwirken. Ich fragte mich, was ich dagegen unternehmen sollte, kam zu dem Schluß, daß sie einfach Letten sein konnten, wenn ich es wollte, und ging anschließend sehr friedvoll dazu über, mir Sorgen wegen meiner Stiefel zu machen.

Vor dem Schlafengehen hatte Mark mir geraten, nach dem Aufstehen zuerst mal meine Stiefel umzudrehen und auszuschütteln.

Ich fragte ihn, weshalb.

»Skorpione«, erwiderte er. »Gute Nacht.«

Früh am nächsten Morgen erwarteten uns Murara und Serundori vor der Hütte, streichelten ihre Gewehre und Macheten und trugen dabei einen bedeutungsvollen Blick zur Schau, bei dem wir uns nicht sicher waren, ob er uns gefiel. Immerhin hatten sie gute Nachrichten für uns. Da Gorillas nicht dazu neigen, ihre persönlichen Verpflichtungen wegen zu Besuch kommender entfernter Verwandter umzustoßen, begegnete man ihnen manchmal erst nach einem achtstündigen Fußmarsch von der Wildhüterhütte aus. An diesem Tag allerdings, so die gute Nachricht, waren sie nur ungefähr eine Stunde von uns entfernt, also stand uns ein geruhsamer Tag bevor. Wir sammelten unseren Gorilla-Beobachtungs-

Kram zusammen, ließen den Drachen, den Dickens und unsere Blitzleuchten wohlbedacht zurück, weil wir davon ausgingen, daß diese Dinge die Gorillas in unterschiedlichem Maße verärgern würden, wünschten Helmut und Kurt, die uns bei der Expedition begleiteten, einen guten Morgen und machten uns gemeinsam auf die Suche nach den Gorillas. Im dunstigen Morgenlicht ragte vor uns der Buckel des Mikeno-Vulkans auf.

Der Wald, in den wir eintauchten, war dicht und feucht, und darüber beschwerte ich mich bei Mark.

Er setzte mir auseinander, daß Gorillas gern in Gebirgsregenwäldern oder Wolkenwäldern leben. Und die befinden sich dreitausend Meter über dem Meeresspiegel, über der Wolkengrenze und sind ständig klamm. Ständig tropft Wasser von den Bäumen.

»Das ist etwas anderes als der primäre Regenwald im Flachland«, sagte Mark. »Eher ein sekundärer Regenwald, der entsteht, wenn ein ursprünglicher Regenwald abbrennt oder abgeholzt wird.«

»Ich dachte immer, das Hauptproblem bei den Regenwäldern wäre, daß sie nicht nachwachsen, wenn man sie abholzt«, sagte ich.

»Es entsteht kein neuer primärer Regenwald. Na, vielleicht doch, das weiß man nicht. Vielleicht nach Hunderten oder Tausenden von Jahren. Jedenfalls dauert es bedeutend länger, als unsere bisherigen Aufzeichnungen zurückreichen. Und der ursprüngliche Wildbestand wird bis dahin mit Sicherheit ein für allemal verschwunden sein.

Primärer Regenwald ist ein unglaublich komplexes System, aber wenn man dann wirklich mittendrin steht, sieht er halb leer aus. In der Wachstumsphase entsteht ein sehr hohes, dichtes Blätterdach, weil alle Bäume miteinander um das Sonnenlicht wetteifern. Da aber nur sehr wenig Licht durch dieses Dach dringt, hält sich das Pflanzenwachstum am Boden in Grenzen. Dafür entsteht das komplexeste ökologische System der Welt, das nur dazu da ist, die von den Bäumen absorbierte Sonnenenergie über den gesamten Wald zu verteilen.

Wolkenwälder wie dieser hier sind wesentlich einfacher. Die Bäume sind viel niedriger und stehen besser verteilt, deswegen ist auch der Boden dicht bewachsen, was den Gorillas gefällt, weil sie sich gut verstecken können. Und es gibt eine Menge Futter in Reichweite.«

Für uns allerdings wurde das Durchqueren des Waldes wegen der dichten, feuchten Vegetation zu einem harten Stück Arbeit. Murara und Serundori schwangen ihre Macheten so lässig durch das nahezu undurchdringliche Unterholz, daß mir erst nach einiger Zeit aufging, daß mehr dahintersteckte als vages Herumhacken.

Macheten haben eine ganz bestimmte Form, ein bißchen wie die Silhouette einer Banane mit verdicktem Ende. Nicht nur die Neigung und der Winkel der Klinge sind überall verschieden, sie ist auch an jeder Stelle unterschiedlich gewichtet. Es war faszinierend zu beobachten, wie unsere Führer die Richtung ihrer Schläge von einem Hieb zum anderen genau der Pflanzenform anpaßten, die sie abzuschlagen versuchten – mal war es ein dicker Ast, mal waren es Nesselbänke und dann verheddert herunterhängende Kletterpflanzen. Es sah aus wie ein sehr lässiges Tennisspiel, bei dem ein äußerst geschicktes Spielerpaar auf dem Platz stand.

Der Wald war aber nicht nur dicht, sondern auch kalt, feucht und voller großer schwarzer Ameisen, die uns alle bissen – nur Helmut und Kurt nicht, die sich aus Lettland spezielle ameisensichere Socken mitgebracht hatten.

Wir beglückwünschten sie zu ihrer weisen Voraussicht, aber sie zuckten die Achseln und taten es einfach ab. Letten sind immer gut vorbereitet. Sie musterten unsere Aufnahmegeräte und zeigten sich überrascht, daß wir diese Ausrüstung für angemessen hielten. In Lettland gäbe es wesentlich bessere Geräte als unsere. Wir sagten, das könne schon sein, nur wären wir sehr zufrieden mit ihnen, und auch die BBC scheine sie für diesen Auftrag bestens geeignet zu halten. Helmut (oder war es Kurt?) erklärte uns, daß sie in Lettland wesentlich bessere Fernsehanstalten hätten.

Der Ausbruch offener Feindseligkeiten wurde in diesem Moment glücklicherweise von einem Signal unserer Führer verhindert, die uns bedeuteten, uns still zu verhalten. Wir waren nahe bei den Gorillas.

»War doch klar«, sagte Kurt, und ein leichtes Lächeln kräuselte seine schmalen Lippen, als habe er die ganze Zeit über gewußt, daß die Gorillas an genau dieser Stelle sein würden.

Nur war es kein Gorilla, der die Aufmerksamkeit unserer Führer auf sich gezogen hatte, sondern ein Gorillabett. Im Unterholz neben dem Pfad, auf dem wir uns bewegten, war eine tiefe Einbuchtung, in der ein Gorilla die Nacht verbracht hatte. Pflanzen waren abgerissen und übereinandergelegt worden, damit der Gorilla nicht auf dem nachts kalten und klammen Boden liegen mußte.

Was Laien an Zoologen in hohem Maße eigenartig finden, ist ihre unersättliche Begeisterung für Tierexkremente. Ich verstehe ja, daß man aus diesen Exkrementen eine Menge Informationen über die Gewohnheiten und die Ernährungsweise der betreffenden Tiere herauslesen kann, aber nichts erklärt in meinen Augen die ungetrübte Verzückung, die diese Objekte auszulösen vermögen.

Ein kurzer Freudenjapser sagte mir, daß Mark welche gefunden hatte. Er fiel auf die Knie und begann seine Nikon über einem kleinen Haufen Gorillakot abzufeuern.

»Es ist im Nest«, erklärte er mir, nachdem er fertig war, »das ist sehr interessant, mußt du wissen. Die Berggorillas, also die, die hier leben, entleeren sich grundsätzlich in ihre Nester, weil es nachts zu kalt zum Aufstehen ist. Die Westlichen Flachlandgorillas tun das nicht. Für die ist es nicht so problematisch, nachts aufzustehen, weil sie in einem wärmeren Klima leben. Davon abgesehen, ernähren sich die Westlichen Flachlandgorillas von Früchten, was wohl ein weiterer Anreiz ist, sich nicht ins Nest zu scheißen.«

»Verstehe«, sagte ich.

Helmut wollte irgendwas sagen, vermutlich, daß sie in Lettland Gorillas hätten, die diesen weit überlegen seien, aber ich unterbrach ihn, weil ich plötzlich den merkwürdigen, unbehaglichen Eindruck hatte, von einem Laster angestarrt zu werden.

Wir blieben ganz ruhig und sahen uns sehr vorsichtig um. Es war nichts in unserer Nähe, es war nichts in den Bäumen über uns, und es war auch nichts in den Büschen, das uns verstohlen anspähte. Es dauerte ein paar Sekunden, bis wir überhaupt etwas sahen, aber dann bemerkten wir aus den Augenwinkeln eine kurze Bewegung. Ohne jede Deckung stand etwa dreißig Meter hinter uns auf dem Pfad etwas, das so groß war, daß wir es gar nicht bemerkt hatten. Es war ein Berggorilla oder vielleicht sollte ich besser sagen, ein Gorilla-Berg, der, auf seine Vorderknöchel gestützt, dastand und in dieser Haltung die Form eines großen, muskulösen, schrägen Hauszelts annahm.

Sie werden bestimmt schon häufiger gehört haben, daß diese Geschöpfe furchterregende Bestien sind, und ich möchte hier meinen ureigensten Eindruck hinzufügen: Diese Lebewesen sind furchterregende Bestien. Ich wüßte wirklich nicht, wie man sie sonst beschreiben sollte. Eine Art summende geistige Lähmung überkommt einen, wenn man einem derartigen Lebewesen zum erstenmal in freier Wildbahn begegnet, und tatsächlich gibt es ja auch keine anderen derartigen Lebewesen. Alle möglichen wilden und

Ein Trupp Träger transportiert die Hälfte von Dickens' gesammelten Werken, einen Haufen schmutziger Wäsche, ein Dutzend Computer-Zeitschriften und eine Dose Birnenhälften hinauf zu den Gorillas in den Virunga-Vulkanen.

Ein Berggorilla und ein Ast. Damit hat der ganze Ärger angefangen.

Ein Silberrücken. Die Ansicht, daß nur der Anführer einer Gorillagruppe einen silbernen Rücken bekommt, weil er die Last der Verantwortung für die ganze Familie zu tragen hat, ist weit verbreitet, aber tatsächlich verfärben sich die Rücken der meisten Männchen, sobald diese die Geschlechtsreife erreichen.

Ein in Gedanken versunkener Berggorilla.

Murara und Serundori in ihren Dschungelklamotten; ein Gorilla in seinen.

Ein herumlungernder Gorilla.

Ein herumlungernder Zoologe.

Kes Hillman-Smith beim Betrachten eines Termitenhügels von einem Termitenhügel aus.

Ein nördliches weißes Naßhorn, das eine Hyäne darüber aufklärt, daß es den Rest seines Schwanzes behalten möchte.

Ein nicht-mal-annähernd-weißes nördliches weißes Nashorn, das sich wie ein gelenkiger Jungpanzer über die Steppe davonmacht.

Mark demonstriert die effektivste Art, sich die nach Zahnfäule häufigste Krankheit der Welt einzufangen.

*Afrikanische Elefanten sind schwer abzurichten.
Hannibal versuchte erfolglos, mit ihrer Hilfe Rom zu bezwingen. In Zaire versucht man lediglich, sie zum Tragen von Touristen zu bewegen.*

Einer der seltenen aufgeregten Momente im Flußpferd-Pool.

schwindelerregenden Gefühle steigen einem ins Hirn, die man nicht einordnen oder benennen kann, vielleicht, weil es Tausende oder Millionen von Jahren her ist, seit diese Gefühle zum letztenmal erweckt wurden.

Ich werde jetzt kurz abschweifen, weil man kaum anders kann, wenn dem rationalen, zivilisierten Verstand (ich verwende diese Begriffe im weitestmöglichen Sinn) Dinge zustoßen, die ebenso unbegreiflich wie unerklärlich, aber nichtsdestotrotz überwältigend sind.

Ich habe von einem Ansatz gehört – weiß allerdings nicht, wie ernst er zu nehmen ist –, mit dem sich das Gefühl der Höhenangst erklären läßt. Es ist eine Überlegung, die mir instinktiv gefällt und wie folgt lautet.

Das Schwindelgefühl, das wir in der Höhe empfinden, ist nicht allein auf die Angst vor dem Fallen zurückzuführen. Häufig ist es so, daß wir, wenn überhaupt, nur wegen des Schwindelgefühls selbst abstürzen könnten, womit es sich bei dieser Angst bestenfalls um eine ausgesprochen irrationale, sich selbst verwirklichende Befürchtung handeln würde. Nun haben wir aber in längst vergangenen Zeiten auf Bäumen gelebt. Wir sind von Baum zu Baum gehüpft. Gewisse Leute vertreten sogar die Ansicht, wir hätten etwas Vogelartiges in unserer Ahnenreihe. Falls das zutrifft, könnte also irgendein Teil unseres Bewußtseins angesichts eines Abgrunds meinen, er könne einfach reinhüpfen, und versuchen, auch uns dazu zu drängen. Was dabei am Ende herauskommt, ist also ein Konflikt zwischen einem primitiven, atavistischen Teil unseres Bewußtseins, der »Spring!« sagt, und einem modernen, rationaleren Teil des Bewußtseins, der *»Um Himmels willen, laß es!«* sagt.

Mit Sicherheit hat diese Höhenangst wesentlich mehr mit widerstreitenden inneren Konflikten und Verwirrung zu tun als mit schlichter Furcht. Falls es sich nämlich um Furcht handelt, dann um eine, mit der wir gern herumspielen, die wir als angenehmen Nervenkitzel empfinden und mit der Achterbahn- und Riesenradbauer ihren Lebensunterhalt verdienen.

Das Gefühl, das mich angesichts meines ersten Silberrükken-Gorillas in der Wildnis überkam, war schwindelerregend. Es war, als sollte ich irgend etwas tun, als würde eine Reaktion von mir erwartet, ohne daß ich wußte, was oder wie ich es tun sollte. Mein modernes Bewußtsein sagte einfach: »Lauf weg!«, aber ich konnte nichts weiter tun als dastehen, zittern und glotzen. Es war, als ob uns der richtige Zeitpunkt zwischen den Fingern hindurchglitt, zwischen uns und dem Gorilla in einen unüberbrückbaren Abgrund stürzte und uns hilflos gaffend auf unserer Seite zurückließ. Dem Gorilla war mittlerweile offenbar aufgegangen, daß wir gerade mit dem Fotografieren seines Kots beschäftigt gewesen waren, also stapfte er zurück ins Unterholz.

Wir nahmen die Verfolgung auf, waren aber – im Gegensatz zu ihm – nicht in unserem Element. Wir hätten nicht mal sagen können, wo ungefähr er eigentlich in seinem Element war, und nach einer Weile gaben wir auf und begannen, das Gebiet wieder etwas grundsätzlicher zu erforschen.

Der Gorilla, den wir gesehen hatten, war ein großer, männlicher Silberrücken gewesen. Silberrücken bedeutet, daß sein Rücken silbrig oder grauhaarig war. Nur die Rükken der Männchen verfärben sich, und das auch erst, wenn sie ausgewachsen sind. Gerüchte besagen, daß nur der männliche Anführer einer Gruppe einen silbernen Rücken bekommt, und zwar binnen weniger Tage oder gar Stunden, nachdem er die Führung übernommen hat, aber das ist offensichtlich Blödsinn. Weit verbreiteter und verlockender Blödsinn, aber eben Blödsinn. Und da wir schon beim Thema Blödsinn sind, sollte ich etwas erwähnen, das wir ein paar Tage später während eines Gesprächs mit Conrad Aveling erfuhren, einem Feldforscher aus Goma, der jahrelang für den Schutz der Gorillas in diesem Gebiet zuständig gewesen war.

Als wir Conrad erzählten, wie sehr uns Muraras und Serundoris Schilderungen vom Einfach-Losziehen-und-Wilderer-Umnieten beunruhigt hatten, ließ er sich in seinen Stuhl zurücksinken, klatschte sich auf die Schenkel und brüllte vor Lachen.

»Es ist einfach nicht zu fassen, was diese Burschen den Touristen so alles auftischen! Jetzt sagt bloß, die haben euch auch noch von ihrer Kommando-Vergangenheit erzählt?«

Einigermaßen schüchtern räumten wir ein, sie hätten. Conrad griff sich an die Augenbraue und schüttelte den Kopf.

»Das einzige, was an denen kommandomäßig ist«, sagte er, »ist ihre Uniform. Die kaufen sie nämlich von den Kommandos. Weil sie so gut wie nie bezahlt werden, verscherbeln die Kommandos die Dinger, um sich Essen leisten zu können. Das ist alles völliger Quatsch. Ich hab kürzlich schon mal so eine tolle Geschichte gehört. Ein Tourist hatte einen Führer gefragt – und zwar in Rawindi, wo es keine Gorillas gibt –, also dieser Tourist hatte gefragt: ›Was passiert, wenn ein Gorilla auf einen Löwen trifft?‹ Statt nun zu antworten: ›Tja, da Löwen und Gorillas in völlig verschiedenen Gegenden leben und gar nicht aufeinandertreffen *können*, ist das eine ziemlich dämliche Frage‹, meinte dieser Führer offenbar, er müsse sich eine originelle Antwort einfallen lassen. Also sagte er: ›Folgendes passiert: Der Gorilla prügelt den Löwen windelweich, rollt seinen Körper in Blätter und Zweige ein und trampelt dann darauf herum.‹ Ich hab von der Geschichte gehört, weil der Tourist anschließend zu mir kam und mir erzählt hat, wie irrsinnig faszinierend er das gefunden habe. Es gefällt mir nicht, wenn sie sich diese originellen Antworten ausdenken. Wenn man ihnen bloß klarmachen könnte, daß sie, falls sie die Antwort nicht wissen oder für nicht besonders interessant halten, das lieber zugeben sollen, als sich kompletten Schwachsinn auszudenken.«

Außer Frage aber stand, daß sich unsere Führer, wenn sie sich nicht gerade irgendwas ausdachten oder ihre Rambo-Phantasien auslebten, wirklich gut im Wald auskannten und eine Menge über Gorillas wußten. Sie hatten (wie Conrad Aveling durchgehend begeistert bestätigte) zwei Mitglieder der Gorillagruppe an den Kontakt mit Menschen »gewöhnt«. Dieses »Gewöhnen« ist ein sehr langwieriges, kompliziertes und heikles Unterfangen, besteht aber, kurz gesagt, darin, Kontakt zu einer Gruppe in der Wildnis aufzunehmen, sie über einen Zeitraum von Monaten oder gar Jahren tagtäglich zu besuchen – sofern man sie findet – und sie so zu trainieren, daß sie die Gegenwart von Menschen dulden, um sie schließlich studieren und selbst in Begleitung von Touristen aufsuchen zu können.

Die Dauer dieser Gewöhnungszeit hängt allein vom dominanten Silberrücken ab. Er ist derjenige, dessen Vertrauen man gewinnen muß. Bei der Familiengruppe, die wir besuchten, hatte es volle drei Jahre gedauert. Conrad Aveling hatte die ersten acht Monate bei diesem Projekt damit verbracht, mit den Gorillas durchs Unterholz zu kriechen, ohne dabei jemals einen von ihnen tatsächlich zu Gesicht zu bekommen, obwohl er häufig nicht weiter als fünf oder zehn Meter von ihnen entfernt war.

»Eins der Probleme bei der Gewöhnung in einer solchen Umgebung ist«, erklärte er uns, »daß man sich vor lauter Dickicht nicht sehen kann und deshalb ständig mit diesen plötzlichen Begegnungen in nur drei, vier Metern Entfernung rechnen muß, wobei man sich aber noch immer nicht sehen kann. Da fährt natürlich jeder aus der Haut. Der Gorilla fährt aus seiner Haut und ich aus meiner. Das ist unglaublich aufregend. Man bekommt einen richtigen Adrenalinstoß. Das Problem mit der Gruppe aus Bukavu war, daß der Silberrücken nicht auf mich losgehen wollte. Ich wollte aber, daß er das tat, weil er sich dann hätte zeigen müssen und begriffen hätte, daß ich keine Bedrohung darstellte. Aber er machte es einfach nicht, sondern umkreiste mich nur weiter. Normalerweise gehen sie auf einen los, und wenn sie das tun und man ihnen Auge in Auge gegenübersteht, haben beide Parteien einen Augenblick Zeit zu begreifen, daß keiner für den anderen eine Bedrohung darstellt, und der Gorilla wird sich zurückziehen.«

»Aber man nimmt doch wohl eine Unterwerfungshaltung ein, oder?« fragte Mark. »Man stellt sich ihm doch nicht?«

»Nein, ich nehme grundsätzlich keine Unterwerfungshaltung ein. Normalerweise kann ich mich vor Angst nicht bewegen.«

Hat der Silberrücken den Menschen erst einmal akzeptiert, schließt sich nicht nur der Rest der Gruppe zügig an, sondern lassen sich interessanterweise auch andere, im selben Gebiet lebende Gruppen gewöhnlich bedeutend schneller an die Gegenwart von Menschen gewöhnen. Ärger gibt es dabei so gut wie nie, vorausgesetzt, alle Beteiligten behandeln einander mit angemessenem Respekt. Die Gorillas sind absolut imstande, deutlich zu machen, wenn sie nicht gestört werden wollen. In einem Fall hatte eine Gorillagruppe wegen eines Zusammentreffens mit einer anderen Gorillagruppe einen besonders stressigen Vormittag verbracht und wollte um nichts in der Welt nachmittags von Menschen belästigt werden; als ein Spurenleser einige Touristen anschleppte und länger als erwünscht blieb, griff sich der Silberrücken die Hand des Spurenlesers und biß ihm ganz behutsam die Uhr ab.

Das Geschäft mit dem Tourismus ist und bleibt vertrackt. Ich selbst hatte die Gorillas schon seit Jahren besuchen wollen, mich jedoch aus Sorge, der Tourismus könne sowohl ihren Lebensraum als auch ihre Lebensgewohnheiten beeinträchtigen, abschrecken lassen. Außerdem besteht die Gefahr, die Gorillas Krankheiten auszusetzen, gegen die sie nicht immun sind. Bekanntlich war ja auch Dian Fossey, die berühmte, einzigartige Vorkämpferin des Gorillaschutzes, die meiste Zeit ihres Lebens eine leidenschaftliche Gegnerin des Tourismus und wollte die Welt von ihren Gorillas fernhalten. Dennoch hat aber auch sie sich gegen Ende ihres Lebens, wenn auch schweren Herzens, zu einer anderen Auffassung durchringen können, und nach heute vorherrschender Meinung ist der Tourismus, solange er sorgfältig kontrolliert und überwacht wird, der einzige Garant für den künftigen Fortbestand der Gorillas. Es ist traurig, aber leider nicht von der Hand zu weisen, daß es letztlich auf simple Ökonomie hinausläuft. Ohne Touristen stellt sich nur die Frage, was zuerst passiert – entweder wird der Lebensraum der Gorillas vollständig zerstört, um als Anbaufläche oder Feuerholz zu dienen, oder die Gorillas werden von Wilderern gejagt, bis sie ausgerottet sind. Ungeschminkt formuliert, sind die Gorillas heute für die Einheimischen (und die Regierung) tot weniger wert als lebendig.

Die Beschränkungen, die mit Nachdruck durchgesetzt werden, sehen so aus: Jede Gorillafamilie darf nur einmal täglich, normalerweise eine Stunde lang, von einer höchstens sechs Personen umfassenden Gruppe besucht werden, deren Mitglieder für dieses Privileg je einhundert US-Dollar zu zahlen haben. Wofür sie die Gorillas unter Umständen nicht mal zu sehen bekommen.

Wir hatten Glück; wir fanden sie. Obwohl es nach unserem ersten kurzen Zusammentreffen mit dem Silberrücken eine Zeitlang nicht so aussah, als sollten wir auf weitere Gorillas stoßen. Wir bewegten uns langsam und vorsichtig durchs Unterholz, während Murara und Serundori regelmäßig Keuch- und Grunzlaute ausstießen. Sinn dieser Übungen war, den Gorillas unser Kommen anzukündigen und zu unterstreichen, daß wir nichts Böses im Schilde führten. Die Geräusche sind Nachahmungen von Lauten, die die Gorillas selbst von sich geben. Obwohl es wohl ziemlich egal ist, ob man sie nun zu imitieren versucht oder nicht. Reinlegen kann man damit sowieso niemanden. Es beruhigt die Gorillas einfach, wenn man immer dasselbe Geräusch macht. Ginge es nach ihnen, könnte man genausogut die Nationalhymne absingen.

Als wir schon kurz davor waren, aufzugeben und umzukehren, versuchten wir es noch einmal mit einem Richtungswechsel, und plötzlich schien der Wald mit Gorillas regelrecht vollgestopft zu sein. In einem Baum, knapp einen Meter über unseren Köpfen, rekelte sich ein Weibchen, das träge mit den Zähnen Rinde von einem Zweig rupfte. Es nahm uns zur Kenntnis, war aber nicht interessiert. Zwei Babys alberten in vier Metern Höhe verwegen in einem ausgesprochen schmächtigen Bäumchen herum, und ein junges Männchen tuckerte auf der Suche nach Eßbarem durchs nahe gelegene Unterholz. Wir starrten die beiden Babys an, erstaunt und fasziniert von der herrlich ausgelassenen Hingabe, mit der sie umeinander und um das grauenhaft dürre Bäumchen wirbelten, das sie für diese Übung auserkoren hatten. Es war kaum zu fassen, daß der Baum sie überhaupt tragen konnte, und tatsächlich konnte er das auch nicht. In völligem Irrglauben, was die Gravitationsgesetze betraf, rauschten sie plötzlich durch die Äste zu Boden und trollten sich verzagt ins Unterholz.

Wir folgten ihnen und begegneten einem Gorilla nach dem anderen, bis wir schließlich auf einen Silberrücken stießen, der unter einem Busch auf der Seite lag, sich mit seinem hinter dem Kopf verschränkten langen Arm am gegenüberliegenden Ohr kratzte und dabei ein einigermaßen untätiges Astbüschel betrachtete. Uns war sofort klar, was er tat. Er lungerte herum. Das war ganz offensichtlich. Oder besser: Die Versuchung, es ganz offensichtlich zu finden, war überwältigend.

Sie sehen aus wie Menschen, sie bewegen sich wie Menschen, sie halten Dinge in den Händen wie Menschen, und ihre Mimik und die ungemein menschlichen Blicke drücken etwas aus, das wir ganz instinktiv als Ausdruck menschlicher Gefühle empfinden. Wir sehen ihnen ins Gesicht und denken: »Wir wissen, wie sie sind«, aber genau das wissen wir nicht. Oder blockieren zumindest jeden möglichen Verständnisschimmer, indem wir uns mit ebenso einfachen wie verlockenden Mutmaßungen begnügen.

Auf Händen und Knien kroch ich langsam und ruhig dichter an den Silberrücken heran, bis ich nur noch einen halben Meter von ihm entfernt war. Er warf mir einen unbeteiligten Blick zu, als sei ich nur irgendwer, der gerade ins Zimmer gekommen war, und setzte seine Betrachtungen fort. Ich schätzte, daß das Tier ungefähr so groß war wie ich – fast zwei Meter –, hielt es aber für ungefähr doppelt so schwer. Größtenteils Muskeln, mit weicher schwarzgrauer Haut, die ihm ziemlich locker und, von groben schwarzen Haaren bedeckt, von der Vorderseite hing.

Als ich mich erneut bewegte, rückte er von mir ab, ungefähr fünfzehn Zentimeter, als ob ich mich etwas zu dicht neben ihn aufs Sofa gesetzt hätte und er jetzt grummelnd ein bißchen Platz machte. Dann legte er sich, die Faust unter das Kinn gestemmt, auf den Bauch und kratzte sich träge mit der anderen Hand die Wange. Ich blieb so ruhig und still wie möglich sitzen, obwohl mir aufging, daß ich gerade von Ameisen zu Tode gebissen wurde. Er sah uns ohne besondere Anteilnahme nacheinander an und wandte seine Aufmerksamkeit dann wieder seinen Händen zu, während er sich mit dem Daumen träge einige Schmutzflecken von einem der Finger kratzte. Ich hatte den Eindruck, daß wir für ihn ungefähr so interessant waren wie ein langweiliger Sonntagnachmittag vor dem Fernseher. Er gähnte.

Es ist so verflucht schwierig, Tiere nicht zu vermenschlichen. Derartige Eindrücke drängen sich einem ununterbrochen auf, weil sie soviel spontanes Wiedererkennen auslösen, wie illusorisch dieses Wiedererkennen auch immer sein mag. Nur auf diese Art und Weise läßt sich vermitteln, an was es *erinnerte.*

Nach einer längeren schweigsamen Pause zog ich vorsichtig mein rosa Schreibpapier aus der Tasche und begann mir die Notizen zu machen, von denen ich gerade abschreibe. Das schien ihn schon mehr zu interessieren. Ich nehme mal an, daß er vorher einfach noch nie rosa Schreibpapier gesehen hatte. Er verfolgte meine über das Blatt kritzelnde Hand eine Zeitlang mit den Augen, stand schließlich auf und berührte zuerst das Papier und dann die Spitze meines Kugelschreibers – nicht, um ihn mir wegzunehmen oder mich auch nur zu unterbrechen, sondern um zu sehen, was das war und wie es sich anfühlte. Ich war wirklich gerührt und wurde von dem albernen Impuls gepackt, ihm auch noch meine Kamera zu zeigen.

Er zog sich ein Stück zurück und legte sich etwa einen Meter von mir entfernt wieder hin, das Kinn wie zuvor auf die Faust gestützt. Mir gefielen sein ungewöhnlich nachdenklicher Gesichtsausdruck und die Art und Weise, wie sich seine Lippen durch den nach oben gerichteten Druck der Faust aufbauschten. Der beunruhigendste Hinweis auf Intelligenz allerdings schien mir aus den plötzlichen Seitenblicken hervorzugehen, die er mir nicht infolge bestimmter Bewegungen meinerseits zuwarf, sondern offenbar immer dann, wenn ihm gerade eine Idee gekommen war.

Ich begriff, welche Überheblichkeit hinter unserer Annahme steckt, wir könnten ihre Intelligenz beurteilen – als wäre die unsere irgendeine Norm, an der alles andere zu messen ist. Also versuchte ich mir vorzustellen, wie er uns sah, nur ist das natürlich so gut wie unmöglich, weil man beim Versuch, seine Vorstellungslücken zu überbrücken, unwillkürlich wieder bei den eigenen Annahmen landet und die irreführendsten Annahmen zudem ausgerechnet jene sind, von denen man gar nicht bewußt ausgeht.

Ich malte mir aus, wie er da unbeschwert in seiner eigenen kleinen Welt lag, meine Gegenwart darin tolerierte, obwohl er mir, wie ich glaube, womöglich Signale zuschickte, auf die ich nicht zu reagieren wußte. Und dann malte ich mir aus, wie ich da neben ihm saß, geschmückt mit meinen Intelligenzapparaten – meiner Gore-Tex-Kutte, meinem Stift und meinem Papier, meiner autofokussierenden, belichtungsautomatischen Nikon F4 – und meiner ganzen Unfähigkeit, auch nur irgend etwas von dem Leben zu begreifen, das wir hinter uns im Wald zurückgelassen haben. Aber irgendwo in der genetischen Geschichte, die wir alle in jeder einzelnen Körperzelle mit uns herumtragen, bestand eine innige Verbindung zu diesem Lebewesen – für uns so unerreichbar wie die Träume vom letzten Jahr, aber, genau wie diese Träume, immer unsichtbar und unergründlich gegenwärtig.

Was mir daraufhin in den Sinn kam, war, glaube ich, die vage Erinnerung an einen Film, in dem ein New Yorker, Sohn osteuropäischer Einwanderer, aufbricht, um das Dorf zu finden, aus dem seine Familie ursprünglich stammt. Er ist wohlhabend und erfolgreich und erwartet, aufgeregt in Empfang genommen und bestaunt zu werden.

Statt dessen wird er zwar nicht gerade abgelehnt oder gar weggeschickt, aber in einer für ihn vollkommen unverständlichen Art und Weise empfangen. Es irritiert ihn, daß man nicht angemessen auf seine Anwesenheit reagiert, bis er begreift, daß die Zurückhaltung, mit der man ihm begegnet, keine Ablehnung ist, sondern nur der Friede, in dem er als Gast, aber nicht als Störer, jederzeit willkommen ist. Die

Geschenke, die er aus der Zivilisation mitgebracht hat, zerfallen in seinen Händen zu Staub, als ihm klar wird, das alles, was er besitzt, nur ein Abglanz dessen ist, was er verloren hat.

Wieder betrachtete ich die Augen des Gorillas, weise und wissende Augen, und machte mir meine Gedanken über die Versuche, Affen eine Sprache beizubringen. Unsere Sprache. Wozu? Es gibt doch genügend Mitglieder unserer eigenen Spezies, die in und mit dem Wald leben und diese Sprache kennen und verstehen. Denen hören wir doch auch nicht zu. Wie kommen wir also darauf, daß wir uns ausgerechnet das anhören würden, was uns ein Affe zu sagen hätte? Oder darauf, daß er uns etwas von seinem Leben mitteilen könnte, in einer Sprache, die nicht aus diesem Leben entstanden ist? Vielleicht, dachte ich, ist es gar nicht so, daß sie eine Sprache erwerben müßten, sondern daß wir eine verloren haben.

Unsere Anwesenheit schien den Silberrücken schließlich doch zu ermüden. Er wuchtete sich auf die Füße und schleppte sich gemächlich in einen anderen Teil seiner Behausung.

Auf dem Rückweg zur Hütte entdeckte ich in meiner Kameratasche eine kleine Dose Thunfisch, die wir nach unserer Rückkehr zusammen mit einer Flasche Bier gierig vernichteten, und das bedeutete, um zwei Uhr nachmittags, das Ende der spaßigen Ereignisse dieses Tages, es sei denn, man hält es für spaßig, einem Paar deutscher, Verzeihung, lettischer Studenten zuzuhören, das einem die Vorzüge seiner Taschenmesser auseinandersetze.

Mark wurde dabei langsam ziemlich fuchsig, was sich daran zeigte, daß er seine Bierflasche ausgesprochen fest mit den Händen umklammert hielt und sie dauernd anstarrte. Kurt fragte uns, was wir als nächstes vorhätten, und wir sagten, wir würden zum Garamba-Nationalpark fliegen und mal sehen, ob wir irgendwelche weißen Nashörner auftreiben könnten. Kurt nickte und sagte, er selbst werde wohl heute nacht mal nach Uganda wandern.

Marks um die Bierflasche geschlungene Fingerknöchel wurden weißer. Nun zieht er es zwar wie die meisten Zoologen ohnehin vor, sich mit Tieren und nicht mit Menschen abzugeben, aber in diesem Fall waren wir uns vollkommen einig. Mir kam in den Sinn, daß wir einen Tag damit zugebracht hatten, völlig verzückt ein paar Berggorillas anzustaunen, daß uns besonders ihre scheinbare Ähnlichkeit mit uns Menschen ergriffen hatte und daß wir gerade diese Eigenschaft für eine ihrer faszinierendsten und fesselndsten hielten. Um anschließend herauszufinden, daß ein paar in Gesellschaft von wirklichen Menschen verbrachte Stunden bloß lästig und etwas verwirrend waren.

Drei Tage später fand ich mich auf einem Termitenhügel stehend wieder, von dem aus ich durch ein Fernglas einen anderen Termitenhügel anstarrte.

Ich wußte, daß ich auf einem Termitenhügel stand, war aber enttäuscht, daß das Ding, das ich anstarrte, kein nördliches weißes Nashorn war, weil wir mehr als eine Stunde lang in der Mittagshitze und mitten in einer Gegend, die man wirklich nur Afrika nennen konnte, entschlossen darauf zugewandert waren.

Außerdem war uns das Wasser ausgegangen. Es war kaum zu glauben, daß ich, der ich vollgestopft mit H. Rider Haggard, Noël Coward und »The Eagle« aufgewachsen war, bei meiner ersten Begegnung mit der wirklichen, echten afrikanischen Savanne zuerst mal geradewegs in der Mittagshitze in sie reinmarschierte und mir dann auch noch das Wasser ausging.

Ich gebe es natürlich nur ungern zu, eben weil ich mit einer gehörigen Portion H. Rider Haggard und so weiter groß geworden bin, aber ich hatte wirklich ein bißchen Angst. Der Grund, weshalb einem nicht mitten in der Savanne das Wasser ausgehen sollte, ist nämlich, daß man das Zeug wirklich braucht. Man kriegt von seinem Körper ständig zu hören, daß er es braucht, und nach einiger Zeit wird er ziemlich ausfallend, was dieses Thema angeht. Davon abgesehen, steckten wir meilenweit im Nirgendwo, und obwohl eine ganze Reihe von Theorien in bezug auf den Standort unseres Landrovers herumschwirrten, hatte bis dahin keine von ihnen einer ernsthaften Überprüfung standhalten können.

Ich weiß nicht, wie beunruhigt Mark und Chris zu diesem Zeitpunkt waren, weil man sie – besonders Chris – kaum zu irgendwelchen verständlichen Aussagen bewegen konnte. Chris kommt aus Edinburgh und ist unverkennbar Angehöriger einer nordischen Rasse: rothaarig, bleichhäutig und selig, wenn er, in etwas gehüllt, das wie ein großer, toter Hase aussieht, einen DAT-Recorder und ein Mikrofon durch die schottischen Moore schleppen darf, während Wind und Regen gegen seine zusammengebissenen Zähne klatschen. Die Savanne entspricht nicht ganz seinem Naturell. Inzwischen zog er immer kleiner werdende Kreise, sprach über immer unvernünftiger werdende Dinge und leuchtete wie eine Ampel. Mark wurde rot und einsilbig.

Die beiden Frauen, die uns begleiteten, hielten uns für totale Nieten. Es handelte sich um Kes Hillman-Smith, eine Nashornexpertin, und Annette Lanjouw, eine Schimpansenexpertin.

Kes Hillman-Smith löste mich auf dem Termitenhügel ab. Kes ist eine Expertin für weiße Nashörner, war aber überfordert hinsichtlich des momentanen Aufenthaltsortes der verbliebenen zweiundzwanzig Exemplare in einem Nationalpark, der so groß ist wie Schottland.

Es kann sein, daß ich nicht ganz richtig informiert bin. Was die Größe des Garamba-Nationalparks angeht, scheinen meine Informationen im Widerspruch zu denen anderer Leute zu stehen. Falls es tatsächlich stimmt, daß er nur fünftausend Quadratkilometer groß ist, müßte ich natürlich zugeben, daß er nur so groß wie ein Teil von Schottland ist, aber immerhin groß genug, um zweiundzwanzig Nashörner ausgesprochen wirkungsvoll zu verstecken.

Kes war, wie es sich für eine weltweit anerkannte Nashornexpertin gehörte, von Anfang an sehr skeptisch hinsichtlich des Termitenhügels gewesen, hatte aber, da es die einzige Erscheinung in dem weit entfernten Hitzeflimmern gewesen war, die einem Nashorn zumindest entfernt ähnelte, und wir schon so weit marschiert waren, trotzdem vorgeschlagen, einfach mal hinzugehen.

Kes ist eine imponierende Frau und wirkt, als sei sie gerade aus einem etwas zweifelhaften Abenteuerfilm gesprungen: hager, durchtrainiert, auffallend hübsch und normalerweise mit einem alten Kampfanzug bekleidet, dem eine ganze Reihe von Knöpfen fehlt. Sie kam zu dem Schluß, es sei langsam an der Zeit, sich ernsthaft mit der Karte zu befassen, einer eher holprigen Darstellung der eher holprigen Landschaft. Sie legte unwiderruflich fest, wo der Landrover zu sein hatte, und zwar mit einer derartigen Unbarmherzigkeit, daß der Landrover es kaum wagen konnte, nicht genau dort zu sein – wo wir ihn dann nach einem meilenweiten Marsch auch tatsächlich hinter einem Busch entdeckten, hinter dem er sich mit einer Thermoskanne Tee auf der Rückbank versteckt hatte.

Nachdem wir uns mit einem Becher Tee von der Sorte, die die Wüste zum Blühen und die Engel zum Singen bringt, wiederbelebt hatten, ratterten und rollten wir zurück zu unserer Basis, einem kleinen, nur durch einen schmalen Fluß vom Garamba-Nationalpark getrennten Hüttendorf für Besucher. Wir waren die einzigen Besucher des Parks, der, wie ich bereits sagte, so groß ist wie ein Teil von Schottland. Das ist insofern etwas überraschend, als der Park einer der schönsten von ganz Afrika ist. Er liegt im Nordosten von Zaire, an der Grenze zum Sudan, und ist nach dem Garamba-Fluß benannt, der den Park von Osten nach Westen durchschneidet. Die Vegetation besteht aus einer Mischung aus Savanne, Galeriewald und Papyrussümpfen und beherbergt zur Zeit 53 000 Büffel, 5000 Elefanten, 3000 Flußpferde, 175 Kongo-Giraffen, 270 Vogelarten, um die 60 Löwen und einige riesige Elen-Antilopen mit Korkenzieherhörnern. Daß diese riesigen Elen-Antilopen sich überhaupt im Park aufhalten, wissen wir nur, weil wir eine gesehen haben. Zuletzt hatte in den fünfziger Jahren jemand eine dieser Antilopen gesehen. Wir waren hochzufrieden.

Daß der Park nur so spärlich besucht ist, liegt vermutlich zum einen an dem alptraumartigen Verwaltungsirrsinn, der auf jeden Zaire-Besucher einstürmt, zum anderen aber auch daran, daß er vom nächstgelegenen Flughafen, Bunia, mit dem Wagen eine Dreitagesreise weit entfernt ist und sich deshalb nur die wirklich entschlossenen Besucher überhaupt auf den Weg machen.

Wir hatten Glück. Der Senior Management Adviser des Garamba-Rehabilitations-Projekts, Charles Mackie, holte uns mit einer Cessna, die normalerweise zum Verfolgen von Wilddieben eingesetzt wird, vom Flughafen ab. Die unmittelbar neben dem Park gelegene Piste, auf der wir landeten, war nicht mehr als ein flachgeklopftes Stück Gras, über das wir prallten und hüpften, bis die Maschine endlich schlingernd zum Stillstand kam. Es war eine gravierende Veränderung gegenüber den nebligen, kühlen Wäldern um die Virunga-Vulkane – Grasland, das sich in alle Himmelsrichtungen bis zum Horizont erstreckte, heiße, trockene Luft, ein Landrover, der über staubige Straßen durch die Savanne holperte, und Elefanten, die sich schwerfällig durch die flimmernde Ferne schleppten.

Am Abend waren wir bei Kes und ihrem Mann Fraser, einem der Park-Aufseher, zum Essen eingeladen. Sie hatten ihr Haus selbst gebaut, draußen im Busch, am Ufer des Flusses. Das Haus ist ein langer, flacher, verschachtelter Bau voller Bücher und größtenteils nicht wettergeschützt – wenn es regnet, hängen sie Planen vor die Fensteröffnungen, in denen die Scheiben fehlen. Während der zweijährigen Bauzeit hatten sie in einer kleinen Lehmhütte gewohnt; mit einem Haus-Mungo, der auf der Suche nach Würmern ständig den Boden aufbuddelte, einem Hund, zwei Katzen – und einem Baby.

Da ihr Haus so offen ist, ist es grundsätzlich voller Tiere. Ein junges Flußpferd kommt zum Beispiel regelmäßig vorbei, um auf den Topfpflanzen im Wohnzimmer herumzukauen. Es bleibt dann häufig über Nacht und schläft, den Kopf neben das Bett des (zweiten) Babys gebettet, im Schlafzimmer. Im Garten gibt es Schlangen und Elefanten, Ratten, die dauernd die Seife auffressen, und Termiten, die hin und wieder die tragenden Pfosten des Hauses wegknabbern.

Die einzigen Tiere, die Kes und Fraser jedoch wirklich beunruhigen, sind die Krokodile, die im Fluß am Ende des Gartens leben. Ihr Hund wurde von einem gefressen.

»Es ist schon ein bißchen besorgniserregend«, erzählte Kes. »Aber wir müssen unser Leben halt den Umständen entsprechend gestalten. In der Stadt müßten wir uns Sorgen darüber machen, daß unsere Kinder von einem Bus überfahren oder entführt werden könnten, genau wie wir uns hier wegen der Krokodile sorgen.«

Nach dem Essen meinten sie, falls wir auch nur den Hauch einer Chance haben wollten, eines der weißen Nashörner zu Gesicht zu bekommen, wäre es ausgesprochen hilfreich zu wissen, wo sie zur Zeit steckten. Sie schlugen vor, wir sollten uns morgen von Charles mit der Cessna herumfliegen lassen und am Tag darauf noch mal mit dem Landrover rausfahren und sehen, wie dicht wir an die Nashörner herankämen. Sie riefen Charles über ihr wackliges, altes Funkgerät und arrangierten alles für uns.

Charles fliegt seine Maschine so, wie meine Mutter ihr Auto über die Landstraßen in Dorset fährt. Wenn man nicht wüßte, daß sie das seit Jahren tagtäglich eisern tut, würde man sich bibbernd vor Angst im Fußraum verkriechen, statt glasig zu lächeln und »Warte, warte noch ein Weilchen« zu summen.

Charles ist ein schlanker, etwas angespannter Mann und zudem auch noch schüchtern. Manchmal meint man, ihn mit irgend etwas zutiefst beleidigt zu haben, und merkt einen Augenblick später, daß sein plötzliches Schweigen nur darauf zurückzuführen ist, daß er nicht weiß, was er als nächstes sagen soll und es deshalb einfach aufgegeben hat. Andererseits gibt es vom Flugzeug aus soviel zu sehen, daß er erstens sehr gesprächig und zweitens natürlich kaum zu verstehen ist.

Er mußte es dreimal wiederholen, bevor ich meinen Ohren endlich traute – er sagte, er wolle nur schnell die Eier in dem Sattelstorchnest in der Baumkrone zählen, auf die wir zurasten.

Er ging über dem Baumwipfel abrupt in die Schräglage und zog dann anscheinend die Handbremse, während er sich aus dem Fenster lehnte und die Eier zählte. Das Cockpit war erfüllt von »Warte, warte noch ein Weilchen«-Klängen, als die Maschine langsam seitlich abwärtszutrudeln begann. Charles verzählte sich offenbar zweimal, bevor er mit dem Ergebnis zufrieden war, zog den Kopf daraufhin wieder durch das Fenster nach innen, drehte sich um und fragte, ob es uns gut ginge, blickte nach vorn und riß die Maschine Sekundenbruchteile vor unser aller Tod wieder hoch in die Luft.

Aus der Luft wirkt die Savanne wie über das Land gespannte Straußenhaut. Wir passierten eine kleine Elefantenhorde, die nickend und sich verbeugend über die Ebene stampfte. Charles rief uns über die Schulter zu, im Garamba-Nationalpark versuche man Elefanten zu trainieren, und man habe auf diesem Gebiet die ersten nennenswerten Erfolge seit Hannibals Zeiten erzielt. Afrikanische Elefanten sind intelligent, aber berüchtigt für ihre Untrainierbarkeit, weshalb in den alten Tarzanfilmen Indische Elefanten mit angeklebten großen Ohren eingesetzt wurden. Letztlich will man mit dem Projekt erreichen, daß die Elefanten bei Patrouillen gegen Wilderer und bei Touristensafaris eingesetzt werden können. Auch hier werden also Einnahmen aus dem Tourismus als der einzig sichere Weg angesehen, den Fortbestand der bedrohten Tierwelt in ihrem Lebensraum zu gewährleisten.

Wir drehten immer größere Runden und hielten nach allem Ausschau, was entfernt an ein Nashorn erinnerte. Von hier oben wären sie wesentlich einfacher von einem Termitenhügel zu unterscheiden als vom Boden aus, und sei es auch nur wegen der Geschwindigkeit, mit der sie sich bewegen.

Plötzlich sahen wir eins. Und dann, als wir an einer Baumgruppe vorbeiflogen, sahen wir noch eins.

Tatsächlich waren es sogar zwei: eine Mutter und ihre Tochter, die sich nicht weit von uns entfernt wie trabende Felsbrocken über die Steppe bewegten. Sogar aus ein paar hundert Metern Höhe ist es äußerst beeindruckend, solche Gewichtsmassen in Bewegung zu sehen. Als wir den geraden Pfad kreuzten, auf dem Mutter und Tochter liefen, und vor ihnen tiefer gingen und beidrehten, schien es fast, als seien wir Teil einer dreiteiligen physikalischen Versuchsanordnung, deren einer Bestandteil – das Flugzeug – im Gravitationssog der Nashörner herumpendelte.

Beim nächsten Überfliegen gingen wir noch tiefer, folgten, so dicht über ihnen wie nur irgend möglich, genau ihrer Spur, und diesmal hatte ich das Gefühl, an einem militärischen Manöver teilzunehmen, bei dem wir einer monströsen, über die Ebene scheppernden Kavallerie Deckung aus der Luft geben sollten.

Durch den Lärm im Cockpit riefen wir Charles zu, ob es den Nashörnern nichts ausmache, wenn wir so dicht über Ihnen flögen.

»Nicht halb soviel, wie es euch ausmacht«, sagte er. »Nein, das stört die absolut nicht. Ein Nashorn hat vor nichts wirklich Angst und interessiert sich nur dafür, wie irgendwelche Sachen riechen. Wir fliegen ziemlich oft dicht über sie weg, um sie uns genau ansehen zu können, sie zu identifizieren, zu sehen, was sie so machen, ob sie gesund sind und so weiter. Wir kennen sie alle ganz gut, und wir wüßten, wenn sie wegen irgendwas sauer wären.«

Wieder ging mir schlagartig etwas auf, das sich auf diesen Reisen zu einer echten Binsenweisheit entwickelte, nämlich, daß ein Zoobesuch einen ganz und gar nicht darauf vorbereitete, diese Tiere in freier Wildbahn zu erleben – große Tiere, die sich als unumschränkte Herrscher ihrer ureigenen Welt in einem scheinbar grenzenlosen Raum bewegen.

Oder jedenfalls fast unumschränkt. Das nächste Nashorn, das wir ein paar Meilen weiter entdeckten, hatte gerade eine Auseinandersetzung mit einer Hyäne. Die Hyäne umkreiste ihren Gegner argwöhnisch, während das Nashorn sie kurzsichtig über sein gesenktes Horn hinweg beäugte. Nashörner sehen wirklich nicht besonders viel, und wenn sie irgend etwas unbedingt genau erkennen wollen, begutachten sie es in der Regel zuerst mit dem einen und dann mit dem anderen Auge – geradeaus können sie nämlich nicht sehen, weil ihre Augen an den Seiten des Schädels liegen. Charles wies uns beim Überfliegen des Nashorns darauf hin, daß es schon vorher Ärger mit Hyänen gehabt haben mußte: Die Hälfte seines Schwanzes fehlte.

Da ich zu diesem Zeitpunkt ernstlich luftkrank wurde, machten wir uns auf den Rückweg. Sinn des Ausflugs war ja nur gewesen herauszufinden, wo sich die Nashörner aufhielten, und von der vollständigen Population von zweiundzwanzig Exemplaren hatten wir insgesamt acht gesehen. Am nächsten Tag wollten wir auf dem Landweg aufbrechen und versuchen, uns ihnen auf dem Boden zu nähern.

Was viele Leute, die nichts über weiße Nashörner wissen, an ihnen am interessantesten finden, ist ihre Farbe.

Weiß ist es nicht.

Nicht mal annähernd. Es ist eher ein hübsches Dunkelgrau. Nicht mal irgendein helles Grau, das man gerade noch als nicht ganz lupenreines Weiß durchgehen lassen könnte, sondern ein schlichtes Dunkelgrau. Aus diesem Grund nehmen manche Leute an, die Zoologen seien entweder pervers oder farbenblind, aber das stimmt nicht; sie sind nur ungebildet. »Weiß« ist eine falsche Übersetzung des aus dem Afrikaans stammenden Begriff »weit«, der »breit« bedeutet und sich auf das Maul des Nashorns bezieht, das breiter ist als das des schwarzen Nashorns. Wie es der Zufall will, ist das weiße Nashorn tatsächlich nur ein winziges bißchen heller als das schwarze Nashorn. Wäre das weiße Nashorn dunkler als das schwarze Nashorn, würden viele Leute wohl ziemlich stinkig werden, was schade wäre, weil man beim Nachdenken über das weiße Nashorn wegen einer ganzen Reihe anderer Dinge stinkig werden könnte – zum Beispiel wegen der Dinge, die mit seinem Horn passieren.

Es gibt einen weitverbreiteten Mythos, der erklärt, wozu man Rhinozeroshörner braucht – genaugenommen sind es zwei Mythen. Dem ersten Mythos zufolge ist gemahlenes Rhinozeroshorn ein Aphrodisiakum. Das ist, wie man wohl ungestraft behaupten darf, genau das, wonach es sich anhört – Aberglaube. Es hat wenig mit irgendwelchen medizinischen Erkenntnissen zu tun, dafür aber eine Menge damit, daß ein Rhinozeroshorn ein großes, hochstehendes, hartes Ding ist.

Der zweite Mythos ist, das so gut wie jeder an den ersten Mythos glaubt.

Wahrscheinlich war die Geschichte eine Zeitungsente oder bestenfalls ein Mißverständnis. Es ist nicht schwer zu verstehen, woher diese Idee stammte, wenn man die Unzahl von Dingen berücksichtigt, die zum Beispiel die Chinesen für Aphrodisiaka halten – Affenhirne, Spatzenzungen, die menschliche Nachgeburt, den Penis von weißen Pferden, Hasenhaare aus alten Pinseln und die getrockneten, anschließend sechs Monate in europäischem Branntwein eingeweichten Geschlechtsteile eines Tigermännchens. Ein großes, hochstehendes, hartes Ding wie ein Rhinozeroshorn ist wie geschaffen für eine solche Liste, auch wenn in diesem Zusammenhang vielleicht nicht mehr ganz so leicht nachzuvollziehen ist, was am Zerstampfen von dem Ding so anziehend sein soll. Tatsache ist, daß es keinen Hinweis darauf gibt, daß die Chinesen Rhinozeroshorn für ein Aphrodisiakum halten. Die einzigen Leute, die es glauben, sind Leute, die irgendwo gelesen haben, daß andere Leute es glauben, und die nur zu gern bereit sind, einfach alles zu glauben, was in ihren Ohren irgendwie prima klingt.

Vom Handel mit Rhinohorn als Aphrodisiakum ist nichts bekannt. (Das ist, wie so vieles, nicht mehr ganz richtig. Inzwischen weiß man, daß ein paar Leute im Norden Indiens es verwenden, aber die tun es auch nur, um andere zu ärgern.)

Häufig findet Horn in der traditionellen fernöstlichen Medizin Verwendung, aber der größte Teil des Handels mit Rhinohorn kommt aus einem wesentlich absurderen Grund zustande, und dieser Grund heißt: Mode. Dolchgriffe aus Rhinozeroshorn gelten im Jemen als außerordentlich modische Schmuckstücke für Männer. Das ist es: Modeschmuck.

Sehen wir uns mal die Auswirkungen dieser Mode an.

Bis zu ihrer Entdeckung im Jahre 1903 waren die nördlichen weißen Nashörner in der westlichen Welt unbekannt. Damals waren sie in fünf verschiedenen Ländern äußerst zahlreich vertreten: im Tschad, in der Zentralafrikanischen Republik, dem Sudan, in Uganda und Zaire. Ihre Entdekkung jedoch beschwor Unheil herauf, denn zu seinem eigenen Unglück hat das weiße Nashorn zwei Hörner – womit es für Wilderer gleich doppelt attraktiv ist. Das vordere, längere Horn wird durchschnittlich sechzig Zentimeter lang; das Horn des Weltrekordhalters war sagenhafte hundertachtzig Zentimeter lang und bedauerlicherweise um die fünftausend Dollar wert.

Bis 1980 waren bis auf tausend Nashörner alle von Wilderern getötet worden. Trotzdem wurden keine ernsthaften Maßnahmen zu ihrem Schutz ergriffen, und fünf Jahre später erreichte die Population einen Rekord-Tiefstand von dreizehn Tieren, die alle im Garamba-Nationalpark lebten. Die Art stand unmittelbar vor dem Aussterben.

Bis 1984 wurde der fünftausend Quadratkilometer große Garamba-Nationalpark nur von sehr wenigen Angestellten beaufsichtigt. Diese Angestellten waren nicht geschult, wurden oft nicht bezahlt und hatten weder Fahrzeuge noch irgendwelche Ausrüstung. Wenn ein Wilderer ein Nashorn töten wollte, mußte er bloß im Park vorbeischauen. Sogar die Zairer aus der Gegend töteten die Nashörner, um kleine Hornteile zu Ringen zu verarbeiten, die sie vor Gift und bösen Mitmenschen schützen sollten. Der Großteil des Horns aber wurde von Wilderern aus dem Sudan eingesackt. Es wurde in den Sudan geschafft und von dort aus auf den illegalen internationalen Markt geworfen.

Seit dem Beginn des 1984 ins Leben gerufenen Rehabilitationsprojekts hat sich die Situation in Garamba deutlich verbessert. Den heute dort beschäftigten zweihundertsechsundvierzig Mitarbeitern stehen elf Fahrzeuge und ein Leichtflugzeug zur Verfügung, und der Park wird rund um die Uhr von Wachtposten und einer mobilen Patrouille kontrolliert, die in ständigem Funkkontakt miteinander stehen. Zwei im Mai 1984, unmittelbar nach der Aufnahme der Rehabilitationsarbeit, gewilderte Nashörner waren die letzten, die im Park getötet wurden. Der Wilderer wurde geschnappt und festgenommen, konnte später jedoch entkommen. Mittlerweile hat sich die Einstellung zu diesem Thema allerdings so grundlegend geändert, daß man ihn heute nicht wieder entkommen lassen würde. Andere Arten werden weiterhin gewildert, aber zumindest zeigen die intensiven Schutzmaßnahmen der letzten fünf Jahre mittlerweile erste Wirkung. Was bedeutet, daß einige Nashörner geboren wurden und die Population jetzt den geringfügig besseren Stand von zweiundzwanzig Exemplaren erreicht hat.

Zweiundzwanzig.

Ein erstaunlicher Gesichtspunkt der Situation ist folgender: Wenn das Rhinozeroshorn aus Afrika ausgeführt und zu einem geschmacklosen Stück Modeschmuck verarbeitet worden ist, mit dem ein junger Jemenit rumprotzen und Mädchen aufreißen kann, hat es einen Endwert von mehreren tausend US-Dollar. Der Wilderer aber, jener Mann also, der in den Park geht und sein Leben riskiert, um eines der Nashörner zu erschießen, die mit viel Mühe, Zeit- und Geldaufwand geschützt werden, bekommt für das Horn zwischen zehn und fünfzehn Dollar. Der Unterschied zwischen Leben und Tod eines der seltensten und herrlichsten Tiere der Welt beträgt demnach nur ungefähr zwölf Dollar.

Da stellt sich natürlich schnell die Frage – die ich auch tatsächlich stellte –, warum man die Wilderer nicht einfach dafür bezahlt, die Tiere *nicht* umzubringen. Die Antwort liegt auf der Hand. Wenn jemand einem Wilderer, sagen wir mal, fünfundzwanzig Dollar dafür bietet, ein Tier nicht zu erschießen, und ihm dann jemand anders zwölf Dollar dafür bietet, es zu erschießen, wird der Wilderer höchstwahrscheinlich zu dem Schluß kommen, daß er unter diesen Umständen siebenunddreißig Dollar an einem einzigen Tier verdienen kann. Solange die Hörner wert sind, was sie wert sind, wird immer ein Anreiz für irgendwen bestehen, sich das Geld zu verdienen. Also muß die Frage anders lauten: Wie macht man einem jungen Jemeniten klar, daß ein Dolchgriff aus Rhinozeroshorn kein Männlichkeitssymbol ist, sondern nur signalisiert, daß man ein derartiges Symbol nötig hat?

Vor kurzem wurden zwei voneinander unabhängige, wenn auch nicht bestätigte Sichtungen von weißen Nashörnern im Southern National Park im Sudan gemeldet. Wegen der momentanen politischen Lage dort kann man allerdings nur sehr wenig für sie tun, was letztlich bedeutet, daß lediglich die seit Mitte der achtziger Jahre im Garamba-Park gehaltenen Tiere eine echte Überlebenschance haben. Und obwohl ihre Lage noch immer prekär ist, gibt es zumindest einen Hoffnungsschimmer: sie mit den weiter im Süden lebenden weißen Nashörnern zu kreuzen.

Nördliche und südliche weiße Nashörner gehören zur selben Art, aber ihre Bestände sind schon seit so langer Zeit voneinander getrennt, daß sie eine ganze Reihe von ökologischen und Verhaltensunterschieden entwickelt haben. Wichtiger aber ist, daß die genetischen Unterschiede so gravierend sind, daß Forscher sie als eigenständige Unterarten ansehen und daraus die Vermutung ableiten, daß sie seit über zwei Millionen Jahren voneinander getrennt leben. Heutzutage sind sie durch Tausende von Meilen afrikanischen Regenwaldes, durch Waldgebiete und Savannen permanent voneinander abgeschnitten.

Für einen Laien sind die beiden Arten kaum zu unterscheiden – obwohl der nördliche Vertreter seinen Kopf normalerweise etwas höher trägt als sein südliches Pendant und sie sich auch in den Körperproportionen ziemlich deutlich voneinander unterscheiden.

Zur Zeit ihrer Entdeckung war die nördliche Art wesentlich verbreiteter. Das südliche weiße Nashorn war zwar ein gutes Jahrhundert früher entdeckt worden, galt aber um 1882 als ausgestorben. Um die Jahrhundertwende wurde dann ein kleiner Bestand von etwa elf Tieren in Umfolozi, im Zululand, entdeckt. Um ihr Aussterben zu verhindern, wurden alle Hebel in Bewegung gesetzt, und bis zum Beginn der sechziger Jahre war der Bestand wieder auf ungefähr fünfhundert Tiere angewachsen. Das genügte, um mit dem Umsiedeln einzelner Tiere in andere Parks, Reservate und ins Ausland zu beginnen. Über die gesamte Südhälfte von Afrika verteilt, gibt es heute mehr als fünftausend südliche Nashörner, und damit ist die Art nicht mehr unmittelbar bedroht.

Entscheidend ist jetzt, sofort mit der Rettung der nördlichen weißen Nashörner zu beginnen.

Mit der untergehenden Sonne machten wir uns auf den Weg und setzten uns zu den ortsansässigen Flußpferden. An einer breiten Flußbiegung bildete das Wasser ein tiefes, stilles Becken, und in diesem Becken lagen ungefähr zweihundert grunzende und grölende Exemplare von ihnen. Durch die gegenüberliegende, sehr hohe Böschung entstand eine Art natürliches Amphitheater, in dem sie singen konnten, und so verblüffend klar, wie der Klang um uns herumhallte, kann ich mir nicht vorstellen, daß es in ganz Afrika einen besseren Ort gibt, um Flußpferde grunzen zu hören. Das

Licht war warm und klar, und ich saß strahlend vor Staunen da und beobachtete sie eine geschlagene Stunde lang. Die Flußpferde, die uns am nächsten lagen, betrachteten uns mit einer Art begriffsstutziger Angriffslust, die wir ja schon von den Flughäfen in Zaire kannten, aber die meisten lagen einfach mit den Köpfen auf den Hinterteilen ihrer Nachbarn da und trugen ein breites, dümmlich-glückseliges Grinsen zur Schau. Auf meinem Gesicht wird sich wohl etwas Ähnliches abgezeichnet haben.

Mark sagte, er habe auf keiner seiner Reisen in Afrika etwas Vergleichbares gesehen. Garamba, sagte er, biete einem einzigartige Freiheiten, wenn es darum gehe, sich Tieren zu nähern und von anderen Menschen zu entfernen. Das hat natürlich auch seine Kehrseite. Vor kurzem hörten wir, daß ein paar Wochen später jemand, der an genau derselben Stelle saß wie wir, von einem Löwen angegriffen und getötet wurde.

Als ich mich an diesem Abend hinlegen wollte, entdeckte ich etwas sehr Interessantes. Beim ersten Betreten meiner Hütte am Vortag war mir aufgefallen, daß man das Moskitonetz über dem Bett zu einem riesigen Knoten zusammengebunden hatte. Ich benutze den Begriff »aufgefallen« im weitestmöglichen Sinne. Es war zusammengeknotet, und als ich ins Bett gehen wollte, mußte ich es auswickeln, um es über das Bett zu drapieren. Weiter hatte ich mir darüber keine Gedanken gemacht.

In dieser Nacht fand ich heraus, weshalb man Moskitonetze zu Knoten zusammenbindet. Es hat einen unangenehm einfachen Grund, und ich mag es kaum zugeben. Man macht es, damit keine Moskitos reinkommen.

Ich kletterte ins Bett und stellte allmählich fest, daß in meinem Netz fast so viele Moskitos waren wie draußen. Das Netz war also ungefähr so sinnvoll wie der wunderbare Zaun, den die Australier quer durch ihren Kontinent gebaut hatten, um die Karnickel fernzuhalten, die sich schon auf beiden Seiten davon tummelten. Nervös leuchtete ich mit meiner Taschenlampe in die Netzkuppel. Sie war schwarz von Moskitos.

Ich versuchte sie rauszufegen und wurde ein paar los. Ich nahm das Netz vom Deckenhaken und schüttelte es energisch aus. Das weckte erstens die Mücken und zweitens ihr Interesse. Ich wendete das ganze Ding, trug es nach draußen, schüttelte es dort noch ein ganzes Stück kräftiger, bis es aussah, als sei ich die meisten von ihnen losgeworden, nahm es wieder mit ins Zimmer, hängte es auf und kletterte ins Bett. Sofort wurde ich von allen Seiten wie wild gestochen. Ich leuchtete mit der Taschenlampe in die Kuppel. Sie war noch immer schwarz von Mossies. Ich nahm das Netz wieder herunter, breitete es auf dem Boden aus und versuchte die Moskitos mit der Kante meines tragbaren Computers abzukratzen, der, da die Batterien rausgefallen waren, ohnehin zu nichts mehr nutze war. Funktionierte nicht. Ich startete einen zweiten Versuch, diesmal mit der Kante meines Schreibblocks. Das war schon etwas wirkungsvoller, hätte mich jedoch gezwungen, in den nächsten Tagen zwischen Dutzenden verschmierter Moskitoleichen zu schreiben. Ich hängte das Netz wieder auf und ging ins Bett. Es war noch immer voller Moskitos, die jetzt allesamt in der richtigen Stimmung waren, kraftvoll zuzustechen. Wütend und aufgeregt summten und sirrten sie um mich herum.

Na gut.

Ich nahm das Netz ab, legte es auf den Boden und sprang darauf herum. Ich sprang so lange darauf herum, bis ich sicher war, mindestens sechsmal auf jeden Quadratzentimeter des Dings gesprungen zu sein, und sprang dann noch ein bißchen weiter darauf herum. Dann fand ich ein Buch und klatschte alles damit ab. Dann sprang ich noch ein bißchen darauf herum, klatschte wieder mit dem Buch auf das Netz, trug es nach draußen, schüttelte es aus, nahm es wieder mit nach drinnen, hängte es auf und krabbelte zurück ins Bett. Das Netz wimmelte jetzt von sehr wütenden Moskitos. Zu diesem Zeitpunkt war es vier Uhr morgens, und als Mark mich um sechs Uhr wecken kam, um zum Nashörnersuchen aufzubrechen, war ich nicht in der Stimmung für wilde Tiere und sagte ihm das auch. Er lachte aufmunternd, wie er immer lachte, und bot mir ein halbes Dosenwürstchen zum Frühstück an. Ich nahm das Würstchen und einen Becher Pulverkaffee und marschierte runter zum ungefähr vierzig Meter weit entfernten Flußufer. Ich stand knöcheltief im kühlen, sanft fließenden Wasser, lauschte den frühmorgendlichen Geräuschen der Vögel und Insekten, biß in mein Würstchen und begann nach einiger Zeit unter die Lebenden zurückzukehren, weil mir dämmerte, wie grotesk ich aussehen mußte.

Als Charles und Annette Lanjouw mit dem Landrover eintrafen, luden wir unseren Kram für den Tag ein und machten uns auf den Weg.

Während wir über die Savanne in das Gebiet holperten und ratterten, in dem wir die Nashörner am Vortag vom Flugzeug aus gesehen hatten, fragte ich ganz beiläufig, ganz sachlich, einfach nur interessehalber, ob Nashörner eigentlich gefährlich seien oder nicht.

Mark grinste und schüttelte den Kopf. Er sagte, wir müßten schon wirkliches Pech haben, um von einem Nashorn verletzt zu werden. Das schien mir zwar die Frage nicht ganz zu beantworten, aber andererseits wollte ich auch nicht unnötig darauf herumreiten. Ich hatte ja nur aus beiläufiger Neugier heraus gefragt. Mark fuhr trotzdem fort.

»Man hört eine Menge Zeug, das einfach nicht stimmt«, sagte er, »oder zumindest bis zur Unkenntlichkeit aufgebauscht ist, damit es dramatisch klingt. Es stört mich wirklich, wenn Leute so tun, als wären die Tiere, auf die sie treffen, gefährlich. Nur, damit man sie für besonders mutig oder unerschrocken hält. Das ist wie Seemannsgarn. Viele von den frühen Entdeckern waren wirklich entsetzliche Aufschneider. Wenn die Schlangen gesehen haben, waren sie nachher, in den Erzählungen, doppelt oder viermal solang. Absolut unschuldige Anakondas wurden zu zwanzig Meter langen Monstern, die nur auf der Lauer lagen, um Leute zu Tode zu quetschen. Alles völliger Quatsch. Nur der Ruf der Anakonda ist ein für allemal im Eimer.«

»Aber die Nashörner sind absolut ungefährlich?«

»Ach, mehr oder weniger. Auf schwarze Nashörner sollte man ein bißchen achtgeben, wenn man zu Fuß unterwegs ist. Man sagt ihnen nach, daß sie ohne ersichtlichen Grund aggressiv werden, und ich nehme mal an, daß sie sich diesen Ruf größtenteils selbst zu verdanken haben. In Kenia hat mich mal ein schwarzes Nashorn erwischt, als ich nicht aufgepaßt hab, und meinen Wagen, den ich mir für den Tag von einem Freund geliehen hatte, schwer verbeult. Er hatte den Wagen erst seit ein paar Wochen. Sein vorheriger Wagen, den ich mir fürs Wochenende geliehen hatte, war von einem Büffel schrottreif getrampelt worden. Das war alles äußerst peinlich. Hallo, haben wir was gefunden?«

Charles hatte den Landrover zum Stehen gebracht und suchte den Horizont mit seinem Feldstecher ab.

»Okay«, sagte er. »Ich glaube, ich sehe eins. Ungefähr zwei Meilen entfernt.«

Wir sahen alle durch unsere eigenen Feldstecher und folgten seinen Anweisungen. Noch war die frühe Morgenluft kühl, und kein Hitzenebel briet den Horizont. Nachdem ich endlich begriffen hatte, welche Baumgruppe vor dem buschigen Hügel wir ansehen sollten, entdeckte ich schließlich links davor etwas, was verdächtig nach dem Termitenhügel aussah, bei dessen Verfolgung wir uns zwei Tage zuvor beinahe umgebracht hätten. Es verhielt sich sehr ruhig.

»Sicher, daß es ein Nashorn ist?« fragte ich höflich.

»Klar«, sagte Charles. »Todsicher. Wir lassen den Landrover hier stehen. Sie haben ein sehr feines Gehör, und wenn wir näher ranfahren, vertreibt sie das Geräusch des Wagens. Also gehen wir zu Fuß.«

Wir packten unsere Kameras zusammen und gingen los.

»Leise«, sagte Charles.

Wir gingen leiser.

Es war schwierig, sich so leise durch eine sumpfige Senke zu kämpfen, während unsere Stiefel und sogar unsere Knie fröhlich im Matsch herumfurzten und -rülpsten. Mark unterhielt uns zusätzlich, indem er uns interessante Dinge zuflüsterte.

»Wußtet ihr eigentlich«, sagte er, »daß Bilharziose die nach Zahnfäule zweithäufigste Krankheit der Welt ist?«

»Nein, wirklich?« sagte ich.

»Hochinteressante Krankheit«, sagte Mark. »Man bekommt sie vom Waten in verseuchtem Wasser. Im Wasser brüten winzige Schnecken und dienen winzigen Parasitenwürmern als Wirte, die sich dann ihrerseits an deine Haut klammern. Wenn das Wasser durch die Poren einzieht, rutschen sie mit in den Körper und greifen deine Blase und die Eingeweide an. Man merkt es, wenn man's hat. Es ist wie eine wirklich üble Grippe mit Durchfall, und außerdem pißt man Blut.«

»Ich dachte, wir sollten leise sein«, sagte ich.

Nachdem wir die andere Seite der Senke erreicht hatten, versammelten wir uns hinter ein paar Bäumen, wo Charles die Windrichtung überprüfte und uns weitere Anweisungen gab.

»Ihr müßt noch was über die Art und Weise wissen, wie ein Nashorn seine Welt sieht, bevor wir einfach reinplatzen«, flüsterte er uns zu. »Trotz ihrer Größe und Hörner und dem ganzen Zeug sind sie im Prinzip sanfte und friedliche Lebewesen. Auf ihre Sehkraft, die gering ist, verlassen sie sich nur, wenn es um sehr grundlegende Informationen geht. Falls dieses Nashorn jetzt fünf Tiere wie uns auf sich zukommen sieht, wird es nervös werden und weglaufen. Also müssen wir dicht hintereinander im Gänsemarsch gehen. Dann wird es uns für ein einziges Tier halten und nicht so beunruhigt sein.«

»Ein ganz schön großes Tier«, sagte ich.

»Das macht nichts. Vor großen Tieren hat es keine Angst, nur vor vielen. Außerdem müssen wir uns gegen den Wind nähern, also von hier aus einen weiten Bogen um es herum machen. Ihr Geruchssinn ist wirklich enorm ausgeprägt. Eigentlich ist das ihr wichtigster Sinn. Ihr ganzes Weltbild setzt sich aus Gerüchen zusammen Sie ›sehen‹ in Gerüchen. Die Nasengänge eines Nashorns nehmen sogar mehr Platz in Anspruch als sein Gehirn.«

Von unserem Standort aus war es endlich möglich, das Tier mit bloßem Auge auszumachen. Wir waren etwas weiter als eine halbe Meile von ihm entfernt. Das Nashorn stand auf freier Flur da und wirkte, wann immer es sich für einen Augenblick völlig still hielt, wie ein freiliegender Felsvorsprung. Ab und zu schwenkte es seinen langen, schrägen Kopf von einer Seite zur anderen und bewegte seine Hörner ruckartig auf und ab, während es sanft und friedfertig das Gras abrupfte. Das war kein Termitenhügel.

Wir machten uns wieder auf den Weg, sehr leise, ständig anhaltend, uns duckend und die Richtung wechselnd, damit das Nashorn unsere Witterung nicht aufnehmen konnte, während der Wind, dem das ganze Hin und Her völllig schnurz war, ebenfalls ständig die Richtung wechselte. Schließlich erreichten wir eine weitere kleine Baumgruppe, die knapp hundert Meter von dem Geschöpf entfernt war, das sich durch unser Näherkommen bisher offenbar nicht gestört fühlte. Von jetzt an lag allerdings nur noch freies

Feld zwischen ihm und uns. Wir blieben ein paar Minuten stehen, um es zu beobachten und zu fotografieren. Falls unser nächster Annäherungsversuch es tatsächlich verscheuchte, wäre dies dafür die letzte Gelegenheit. Das Tier stand leicht von uns abgewandt und rupfte weiterhin Gras ab. Der Wind wehte schließlich doch aus einer für uns günstigen Richtung, und wir machten uns nervös und leise wieder auf den Weg.

Es war ein bißchen wie dieses Spiel aus meiner Kinderzeit, bei dem ein Kind mit dem Gesicht zur Wand steht, während die anderen sich von hinten anzuschleichen und es zu berühren versuchen. Wer mit dem Gesicht zur Wand steht, dreht sich ab und zu um, und jeder, der sich in diesem Moment bewegt, muß den ganzen Weg zurückgehen und noch mal von vorn anfangen. Normalerweise wird das Kind dabei zwar nicht in der Lage sein, jeden, der ihm nicht in den Kram paßt, mit einem neunzig Zentimeter langen Horn zu durchbohren, aber sonst war es so ziemlich das gleiche.

Das Nashorn ist natürlich ein Pflanzenfresser. Es lebt vom Grasen. Je näher wir herankrochen und je monströser es vor uns aufragte, desto widersinniger wirkte sein sanftes Tun. Es war, als beobachtete man einen Bagger, der in aller Ruhe Unkraut jätete.

Als wir noch ungefähr vierzig Meter entfernt waren, hörte das Nashorn plötzlich auf zu kauen und blickte auf. Langsam wandte es den Kopf in unsere Richtung und betrachtete uns mit tiefstem Argwohn, während wir uns alle erdenkliche Mühe gaben, wie möglichst kleine und friedfertige Tiere auszusehen. Es betrachtete uns eingehend, ohne dabei erkennbar etwas zu begreifen, aus kleinen, schwarzen Augen, die uns von beiden Seiten seines Hornes aus träge anstarrten. Man versucht unweigerlich, den Gedankengängen eines Tieres zu folgen, und muß, wenn es sich dabei um ein drei Tonnen schweres Nashorn handelt, dessen Nasengänge mehr Platz einnehmen als sein Gehirn, ebenso unweigerlich scheitern.

Die Welt der Gerüche ist dem modernen Menschen so gut wie verschlossen. Nicht, daß wir etwa keinen Geruchssinn hätten – wir schnüffeln an unserem Essen oder unserem Wein, wir riechen gelegentlich eine Blume und merken gewöhnlich, wenn irgendwo Gas austritt, aber normalerweise ist alles irgendwie verschwommen. Wenn wir lesen, daß Napoleon in einem Brief an Josephine »Wasch dich nicht – ich komme heim« schrieb, finden wir das amüsant und tun es gern als leicht schrulliges Verhalten ab. Wir sind so sehr daran gewöhnt, das Sehen, dicht gefolgt vom Hören, für die beherrschende Wahrnehmungsart zu halten, daß wir uns eine Welt, die sich vor allem mit Hilfe des Geruchssinns erschließen läßt, nicht vorstellen können (wobei sich das Wort »vorstellen« eigentlich schon selbst verrät). Es ist eine Welt, die sich von unseren geistigen Zentraleinheiten nicht erhellen läßt – oder zumindest, mangels Übung, nicht mehr erhellen läßt. Für den Großteil der Tiere aber ist der Geruchssinn der wichtigste Sinn. Er verrät ihnen, was eßbar ist und was nicht (während wir uns nach dem Verpackungstext und dem Verfalldatum richten). Er führt sie zu Futterquellen außer Sichtweite (wir wissen immer schon, wo die Läden sind). Er funktioniert auch nachts (wir machen das Licht an). Er verrät ihnen die Anwesenheit und die Stimmung anderer Lebewesen (wir verwenden Sprache). Außerdem verrät er ihnen, welche anderen Lebewesen sich in der näheren Umgebung herumgetrieben und was sie in den letzten ein oder zwei Tagen getan haben (wir wissen es einfach nicht, solange sie keine Nachricht hinterlassen haben). Nashörner verdeutlichen anderen Tieren ihre Bewegungen und grenzen ihr Territorium ab, indem sie in ihrem Kot herumstampfen und überall auf ihrem Weg Geruchsspuren hinterlassen – was nicht die Art von Nachricht ist, die wir sonderlich schätzen.

Wenn wir unerwartet etwas riechen, das wir nicht sofort zuordnen können und das nicht besonders lästig ist, ignorieren wir es einfach, und das entspricht vermutlich der Reaktion des Nashorns, als es uns entdeckte. Es schien keine bestimmte Entscheidung wegen uns zu treffen, sondern einfach zu vergessen, daß es eine Entscheidung zu treffen hatte. Das Gras präsentierte ihm einen unermeßlich reichhaltigeren und interessanteren Sinneseindruck, also fuhr das Tier fort, es abzurupfen.

Wir krochen dichter heran. Als wir uns schließlich bis auf fünfundzwanzig Meter Entfernung genähert hatten, gab Charles uns ein Zeichen anzuhalten. Wir waren nah genug dran. Wirklich nah genug. Wir waren sogar atemberaubend nah dran.

Das Tier war an den Schultern ungefähr einen Meter achtzig hoch, und bis zum Hinterteil und den muskelbepackten Hinterbeinen nahm seine Höhe gleichmäßig ab. Schon die bloße Größe jedes einzelnen seiner Körperteile übte eine erschreckende Anziehungskraft auf den Verstand aus. Als das Nashorn ein Bein leicht bewegte, rollten die mächtigen Muskeln unter seiner dicken Haut so mühelos wie einparkende Volkswagen.

Da die Geräusche unserer Kameras es zu verwirren schienen, sah es wieder auf, aber nicht in unsere Richtung. Offenbar wußte es nicht, was es davon halten sollte, und nach einer Weile graste es weiter.

Der leichte Windhauch, der uns entgegengeweht hatte, begann die Richtung zu ändern, und wir wanderten mit und lagen dem Nashorn kurz darauf etwas frontaler gegenüber. Das erschien uns in unserer von visueller Wahrnehmung beherrschten Weltsicht etwas eigenartig, aber solange uns das Nashorn nicht riechen konnte, war es ihm völlig egal, wie wir aussahen. Dann drehte es sich von selbst noch etwas weiter in unsere Richtung, und plötzlich kauerten wir voll im

Blickfeld des Monsters. Es schien ein bißchen nachdenklicher zu kauen, beachtete uns aber für den Moment nicht weiter. Ein paar Minuten lang beobachteten wir es aus dieser Position, und auch unsere Kamerageräusche schienen es nicht länger zu stören. Wir wurden, was Lärm betraf, etwas sorgloser, fingen an, uns über unsere Reaktionen zu unterhalten und brachten das Nashorn endlich doch dazu, etwas unruhiger zu werden. Es hörte mit dem Grasen auf, hob den Kopf und sah uns etwa eine Minute lang unbewegt an, wußte aber noch immer nicht genau, was es tun sollte.

Und wieder stelle ich mir vor, wie ich hier den ganzen Nachmittag schreibend in meinem Arbeitszimmer sitze und mir allmählich klar wird, daß der Geruch, den ich vorhin bemerkt habe, noch immer da ist, und wie ich mich langsam frage, ob ich mich nicht nach irgendwelchen Anhaltspunkten für seine Herkunft umsehen sollte. Ich würde beginnen, mich nach etwas umzu*sehen*, nach etwas Sichtbarem: einer Flasche, die umgekippt ist, oder irgendwas Elektrischem, das durchschmort. Der Geruch ist ein Hinweis, daß ich mich nach etwas umsehen sollte.

Für das Nashorn war unser Anblick nur der Hinweis, daß es nach etwas schnüffeln sollte, also begann es, die Luft etwas sorgfältiger zu durchschnuppern. In diesem Moment drehte der Wind und nahm uns die letzte Deckung. Das Nashorn fuhr zusammen, wandte sich von uns ab und polterte wie ein gelenkiger Kleinpanzer über die Ebene davon.

Wir hatten unser nördliches weißes Nashorn gesehen, und es war Zeit, nach Hause zu gehen.

Am nächsten Tag flog Charles uns über die Straußenhautsavanne zurück zum Flughafen von Bunia, von wo aus wir gezwungen waren, mit einem Missionarsflug nach Nairobi zurückzufliegen. Die Maschine stand bereits abflugbereit auf der Piste, und ein Vertreter der Fluggesellschaft versicherte uns, daß es trotz all unserer bisherigen Erlebnisse keine Probleme geben werde und daß wir direkt zur Maschine gehen könnten. Ein paar Minuten später wurden wir aufgefordert, noch mal kurz ins Einwanderungsbüro zu kommen. Unsere Taschen könnten wir in der Maschine lassen. Wir gingen zum Einwanderungsbüro, wo man uns aufforderte, unsere Taschen mitzubringen. Wir brachten unsere Taschen hin. Teuer aussehende Kameraausrüstungen.

Dann sahen wir uns einem großen zairischen Beamten in schmuckem blauem Anzug gegenüber, den wir schon beim Ausladen des Gepäcks aus Charles' Maschine auf der Rollbahn hatten herumlungern sehen. Ich hatte das Gefühl gehabt, er taxiere uns äußerst sorgfältig.

Er untersuchte ausgiebig unsere Pässe, bevor er unsere Anwesenheit überhaupt zur Kenntnis nahm, und ließ, als er uns dann schließlich ansah, ein breites Lächeln über sein Gesicht kriechen.

»Sie sind über Bukavu eingereist?« fragte er uns.

In Wirklichkeit sagte er das auf französisch, also taten wir, was uns die Erfahrung gelehrt hatte, und stellten uns mit dem Verstehen ziemlich blöd an. Schließlich räumten wir ein, sofern wir die Frage richtig verstanden hätten, sei die Antwort, ja, wir seien über Bukavu eingereist.

»Dann«, sagte er ruhig und triumphierend, »müssen Sie auch über Bukavu wieder ausreisen.«

Er machte keine Anstalten, uns unsere Pässe zurückzugeben.

Wir sahen ihn verdutzt an.

Er erklärte es uns behutsam. Touristen, sagte er, hätten das Land von genau dem Flughafen aus zu verlassen, über den sie eingereist seien. Grinsen.

Wir verstanden keine Silbe von dem, was er gesagt hatte. Das entsprach sogar fast der Wahrheit. Es war die abwegigste Idee aller Zeiten. Er hielt noch immer unsere Pässe in der Hand. Neben ihm saß ein junges Mädchen und schrieb gewissenhaft Daten aus den Pässen anderer Besucher ab, Informationen, die höchstwahrscheinlich nie wieder das Tageslicht erblicken würden.

Wir standen herum und diskutierten, während unsere Maschine draußen auf der Piste wartete, nach Nairobi starten zu können, aber der Beamte saß einfach da und hielt unsere Pässe zurück. Wir wußten, daß es Blödsinn war. Er wußte, daß wir wußten, daß es Blödsinn war. Ohne dieses Wissen hätte es nicht halb soviel Spaß gemacht. Er lächelte uns wieder an, bedachte uns mit einem träge zufriedenen Achselzucken und bürstete sich beiläufig einen kleinen Fussel vom Arm des schmucken blauen Anzuges, an dessen Kosten wir uns ganz offensichtlich nicht unerheblich beteiligen sollten.

Von der Wand über ihm blickte die Gestalt des Präsidenten Mobuto ernst aus einem lädierten Rahmen ins Leere, das prachtvolle Pillenschachtel-Hütchen aus Leopardenfell auf dem Kopf.

Herzklopfen in der Nacht

Würde man ganz Norwegen nehmen, es ein bißchen durchkauen und alle Elche und Rentiere rausschütteln, es dann zehntausend Meilen weit um die Welt schleudern und mit Vögeln auffüllen, wäre das Zeitverschwendung, weil es so aussieht, als hätte das schon jemand getan.

Fjordland, ein ausgedehnter, gebirgiger Landstrich, der in der südwestlichen Ecke von South Island, Neuseeland, liegt, ist eines der erstaunlichsten Fleckchen Erde, die Gott je erschaffen hat, und wenn man es zum erstenmal von einer Klippe aus überblickt, möchte man am liebsten in spontanen Applaus ausbrechen.

Es ist großartig. Es flößt Ehrfurcht ein. Das Land ist in solchem Maße gefaltet und verdreht und zerbrochen, daß einem das Gehirn beim Versuch, wenigstens ansatzweise zu begreifen, was es sich da gerade ansieht, im Kopf zu zittern und zu singen beginnt. Übereinandergeworfene Berge und Wolken, gewaltige Eisströme, die sich Millimeter für Millimeter ihren knackenden Weg durch die Schluchten bahnen, Wasserfälle, die in schmale grüne Täler hinabdonnern, all das erstrahlt dermaßen hell im magisch klaren neuseeländischen Licht, daß es Augen, die an die in den meisten Teilen der westlichen Welt vorherrschenden, eher düsteren Lichtverhältnisse gewöhnt sind, einfach zu lebendig erscheint, um wahr zu sein,

Als Captain Cook es 1773 vom Meer aus sah, notierte er,

daß »die Berge im Inland, so weit das Auge reicht, so dicht beisammenstehen, als wollten sie keine Täler zwischen sich dulden«. Im Laufe von Millionen Jahren haben Gletscher die großen, gabelförmigen Täler aus den Bergen geschürft, und viele sind bis weit ins Landesinnere vom Meer überflutet. Einige der Klippen fallen mehr als hundert Meter weit steil ins Meer ab, wo sie für weitere hundert Meter steil abfallen. Es wirkt wie ein noch immer nicht ganz abgeschlossener Prozeß. Trotz unbarmherzig peitschenden Windes und Regens ist das Land in seiner ganzen Unermeßlichkeit scharfkantig und gezackt.

Der Großteil des Gebiets ist noch nicht auf dem Landweg erforscht worden. Die einzigen Straßen, auf denen man den Fjorland-Nationalpark erreicht, verlieren sich ziemlich schnell in den Vorgebirgen, und die meisten Touristen erkunden lediglich die Randbereiche. Ein paar Rucksackträger dringen weiter vor, und sehr, sehr wenige erfahrene Camper versuchen, sich dem Kern des Gebiets zu nähern. Wenn man über diese zerklüfteten Massen und unfaßbar tiefen Schluchten schaut, erscheint einem schon die Idee lächerlich, es zu Fuß durchqueren zu wollen, und wirklich erforscht sind nur gewisse, räumlich begrenzte Kessel, die man – genau wie wir – nur mit dem Hubschrauber erreicht.

Bill Black gilt als einer der erfahrensten Hubschrauberpiloten der Welt, und das muß er auch sein. Er klemmt wie ein knuddliger alter Brummbär hinter dem Steuerknüppel und kaut langsam und gleichmäßig Kaugummi, während er mit seinem Hubschrauber geradeaus auf nackte Steilwände zufliegt, um zu testen, ob jemand schreit. In dem Moment, da der Hubschrauber an der Wand zu zerschellen scheint, wird er von einem Aufwind erfaßt und auf unfaßbare Art und Weise hoch und über den Kamm der Klippe getragen, die auf der anderen Seite wieder jäh abfällt und uns über einem

Abgrund ausschwingen läßt. Das Tal schlingert unter uns weg, daß einem schlecht wird, und wir fallen ein paar Meter tiefer, um mit Seitendrall durch die nächste Schlucht und auf die nächste Wand zuzuhüpfen, als hingen wir am Ende eines endlosen, von einem Riesen geschwungenen Gummibandes.

Der Hubschrauber senkt die Nase und pladdert an der Wand der Schlucht entlang. Wir schrecken ein paar Vögel auf, die vor uns in die Luft aufsteigen und mit schnellen, abgehackten Flügelschlägen davonfliegen. Mark kramt schnell nach dem Fernglas unter seinem Sitz.

»Keas!« sagt er. Ich nicke, allerdings nur ganz leicht. Mein Kopf muß schon mit genügend gegenläufigen Bewegungen fertig werden.

»Das sind Bergpapageien«, sagt Mark. »Hochintelligente Vögel mit langen, krummen Schnäbeln. Damit können sie Scheibenwischer von Autos reißen – und machen es auch.«

Es irritiert mich immer, wie schnell Mark Vögel erkennen kann, die er noch nie gesehen hat, selbst wenn sie bloß Kleckse am Horizont sind.

»Der Flügelschlag ist unverwechselbar«, erläutert er. »Aber wenn wir nicht in diesem lauten Hubschrauber säßen, wären sie noch einfacher zu erkennen. Sie gehören zu den Vögeln, die während des Fluges hilfreicherweise ihren Namen rufen. Kea! Kea! Kea! Macht sie sehr beliebt bei allen Vogelbeobachtern. Es wäre toll, wenn der Streifenschwirl den Trick auch lernen könnte. Würde das Auseinanderhalten von Heuschreckenschilfsängerarten erheblich vereinfachen.« Er verfolgt ihren Flug noch einige Sekunden, bis sie einen großen Felsvorsprung umrunden und aus unserem Blickfeld verschwinden. Dann läßt er sein Fernglas sinken. Wir waren nicht hergekommen, um uns die Keas anzusehen.

»Sind trotzdem interessante Vögel, mit einigen komischen Eigenarten. Ausgesprochen penibel, was den richtigen Bau ihrer Nester angeht. Man hat mal ein Keanest gefunden, mit dessen Bau die Vögel 1958 begonnen hatten. 1965 haben sie noch immer rumprobiert und Teile dazugesteckt, aber richtig eingezogen waren sie noch nicht. Sind dir in dieser Hinsicht ziemlich ähnlich.«

Als wir den schmalen Ausgang der Schlucht erreichen, halten wir ein paar Meter von einem Wasserfall entfernt kurz an, der zwischen den Felsen hervorbricht, um den hundert Meter unter uns liegenden Fluß mit Wasser zu füllen. Wir starren ihn aus unserer fliegenden Glasblase an, und ich fühle mich plötzlich wie ein Besucher von einem anderen Planeten, der aus dem Himmel herabsinkt, um eine fremdartige Welt genau unter die Lupe zu nehmen. Außerdem fühle ich mich krank, beschließe aber, diese Information für mich zu behalten.

Mit einem kurzen Achselzucken hievt Bill den Hubschrauber wieder nach oben, aus der Schlucht und in den klaren Himmel. Schon die Unermeßlichkeit dieser Massen von Bergen und Raum, die uns lässig umkreisen, überwältigt die räumlichen Prozessoren des Gehirns. Und dann, wenn man gerade meint, all die Wunder entdeckt zu haben, die diese Welt einem zu bieten hat, kurvt man um einen Gipfel und glaubt plötzlich, man beginne das Ganze noch mal von vorn, nur diesmal unter Drogeneinfluß.

Wir gleiten über Gletschergipfel. Der urplötzliche, verschwenderische Lichtaufwand blendet uns für einen Augenblick, aber als das Licht dann zu festen Formen zusammenwächst, scheinen diese Formen aus einem Traum zu stammen. Große, kopflastige Türme, die an deformierte Gigantentorsos erinnern, mächtige, herausgemeißelte Höhlen und Bögen und hier und dort die rissigen und abgeschlagenen Überreste von etwas, das aussieht wie eine Reihe gotischer Kathedralen, die man aus beträchtlicher Höhe abgeworfen hat. Aber alles ist Schnee und Eis. Es sieht aus, als kämen die Geister von Salvador Dali und Henry Moore nachts vorbei, um mit den Urkräften zu spielen.

Wenn ich mit etwas vollkommen Unfaßbarem konfrontiert werde, reagiere ich instinktiv wie jeder zivilisierte Mensch: Ich greife nach meiner Kamera und fotografiere es. Ich spüre, daß ich sehr viel leichter damit klarkommen werde, wenn es bloß drei Zentimeter Farbe in einem Leuchtkasten sind und mein Stuhl nicht dauernd versucht, mich durch die Gegend zu schleudern.

Gaynor, unsere Rundfunkproduzentin, schiebt mir ein Mikrofon unter die Nase und bittet mich zu beschreiben, was wir gerade sehen.

»Was?« sage ich und fasele ein bißchen.

»Mehr«, sagte sie. »Mehr!«

Ich fasele noch ein bißchen weiter. Die Rotorblätter des Hubschraubers säbeln nur ein paar Zentimeter von einem Eisturm entfernt durch die Luft.

Sie seufzt. »Na schön«, sagt sie, »das läßt sich höchstwahrscheinlich zu irgendwas zusammenschneiden«, und schaltet das Tonband wieder aus.

Wir drehen eine weitere bewußtseinszerknüllende Runde um die riesigen Eisskulpturen und jagen dann zurück durch die Schluchten, die jetzt vergleichsweise spießig wirken.

In unserem Hubschrauber sitzt noch ein weiterer Passagier: Don Merton, ein gütiger Mann mit dem Gebaren eines Vikars, der für irgend etwas Abbitte leistet. Er sitzt ruhig da, stößt gelegentlich seine Brille auf dem Nasenrücken zurück und murmelt für sich »ja, ah, ja«, als bestätige all dies eine Vermutung, die er schon seit langem hegt. Tatsache ist, daß er das Gebiet sehr gut kennt. Er arbeitet für das New Zealand Department of Conservation und hat wahrscheinlich mehr als irgendwer sonst zum Schutz der bedrohten neuseeländischen Vogelwelt beigetragen.

Wir sind der Hunderte von Metern steil abfallenden Schluchtwand neben uns wieder sehr nah, und ich entdecke, daß wir einem langen, schmalen Pfad folgen, der über einen unfaßbar schmalen Sims zu einem Felsvorsprung hinaufführt, von dem aus man einen ausgedehnteren Teil des Tals überblicken kann. Ich leide an fürchterlicher Höhenangst. Bei meinen knapp zwei Metern Länge wird mir manchmal schon beim Aufstehen schwummerig, und der bloße Anblick des Pfades beschert mir schwarze, verschwommene Alpträume.

»Da sind wir früher oft raufgestiegen«, murmelt Don und beugt sich vor, um es uns zu zeigen.

Ich sehe zuerst ihn erstaunt an und dann wieder hinunter auf den furchterregenden Pfad. Wir schweben jetzt nur einen knappen Meter über ihm, und das dumpfe Wummern der Rotorblätter hallt vom Boden wider. Der Weg ist höchstens sechzig Zentimenter breit, grasbedeckt und rutschig.

»Ja, ganz schön steil«, sagt Don mit einem leisen Lachen, als gebe es sonst keinen Grund, nicht mit dem Fahrrad raufzufahren. »Oben auf der Hügelkette ist ein ›Track and bowl system‹. Wollt ihr's euch mal ansehen?«

Wir nicken nervös, und Bill fliegt weiter.

Ich hatte schon vorher erlebt, daß sich neuseeländische Zoologen den Begriff »Track and bowl system« an den Kopf geworfen hatten, und zwar dermaßen beiläufig, daß ich nicht gleich hatte zugeben wollen, nicht den blassesten Schimmer zu haben, wovon sie eigentlich sprachen. Ich beschloß von der Prämisse auszugehen, daß es irgendwas mit Satellitenschüsseln zu tun haben müsse, und mich dann von da aus allmählich an den wirklichen Sinn heranzutasten. Dadurch schwebte ich zwei Tage lang in einem Zustand vollkommenen Nichtbegreifens, bevor ich schließlich doch den Mut fand, meine Unwissenheit zuzugeben.

Ein »Track and bowl system« hat rein gar nichts mit Satellitenschüsseln zu tun. Wenn man von einer Gemeinsamkeit absieht – nämlich, daß man beides meist an hochgelegenen, offenen Stellen findet. Es ist ein ziemlich komischer Name für ein extrem komisches Phänomen. Ein »Track and bowl system« sieht zwar nicht besonders dramatisch aus – und wenn man kein neuseeländischer Zoologe ist, könnte man glatt an einem vorbeifliegen, ohne es überhaupt zu bemerken –, ist jedoch Schauplatz einer der eigenartigsten Verhaltensweisen der gesamten Tierwelt.

Der Hubschrauber schwebt jenseits des Kamms hinaus ins Tal, wendet und nähert sich dem Kamm von der anderen Seite, gerät in den Aufwind, dreht sich noch einmal leicht – und setzt auf. Wir sind gelandet. Für einen Augenblick sitzen wir verdutzt in der Stille und können kaum glauben, auf was wir da gerade gelandet sind. Der Kamm ist nur ein paar Meter breit. Er fällt zu beiden Seiten Hunderte von Metern steil ab, und auch vor uns geht es zügig abwärts.

Bill dreht sich um und grinst uns an. »Keine Sorgen«, sagt er, obwohl ich immer geglaubt hatte, das sage man nur in Australien. In Momenten wie diesem braucht man genau diese Art Gedanken, um sich abzulenken.

Nervös klettern wir aus der Maschine und krabbeln, die Köpfe unter den wirbelnden Rotorblättern gesenkt, hinaus auf den Kamm. Um unseren Felsvorsprung herum breitet sich nach drei Seiten ein gezacktes Tal aus, dessen Umrisse weiter unten weicher werden. Direkt vor uns biegt es scharf nach links ab und setzt sich über eine ganze Reihe von schroffen Drehungen und Verwerfungen fort bis zum Tasman-See, einem dunstigen Schimmern in der Ferne. Die wenigen Wolken, die nicht weit über uns hängen, zeichnen auf ihrem langsamen Weg über das Tal dessen Wellenform mit ihren ausgefransten Schatten nach, und das allein vermittelt uns schon ein sehr deutliches Gefühl für Größenordnungen und Verhältnisse.

Mit dem Verstummen der wummernden Rotorblätter des Hubschraubers nimmt das allgegenwärtige Murmeln des Tales allmählich zu und füllt die Stille aus: das dumpfe Donnern der Wasserfälle, das entfernte Zischeln des Meers, das Rascheln des struppigen Grases in der leichten Brise, die Keas, die sich einander vorstellen. Ein Geräusch allerdings werden wir, wie wir wissen, nicht hören – nicht, weil wir zur falschen Tageszeit hergekommen wären, sondern im falschen Jahr. Und richtige Jahre wird es nicht mehr geben.

Bis 1987 war Fjordland die Heimat eines der seltsamsten, schauerlichsten Töne auf Erden. Jahrtausendelang war dieser Ton zur richtigen Jahreszeit und nach Einbruch der Dunkelheit überall in dieser wilden Gipfel- und Tälerlandschaft zu hören gewesen.

Es klang wie ein Herzklopfen: ein tiefes, kraftvolles Pochen, das in den dunklen Schluchten widerhallte. So tief, daß einige Leute behaupteten, es im Magen gespürt zu haben, bevor sie den eigentlichen Klang gehört hätten, eine Art Wummern, ein schweres Luftbeben. Die meisten Leute haben es sowieso nicht gehört und werden es auch nie mehr hören. Es war der Schrei des Kakapo, des alten neuseeländischen Nachtpapageis, der hoch auf einem Felsvorsprung saß und nach einer Gefährtin rief.

Von allen Lebewesen, nach denen wir in diesem Jahr suchten, war der Kakapo vermutlich das eigenartigste, das faszinierendste und außerdem eines der seltensten und am schwersten aufzutreibenden. Früher, bevor Neuseeland von Menschen besiedelt wurde, gab es Hunderttausende von Kakapos. Dann gab es Tausende, dann Hunderte. Dann gab es nur noch vierzig ... und es ging abwärts. Hier im Fjordland, das jahrtausendelang die Hochburg des Vogels gewesen ist, scheint es heutzutage keinen einzigen mehr zu geben.

Don Merton weiß besser als sonst jemand über diese Vögel Bescheid und ist zum einen mitgekommen, um uns zu führen, zum anderen aber auch, weil dieser Flug ins Fjordland ihm die Gelegenheit bietet, ein weiteres Mal zu überprüfen, ob der letzte Kakapo unwiderruflich verschwunden ist.

Unser Hubschrauber steht in einem so schwindelerregenden Winkel auf dem Felskamm, daß es aussieht, als werde der kleinste Windstoß ihn sanft ins unter uns liegende Tal wehen. Mark und ich entfernen uns langsam und mit steifem, beklommenem Gang von ihm, als täte uns alles weh. Wir spielen jeden weiteren Schritt zunächst im Kopf durch, bevor wir es wagen, den restlichen Körper zu bewegen. Bill grinst uns, die erdverbundenen Jungs aus der Stadt, verschmitzt an.

»Keine Sorgen«, sagt er fröhlich. »Wo immer wir landen können, setzen wir auf. Don wollte hierher, also hab ich ihn hergebracht. Hätte keine Lust, hier zu sein, wenn's richtig windig wäre, aber das ist es ja nicht.« Er setzt sich auf einen kleinen Felsblock und steckt sich eine Zigarette an. »Im Moment jedenfalls nicht«, fügt er hinzu, starrt in die Ferne und malt sich glücklich aus, welchen Heidenspaß wir alle hätten, wenn plötzlich ein Orkan durchs Tal gerauscht käme.

Gaynor ist im Moment nicht in der Stimmung, sich vom Hubschrauber wegzubewegen, und kommt zu dem Schluß, dies sei genau der richtige Moment, um Bill zu interviewen. Sie zieht die verwickelten bunten Kabel des Kassettenrecorders aus ihrer Umhängetasche und klemmt sich die Kopfhörer ins Haar, ohne dabei auch nur einmal nach rechts oder links in die Tiefe zu sehen. Sie stößt ihm das Mikrofon entgegen und benutzt die andere Hand, um sich selbst nervös auf dem Boden abzustützen.

»Ich fliege schon seit fünfzehn Jahren im Fjordland«, sagt Bill, als sie fertig ist. »Meistens irgendwelche Fernmeldejobs und ein bißchen was für Baustellen. Mach normalerweise nichts mit Touristen. Ist mir auch ganz recht so. Dafür arbeite ich viel für das Kakapo-Transfer-Programm und fliege die Wildhüter zu den unzugänglichsten Stellen auf Neuseeland. Bei so was ist ein Hubschrauber sehr nützlich, weil er an den unmöglichsten Stellen aufsetzen kann. Sehen Sie die Felsspitze da drüben?«

»Nein!« sagt Gaynor und starrt weiter unverwandt zu Boden. »Ich möchte im Moment nicht hingucken. Sie ... erzählen Sie mir einfach eine Geschichte. Irgend ... irgendwas Lustiges, was Ihnen mal passiert ist. Bitte?!«

»Was Lustiges, ja?« sagt Bill und zieht lange und nachdenklich an seiner Zigarette, während er den Blick durch das Tal schweifen läßt. »Na schön. Ich hab mal meine Hände im Hubschrauber in Brand gesteckt, weil ich ein Streichholz angerissen hab, ohne daran zu denken, daß meine Handschuhe mit Benzin getränkt waren. Dachten Sie an was in der Art?«

Don Merton hat sich inzwischen behutsam einige Schritte entfernt und späht gespannt einen Fleck auf dem struppigen Boden an. Er hockt sich hin und fegt sehr vorsichtig lose Erde und Grasstücke aus einer flachen Vertiefung im Boden. Er findet etwas und hebt es auf. Es ist klein, annähernd oval geformt und schwach getönt. Er untersucht es eine Zeitlang gründlich und läßt dann niedergeschlagen die Schultern sinken. Er gibt uns ein Zeichen, zu ihm zu kommen. Nervös folgen wir der Aufforderung und sehen uns das Etwas an, das er zwischen seinen Fingern hochhält und mit unendlichem Bedauern betrachtet. Es ist ein einzelne, schon etwas ältere Süßkartoffel. Dazu fällt mir eigentlich nichts mehr ein.

Seufzend legt er die Süßkartoffel zurück auf den Boden.

»Wir nennen diese Stelle Kakapo-Castle«, sagt er und

blinzelt uns in dem kalten, grellen Sonnenlicht an. »Es ist die letzte bekannte Stelle auf dem neuseeländischen Festland, an der ein Kakapo gebalzt hat. Diese flache Vertiefung in der Erde gehört zu einem ›Track and bowl systen‹.«

Ich erkläre gleich, was ein »Track and bowl system« nun eigentlich ist. Zu sehen ist an der Stelle nicht mehr als eine grob in den Boden geschabte Vertiefung. Sie ist unordentlich und ein bißchen überwuchert. Als ich wieder die uns umgebende atemberaubende Landschaft betrachte, komme ich plötzlich nicht mehr ganz mit. Wir waren so weit in dieses unermeßliche, überwältigende Land hineingeflogen, und das alles nur, um diese kleinen, armseligen Kratzer im Boden und kein Ei zu finden. Bloß eine Kartoffel.

Ich mache eine lahme Bemerkung in dieser Richtung. Mark runzelt die Stirn, und Dons Gesichtsausdruck verfinstert sich.

»O nein«, sagt Don, »ich hatte kein Ei erwartet. Kein Ei. Nicht hier. O nein, ganz und gar nicht.«

»Oh«, sage ich. »Als Sie die Kartoffel aufgehoben haben, dachte ich . . .«

Mark raunt mir aus dem Mundwinkel zu: »Das hat Don uns doch alles im Hubschrauber erklärt.«

»Im Hubschrauber habe ich nichts verstanden.«

»Sehen Sie, in einem ›Track and bowl system‹ findet man keine Eier«, sagt Don geduldig. »Das ist nur der Balz- und Paarungsbereich. Ich habe die Süßkartoffel selbst hineingelegt, als ich zuletzt hier war, im vorigen Jahr. Wenn ein Kakapo in diesem Gebiet wäre, hätte er die Kartoffel gegessen.« Er hebt sie auf und reicht sie mir.

»Sehen Sie selbst, kein einziger Abdruck. Nicht die kleinste Bißstelle. Außerdem hätte er seinen Balzplatz gestutzt und gesäubert. Kakapos sind sehr akribische Vögel. Wir wissen nicht, was mit dem letzten in diesem Gebiet passiert ist. Kann sein, daß er getötet wurde, möglicherweise von einer Katze. Wir nehmen an, daß sie manchmal so weit heraufkommen. Fjordland ist voll von Katzen, und das bedeutet nichts Gutes für den Kakapo. Obwohl wahrscheinlich nicht alle Katzen auf einen Kakapo losgehen würden. Einige werden versucht haben, einen Kiwi anzufallen – erfolglos –, und infolgedessen vermutlich lieber einen weiten Bogen um Kakapos machen. Andere könnten es versucht und herausgefunden haben, daß man es schafft, und es wieder getan haben. Kakapos sind es grundsätzlich nicht gewohnt, sich zu verteidigen. Sie erstarren einfach, wenn sie eine Katze näherkommen sehen. Obwohl sie kräftige Beine und Krallen haben, verteidigen sie sich nicht damit. Ein Kiwi hingegen prügelt eine Katze in der Regel grün und blau. Weil Kiwis auch miteinander kämpfen. Wenn man zwei in einen Käfig setzt, ist einer von beiden am nächsten Morgen tot.

Der Kakapo kann auch einfach an Altersschwäche gestorben sein. Wir wissen nicht, wie lange sie leben, obwohl sie allem Anschein nach sehr alt werden. Vielleicht so alt wie Menschen. Aber so oder so ist der Kakapo nicht mehr hier, das dürfte wohl feststehen. Jetzt gibt es im ganzen Fjordland keine Kakapos mehr.«

Trotzdem nimmt er mir die Kartoffel wieder ab und legt sie als letzten Ausdruck eines hoffnungslosen Optimismus behutsam wieder an den Rand der Schüssel.

Bis vor relativ kurzer Zeit – jedenfalls nach evolutionären Maßstäben – bestand die neuseeländische Tierwelt fast ausschließlich aus Vögeln. Nur Vögel konnten den Ort erreichen. Die Vorfahren vieler jetzt dort heimischer Vögel waren ursprünglich hierhergeflogen. Es gab auch noch ein paar Fledermausarten, die Säugetiere sind, aber – und das ist der entscheidende Punkt – es gab keine Räuber. Keine Hunde, keine Katzen, keine Frettchen oder Wiesel, nichts, vor dem die Vögel hätten flüchten müssen.

Und natürlich ist das Fliegen ein Mittel zur Flucht. Es ist ein Überlebensmechanismus, und zwar einer, den die neuseeländischen Vögel nicht unbedingt zu brauchen glaubten. Fliegen ist harte Arbeit und kostet eine Menge Energie.

Und nicht nur das. Auch zwischen dem Fliegen und dem Essen besteht eine enge Verbindung. Je mehr man ißt, desto schwerer fällt einem das Fliegen. Also passierte es immer häufiger, daß die Vögel, statt einen kleinen Snack zu sich zu nehmen und anschließend wegzuflattern, sich zu einem eher umfangreicheren Mahl niederließen und danach ein bißchen spazierenwatschelten.

Als dann schließlich die europäischen Siedler eintrafen und Katzen, Hunde, Wiesel und Opossums mitbrachten, watschelten viele der flugunfähigen neuseeländischen Vögel plötzlich um ihr Leben. Die Kiwis, die Takahes – und die alten Eulenpapageien, die Kakapos.

Unter all diesen Vögeln ist der Kakapo der seltsamste. Na schön, wenn man genau darüber nachdenkt, ist wohl auch der Pinguin ein ziemlich sonderbares Geschöpf, nur ist er auf irgendwie robuste Art sonderbar und bestens an die Umgebung angepaßt, in der er lebt, was man vom Kakapo nicht behaupten kann. Der Kakapo ist ein Vogel in der falschen Zeit. Wenn man einem von ihnen in sein großes, rundes, grünlichbraunes Gesicht sieht, wirkt er auf so heitere, unschuldige Art ahnungslos, daß man ihn am liebsten drücken und ihm sagen möchte, daß alles wieder gut wird, obwohl man weiß, daß das wahrscheinlich nicht stimmt.

Der Kakapo ist ein extrem dicker Vogel. Ein durchschnittlicher, ausgewachsener Kakapo wiegt zwischen sechs und sieben Pfund und kann mit seinen Flügeln bestenfalls ein bißchen herumwackeln, wenn er fürchtet, über irgendwas zu stolpern – aber Fliegen ist mit den Dingern vollkommen ausgeschlossen. Traurig ist nur, daß der Kakapo anscheinend nicht bloß vergessen hat, wie man fliegt, sondern zudem vergessen hat, daß er vergessen hat, wie man fliegt. Ein ernstlich beunruhigter Kakapo bringt es zwar fertig, auf einen Baum zu flitzen und von oben abzuspringen, fliegt aber dann wie ein Stein und landet als wenig eleganter Haufen am Boden.

Im großen und ganzen hat es der Kakapo aber nie gelernt, sich Sorgen zu machen. Er hatte ja nie besonders viel, was ihm hätte Sorgen bereiten können.

Die meisten Vögel werden angesichts eines Räubers zumindest kapieren, daß irgendwas los ist, und sich zügig in Sicherheit bringen, selbst wenn sie dabei irgendwelche im Nest liegenden Eier oder Küken im Stich lassen müssen – aber nicht der Kakapo. Seine einzige Reaktion angesichts eines Räubers ist, ganz einfach nicht zu wissen, was für eine Lebensform das sein soll. Er hat überhaupt keinen Begriff davon, daß irgend etwas möglicherweise auf die Idee verfallen könnte, ihm weh zu tun, also neigt er dazu, völlig verwirrt in seinem Nest hocken zu bleiben und dem anderen Tier den nächsten Zug zu überlassen – der in der Regel schnell kommt und endgültig ist.

Es ist frustrierend, sich den Unterschied klarzumachen, der durch Sprache entstünde. Die Jahrtausende kriechen verdammt langsam vorbei, während die natürliche Selektion von Generation zu Generation fahrig nach dem richtigen Weg stochert und dem komischen, anomalen Kakapo, der ein bißchen bescheuerter ist als seine Zeitgenossen, so lange unbehelligt läßt, bis die gesamte Art endlich auf den Trichter kommt. Das alles ließe sich auf eine Sekunde abkürzen, wenn einer von ihnen sagen könnte: »Solltet ihr eins von diesen Dingern mit Schnurrbart und kleinen, spitzen Zähnen sehen, dann rennt, was das Zeug hält.« Andererseits sind auch Menschen, trotz ihrer beinahe einzigartigen Fähigkeit, aus den Erfahrungen anderer zu lernen, wenig geneigt, diese Fähigkeit zu nutzen.

Ärgerlich ist nur, daß diese ganze Räubergeschichte in Neuseeland ziemlich plötzlich begann und daß, bis die Natur anfängt, bevorzugt etwas nervösere und leichtfüßigere Kakapos hervorzubringen, einfach keine mehr da sein werden, sofern sie das bewußte Eingreifen des Menschen nicht vor etwas schützt, mit dem sie allein nicht fertig werden. Es wäre hilfreich, wenn viele von ihnen zur Welt kämen, aber damit stoßen wir auf weitere Probleme. Der Kakapo ist ein Einzelgänger: Er mag keine anderen Tiere. Er mag es nicht mal, mit anderen Kakapos zusammenzusein. Wir lernten einen Umweltschützer kennen, der meinte, er habe sich manchmal gefragt, ob der Paarungsruf des Männchens das Weibchen nicht tatsächlich abstößt, was die Art von biologischer Absurdität darstellt, die man sonst nur in Diskotheken findet. Alles, was der Kakapo wegen der Paarung veranstaltet, ist herrlich bizarr, außerordentlich gründlich vorbereitet und fast vollkommen wirkungslos.

Und das tun sie: Das Kakapo-Männchen baut sich ein »Track and bowl system«, das nichts weiter ist als eine grob ausgehobene, flache Bodensenke, zu der ein oder zwei Pfade durch das Unterholz hinführen. Das einzige, was diese Pfade von denen anderer durch die Gegend tappender Tiere unterscheidet, ist, daß die Pflanzen zu beiden Seiten äußerst präzis gestutzt sind.

Dabei achtet der Kakapo auf eine gute Akustik – also wird das »Track and bowl system« häufig vor einer dem Tal zugewandten Felswald zu finden sein –, und wenn die Paarungszeit beginnt, sitzt er in seiner Schüssel und schreit.

Und das ist eine ungewöhnliche Vorführung. Der Kakapo bläst zwei riesige Luftsäcke an seinen beiden Brustseiten auf, versenkt den Kopf dazwischen und beginnt etwas von sich zu geben, was er für aufregende Grunzlaute hält. Diese Laute werden stufenweise tiefer, hallen in seinen beiden Luftsäcken wider, breiten sich dann in der Nachtluft aus und erfüllen die Täler im Umkreis von Meilen mit dem schaurigen Klang eines gewaltigen, in der Nacht schlagenden Herzens.

Der Lockruf ist tief, sehr tief, genau auf der Schwelle zwischen dem, was man gerade noch hören kann, und dem, was man spürt. Das heißt, daß der Ton zwar eine große Reichweite hat, man aber nicht sagen kann, von wo er kommt. Wenn Sie sich mit einer bestimmten Sorte von Stereoanlagen auskennen, werden Sie wissen, daß man sich einen zusätzlichen Lautsprecher, einen sogenannten Sub-Woofer, besorgen kann, der nur die Baßfrequenzen überträgt und den man theoretisch überall im Raum plazieren kann, sogar hinter dem Sofa. Das Prinzip ist dasselbe – man kann nicht sagen, woher der Baß-Sound kommt.

Da das Kakapo-Weibchen genausowenig sagen kann, woher der Kakapo-Schrei kommt, kann man den Lockruf getrost als mangelhaft bezeichnen. »Komm und *hol* mich!« »Wo bist du?« »Komm und *hol* mich!« »Wo zum Teufel steckst du denn?« »Komm und *hol* mich!« »Hör mal zu, soll ich kommen oder nicht?« »Komm und *hol* mich!« »Hergott noch mal.« »Komm und *hol* mich!« »Ach, fick dich doch ins Knie«, wäre wohl die ungefähre Entsprechung in zwischenmenschlichen Beziehungen.

Nun ist es zwar so, daß das Männchen noch eine Vielzahl anderer Geräusche ausstoßen kann, wir jedoch nicht wissen, was sie bedeuten. Na schön, ich weiß ja sowieso nur, was man mir erzählt hat, aber Zoologen, die diese Vögel jahrelang studiert haben, sagen, sie wüßten auch nicht, wozu das alles gut sei. Zu diesen Geräuschen gehören ein hochschwingender, metallischer, nasaler »Tsching«-Ton, Summen, Schnabelklicken, »Skrarken« (Skrarken ist genau das, wonach es klingt – der Vogel macht dauernd »Skrark«), »Kreisch-Krähen«, schweineähnliches Grunzen und Quieken, entenähnliche »Quaks« und eselsähnliche Schreie. Außerdem gibt es noch die aus einer weiteren Unzahl langgezogener, aufgewühlter Klagekrächzer bestehenden Leidensschreie, die die Jungtiere von sich geben, wenn sie über irgendwas stolpern oder aus Bäumen fallen.

Ich habe mir ein Band mit zusammengeschnittenen Kakapo-Lauten angehört, und es ist kaum zu glauben, daß sie alle von einem einzigen Vogel oder auch nur von einem einzigen Tier stammen. Es könnten Schnipsel aus dem Tonstudio von Pink Floyd sein, aber kein Papagei.

Einige dieser Geräusche bekommt man in fortgeschrittenen Balzphasen zu hören. Das »Tschingen« zum Beispiel, das nicht so weit zu hören ist, ist sehr gut anzupeilen und kann einem von nächtelangem Lockrufen aufgerüttelten Weibchen (das Rufen dauert manchmal sieben Stunden pro Nacht, und das für eine Dauer von bis zu drei Monaten) helfen, einen Partner zu finden. Aber auch das funktioniert nicht immer. Fortpflanzungsfähige Weibchen waren berühmt dafür, an gänzlich unbesetzten Schüsseln aufzukreuzen, ein bißchen in der Gegend herumzustehen und dann wieder zu verschwinden.

Es liegt nicht daran, daß sie nicht willig wären. Der Geschlechtstrieb ist bei einem fortpflanzungsbereiten Weibchen extrem ausgeprägt. Man weiß von einem Kakapo-Weibchen, das in einer Nacht zwanzig Meilen marschiert ist, nur um ein Männchen zu besuchen, und dann am nächsten Morgen wieder zurückwanderte. Unglücklicherweise ist jedoch die Phase, in der sich das Weibchen so verhält, ziemlich kurz. Als wäre nicht alles schon schwierig genug, kann das Weibchen nur dann in diese Verfassung geraten, wenn besondere Pflanzen, zum Beispiel die Steineibe, Früchte tragen. Was nur zweimal jährlich der Fall ist. Bis es soweit ist, kann das Männchen schreien, soviel es will, ohne daß es ihm irgend etwas nützt. Die pingeligen Ernährungsbedürfnisse des Kakapo sind wieder ein weites Problemfeld, das einen zur Verzweiflung treiben kann. Es reicht mir schon, nur daran zu denken; also sollten wir das Thema schnell hinter uns bringen. Wenn Sie sich einfach vorstellen, Sie würden als Steward in einer Maschine voller Moslems, Juden, Vegetarier, strenger Vegetarier und Diabetiker versuchen, die Mahlzeiten zu servieren, obwohl sie, weil gerade zufällig Weihnachten ist, nur Truthahn an Bord haben, kommen Sie der Sache aber schon ziemlich nahe.

Es zerrt extrem an den Nerven der Männchen, monatelang in ihren Schüsseln zu hocken und endlos Geräusche von sich zu geben, während sie auf ihre Partnerinnen warten, die ihrerseits darauf warten, daß eine bestimmte Baumsorte Früchte trägt. Als einer der Wildhüter, der im Balzgebiet der Kakapos arbeitete, einmal zufällig seinen Hut auf dem Boden liegenließ, fand er bei seiner Rückkehr einen Kakapo vor, der das Ding zu schänden versuchte. Bei anderer Gelegenheit ließ die Entdeckung von etwas zerzaustem Opossumfell im Paarungsgebiet darauf schließen, daß wieder mal ein Kakapo einen besorgniserregenden Fehler begangen hatte, mit einem Ergebnis, das wohl für keine der beiden beteiligten Parteien besonders befriedigend gewesen sein dürfte.

Was unter dem Strich nach all diesen Monaten des Aushebens und Balzens und Wanderns und Skrarkens und Getues wegen irgendwelcher Früchte herauskommt, ist, daß das Kakapo-Weibchen alle drei oder vier Jahre ein einziges Ei legt, das prompt von einem Hermelin gefressen wird.

Also muß die große Frage lauten: Wie in aller Welt hat es der Kakapo geschafft, sich *so lange* zu halten?

Als einem mit diesem Vogel konfrontierten Nicht-Zoologen drängte sich mir die Frage auf, ob sich die von allen Zwängen, etwas Wettbewerbfähiges zu produzieren, befreite Natur diesen Vogel nicht einfach am Rande ausgedacht hatte. Einfach nur so hingeschleudert. »Wie wär's, wenn wir noch was von dem hier mit reinpacken? Kann doch nicht schaden, ist vielleicht ganz unterhaltend.«

Der Kakapo ist wahrhaftig ein Vogel, der mich in gewisser Weise an die britische Motorradindustrie erinnert. Alles ging so lange nur nach seiner Nase, daß er am Ende exzentrisch wurde. Die Motorradindustrie reagierte nicht auf die Marktkräfte, weil sie ihr gar nicht richtig bewußt waren. Sie produzierte eine gewisse Anzahl Motorräder, die von einer gewissen Anzahl von Leuten gekauft wurde, und das war's. Dabei war es scheinbar ziemlich egal, daß sie laut und kompliziert zu warten waren, Öl durch die Gegend verspritzten und, wie T. E. Lawrence gegen Ende seines Lebens herausfand, eine sehr eigentümliche Art hatten, um Kurven zu biegen. Das war's, was Motorräder taten, und das war's, was man bekam, wenn man ein Motorrad haben wollte. Ende der Geschichte. Und natürlich war es auch fast das Ende der Geschichte der britischen Motorradindustrie, als die Japaner plötzlich auf die Idee kamen, daß Motorräder nicht unbedingt so sein müßten. Sie konnten schnittig sein, sie konnten sauber sein, sie konnten zuverlässig und kultiviert sein. Dann würden sie vielleicht von jedermann gekauft werden, nicht nur von Leuten, die es für besonders spaßig hielten, den Sonntagnachmittag mit einem öligen Lappen im Schuppen zu verbringen oder gegen Akaba zu marschieren.

Die äußerst wettbewerbsfähigen Maschinen kamen auf den Britischen Inseln an (erneut ist es also eine Inselspezies, die nie gelernt hat, im Wettbewerb zu bestehen. Ich weiß, daß Japan auch aus einem Haufen Inseln besteht, werde des schönen Vergleichs zuliebe aber einfach über diesen Umstand hinwegsehen), und über Nacht waren die britischen Motorräder so gut wie ausgestorben.

So gut wie, aber eben nicht ganz. Sie wurden von einem Rudel Enthusiasten am Leben erhalten, die meinten, daß an den Nortons und Triumphs, mochten sie auch schwierige und bärbeißige Biester sein, doch eine Menge Gutes und Bewahrenswertes war und daß die Welt ohne sie bedeutend ärmer wäre. Während des letzten Jahrzehnts haben sie zahlreiche, schwierige Veränderungen über sich ergehen lassen müssen, sind aber nun wieder aufgetaucht und gelten nach ihrer Überholung als vielgerühmte Maschinen für Motorrad-Liebhaber. Ich fürchte, daß dieser Vergleich jetzt ernsthaft vom Zusammenbruch bedroht ist, also lasse ich ihn wohl besser fallen.

Einige Tage zuvor hatte ich einen Traum gehabt. Ich hatte geträumt, daß ich aufwachte und mich, bewegungsunfähig auf großen, runden, lila und hellblauen Findlingen ausgebreitet und den Kopf angefüllt mit dem bedächtigen Tosen des Meeres, an einem abgelegenen Strand wiederfand. Ich erwachte aus diesem Traum und fand mich, ausgebreitet auf mächtigen, runden, rosa und hellblauen Findlingen und völlig benommen vor Verwirrung, an einem abgelegenen Strand wieder. Ich konnte mich nicht bewegen, weil meine Kameratasche um meinen Hals geschlungen und hinter einem der Findlinge eingeklemmt war.

Ich rappelte mich auf und sah hinaus aufs Meer, um herauszubekommen, wo in aller Welt ich war und ob ich noch immer in einer Traum-Rekursion steckte. Vielleicht saß ich noch immer in einem Flugzeug nach Irgendwo und sah mir nur gerade den Film während des Fluges an. Ich sah mich nach einer Stewardeß um, aber niemand kam mit einem Tablett voller Drinks über den Strand gewackelt. Ich warf einen Blick auf meine Stiefel, und dieser Blick schien in meinem Kopf irgend etwas auszulösen. Ich erinnerte mich deutlich daran, diese Stiefel zuletzt so gründlich betrachtet zu haben, als ich aus einem Morast in Zaire herausstapfte und sie mit afrikanischem Matsch getränkt waren. Ich sah mich nervös um. Nashörner wackelten auch nicht über den

Strand. Der Strand befand sich eindeutig nicht in Zaire, weil Zaire ein Binnenland ist und keinen Strand hat. Erneut betrachtete ich meine Schuhe. Sie wirkten eigenartig sauber. Wie war das passiert? Mir fiel wieder ein, daß man mir die Schuhe weggenommen und sie geputzt hatte. Warum sollte das jemand tun? Und wer? Ein Flughafen tauchte verschwommen vor mir auf, und ich erinnerte mich, gefragt worden zu sein, wo ich mit den Schuhen gewesen sei. Zaire, sagte ich. Man nahm mir die Stiefel weg und gab sie mir ein paar Minuten später fleckenlos sauber, desinfiziert und glänzend zurück. Mir fiel wieder ein, daß ich damals gedacht hatte, ich müsse nur daran denken, jedesmal nach Neuseeland zu fliegen, wenn ich meine Schuhe wirklich ordentlich geputzt haben wollte. Neuseeland. Was die Einfuhr irgendwelcher ausländischer Bakterien betraf, waren sie hier, in einem der isoliertesten und unberührtesten Länder der Welt, verständlicherweise eher paranoid. Ich versuchte mich an meine Abreise aus Neuseeland zu erinnern, aber es ging nicht. Folglich mußte ich noch in Neuseeland sein. Gut. Damit hatte ich das Ganze ein bißchen eingegrenzt. Aber wo?

Ich torkelte etwas schläfrig den Strand hinauf, stolperte über die Findlinge in den gedämpften halluzinatorischen Farben und entdeckte dann von meinem neuen Aussichtspunkt aus Mark, der weit entfernt auf den Knien dahockte und in einen alten Baumstumpf spähte.

»Ein Zwergpinguin. Er mausert sich gerade«, sagte er, als ich ihn endlich erreichte.

»Was?« sagte ich. »Wo?«

»Im Baumstumpf«, sagte er. »Sieh's dir an.«

Ich spähte in den Baumstumpf. Ein schwarzes Augenpaar spähte ängstlich aus einem dunkelblauen, aufgeplusterten Feder-Ball zurück.

Ich ließ mich schlaff auf einen Felsen sinken.

»Sehr schön«, sagte ich. »Wo sind wir?«
Mark grinste. »Dachte ich mir doch, daß du ein bißchen unter dem Jetlag leidest«, sagte er. »Du hast zwanzig Minuten geschlafen.«
»Na fein«, sagte ich gereizt, »aber wo sind wir? Soweit ich es bisher eingegrenzt habe, muß es Neuseeland sein.«
»Little Barrier Island«, sagte er. »Erinnerst du dich? Wir sind heute morgen mit dem Hubschrauber hergekommen.«
»Ah«, sagte ich, »damit ist meine nächste Frage schon beantwortet. Es ist Nachmittag, ja?«
»Ja«, sagte Mark. »Es ist kurz vor vier, und wir werden zum Tee erwartet.«
Von dieser Vorstellung wie vom Donner gerührt, sah ich noch mal den Strand rauf und runter.
»Tee?« sagte ich.
»Bei Mike und Dobby.«
»Bei *wem*?«
»Ach, tu einfach nur so, als würdest du sie kennen, wenn wir hinkommen, weil du heute morgen ein Stündchen mit ihnen geplaudert hast.«
»Hab ich?«
»Dobby ist der Wildhüter auf dieser Insel.«
»Und Mike?«
»Seine Frau.«
»Verstehe.« Ich dachte ein bißchen nach. »Ich weiß«, sagte ich plötzlich. »Wir sind hergekommen, um nach dem Kakapo zu suchen. Ja?«
»Korrekt.«
»Werden wir einen finden?«
»Bezweifle ich.«
»Dann erklär's mir noch mal. Warum sind wir hier?«
»Weil dies einer der zwei Orte ist, an denen definitiv Kakapos leben.«
»Aber wir werden wahrscheinlich keinen finden.«

»Nein.«

»Aber wir werden zumindest einen Tee kriegen.«

»Ja.«

»Schön, dann laß uns losgehen und Tee trinken. Erzähl's mir auf dem Weg noch mal. Aber schön langsam.«

»Ist recht«, sagte Mark. Er machte noch einige letzte Bilder von dem kleinen blauen Pinguin, einem Vogel, über den ich niemals mehr erfahren sollte, packte seine Kameras ein, und zusammen machten wir uns auf den Rückweg zum Wildhüterhäuschen.

»Jetzt, da Neuseeland mit Räubern aller Art übersät ist«, sagte Mark, »sind Inseln der letzte mögliche Zufluchtsort für die Kakapos – beziehungsweise geschützte Inseln neben diesen Inseln. Stewart Island im Süden, wo es immer noch ein paar Kakapos gibt, ist mittlerweile besiedelt und nicht mal mehr annähernd sicher. Alle Kakapos, die man dort findet, werden eingefangen und nach Codfish Island geflogen, der nächstgelegenen Insel. Dort werden sie beobachtet und geschützt. Und zwar so gut geschützt, daß ich momentan erhebliche Zweifel habe, ob man uns überhaupt erlauben wird, hinzufliegen. Offenbar gibt es beim DOC einen ziemlichen Aufruhr wegen . . .«

»DOC?«

»Dem New Zealand Department of Conservation. Sie sind sich nicht einig, ob sie uns auf die Insel lassen sollen. Einerseits meinen sie zwar, wir könnten dem Projekt durch eine gewisse Publicity nützen, aber andererseits meinen sie, daß die Vögel um gar keinen Preis gestört werden sollten. Es gibt überhaupt nur einen einzigen Menschen, der uns helfen könnte, den Vogel zu finden, und der will überhaupt nichts mit uns zu tun haben.«

»Wer ist das?«

»Ein freischaffender Kakapo-Spurenleser namens Arab.«

»Aha.«

»Er hat einen Kakapo-Spürhund.«

»Hmm. Klingt, als ob wir genau den Typ Helfer bräuchten. Gibt es denn für einen freischaffenden Kakapo-Spurenleser viel zu tun? Ich meine, so viele Kakapos sind doch eigentlich nicht mehr aufzuspüren, oder?«

»Vierzig. Insgesamt gibt es drei oder vier Kakapo-Spurenleser . . .«

»Und drei oder vier Kakapo-Spürhunde?«

»Genau. Die Hunde sind speziell darauf abgerichtet, die Kakapos zu wittern. Sie tragen Maulkörbe, damit sie den Vögeln nichts tun können. Man hat sie eingesetzt, um die Kakapos auf Stewart Island einzufangen, damit sie mit dem Hubschrauber nach Codfish Island geflogen oder hierher, nach Little Barrier Island, weitertransportiert werden können. War das erste Mal seit Jahrtausenden, vielleicht sogar Jahrmillionen, daß irgendein Vertreter dieser Art geflogen ist.«

»Und was macht ein Kakapo-Spurenleser, wenn keine Kakapos aufgespürt werden müssen?«

»Er bringt Katzen um.«

»Aus Frustration?«

»Nein. Auf Codfish Island gab es eine regelrechte Wildkatzenplage. Mit anderen Worten, Katzen, die in die Wildnis zurückgekehrt sind.«

»Ich dachte immer, das sei eine künstliche Unterscheidung. Ich dachte, alle Katzen wären Wildkatzen. Sie verhalten sich nur zahm, wenn sie glauben, daß dabei eine milchgefüllte Untertasse für sie rausspringt. Auf Codfish Island bringen sie also Katzen um?«

»Sie haben sie umgebracht. Stück für Stück. Alle Opossums und Wiesel. Im großen und ganzen alles, was sich bewegt hat und kein Vogel war. Das ist nicht besonders nett, aber so sah die Insel nun mal ursprünglich aus, und nur so können die Kakapos überleben – in genau der Umgebung, die Neuseeland vor dem Eintreffen des Menschen war. Ohne Räuber. Hier auf Little Barrier Island haben sie das gleiche gemacht.«

Was in diesem Augenblick passierte, verblüffte mich einigermaßen, bis mir aufging, daß mir genau das gleiche an diesem Tag schon einmal passiert war, nur daß ich es in meinem benebelten, zeitverschobenen Zustand völlig vergessen hatte.

Vom Strand aus waren wir durch dichtes Unterholz, über schlechte, matschige Wege und an ein paar Feldern voller Schafe vorbeigestapft und plötzlich in einem Garten gelandet. Und zwar nicht in einem einfachen Garten, sondern in einem akribisch gemähten und manikürten Garten mit makellosen Blumenbeeten, penibel gestutzten Bäumchen und Büschen, Steingärten und einer kleinen, über einen ebenfalls kleinen Fluß führenden, schmucken Brücke. Es war, als betrete man einen leicht provinziellen Garten Eden, als hätte Gott am achten Tag plötzlich doch wieder losgelegt und begonnen, Rasenmäher, Heckenscheren und diese Dinger zu erfinden, deren Name mir nie einfällt, die aber im wesentlichen aus elektrisch angetriebenen Fäden bestehen.

Und da war auch Mike, die Frau des Wildhüters, und betrat den Rasen mit einem Tablett voller Teeutensilien, über das ich mit freudigen Ausrufen und großem Hallo herfiel.

Mark hatte ich inzwischen verloren. Er stand nur einen knappen Meter von mir entfernt, war aber in eine Volltrance gefallen, deren Untersuchung ich nach kurzem Überlegen auf später verschob, weil ich zuerst unbedingt dem Tee zu Leibe rücken wollte. Mark schien sich die Vögel anzusehen, von denen es in diesem Garten offenbar eine ganze Menge gab. Ich plauderte fröhlich mit Mike, stellte mich ihr noch mal als das entfernt an einen Neandertaler erinnernde Wesen vor, das sie höchstwahrscheinlich am Morgen hoffnungslos benommen aus dem Hubschrauber auf sich hatte zuwanken sehen, und fragte sie, wie sie mit dem Leben hier klarkomme, das sie und Dobby nun seit elfeinhalb Jahren, abgesehen von gelegentlich auftauchenden naturvernarrten Touristen, vollkommen isoliert von der Außenwelt führten.

Sie erklärte mir, daß sie täglich ziemlich viele naturvernarrte Touristen bei sich hätten und sie sich eher Sorgen mache, es könnten zu viele werden. Es passiere so erschreckend schnell, daß versehentlich Räuber auf die Insel mitgebracht würden, und die Schäden wären ausgesprochen ernst. Bei den Touristen, die organisierte Ausflüge auf die Insel unternähmen, sei man zwar sehr vorsichtig, aber große Gefahr gehe von jenen Leuten aus, die mit dem Boot kämen und am Strand Grillpartys veranstalteten. Ein paar Ratten oder eine trächtige Katze reichten aus, um die Arbeit von Jahren zunichte zu machen.

Die Vorstellung, irgend jemand, der einen Partygrill auf eine Insel mitnahm, würde dabei auch notwendigerweise daran denken, eine trächtige Katze einzuladen, überraschte mich, aber Mike versicherte mir, das passiere sehr leicht. Davon abgesehen, habe so gut wie jedes Boot Ratten an Bord.

Sie war eine fröhliche, lebhafte, robuste Frau, und ich hegte den starken Verdacht, daß der eiserne Wille, der dem rauhen Inselgelände aufgezwungen worden war und diesen Teil in einen unerbittlich manikürten Garten verwandelt hatte, ihrer war.

In diesem Moment tauchten Dobby und Gaynor, die ihn interviewt hatte, aus dem hübschen, schindelgedeckten Haus auf. Ursprünglich war Dobby als Mitarbeiter des Katzen-Beseitigungsprogramms auf die Insel gekommen und als Wildhüter des Schutzgebietes dort geblieben, auf einem Posten, den er in achtzehn Monaten würde aufgeben müssen. Die Aussicht behagte ihm ganz und gar nicht. Vom Standpunkt der beiden, von dieser Miniatur-Paradies-Domäne aus gesehen, mußte ihnen ein kleines Häuschen in einer Stadt auf dem Festland hoffnungslos beengend und sterbenslangweilig erscheinen.

Nachdem wir noch ein bißchen weitergeplaudert hatten, ging Gaynor auf Mark zu und bat ihn, eine Beschreibung des Gartens auf Band zu sprechen, aber er winkte sie nur barsch weg und fiel zurück in die Trance, in der er sich jetzt schon seit einer Weile befand. Für einen Menschen wie Mark, der normalerweise freundlich und herzlich ist, war das ein eher komisches Verhalten, also fragte ich ihn, was los sei. Er murmelte irgendwas über Vögel und ignorierte uns wieder.

Ich sah mich noch einmal um. Es waren wirklich eine Menge Vögel im Garten.

Ich muß an dieser Stelle ein Geständnis ablegen, das aus dem Mund von jemandem, der zwölftausend Meilen weit hin- und zurückgereist ist, um einen Papagei zu besuchen, ein bißchen seltsam klingen wird, aber eigentlich mache ich mir gar nicht so fürchterlich viel aus Vögeln. Mag sein, daß es alle möglichen Dinge gibt, die ich an Vögeln interessant finde, aber vom Hocker reißen mich die Viecher nicht. Nilpferde, ja. Es macht mir Spaß, ein Nilpferd anzustarren, bis das sogar dem Nilpferd zu dumm wird und es verwirrt wegwandert. Gorillas, Lemuren, Delphinen kann ich stundenlang begeistert zusehen, von ihrem ganzen Getue mindestens ebenso hypnotisiert wie von ihren Augen. Aber wenn man mich in einen Garten stellt, der voll ist von den exotischsten Vögeln der Welt, macht es mir am meisten Spaß, teetrinkend herumzustehen und mit Leuten zu plaudern. Mir dämmerte allmählich, daß genau das gerade geschah.

»Das«, sagte Mark schließlich mit tiefer, hohler Stimme, »ist . . .«

Ich wartete geduldig.

»Unbeschreiblich!«

Irgendwann gelang es Gaynor dann doch, ihn aus seiner

Trance zu reißen, und er begann aufgeregt über die Tuis, die neuseeländischen Tauben, die Glockenvögel, die North-Island-Drosseln, die neuseeländischen Eistaucher, die Rotkappensittiche, die Paradieskasarkas und die Unmengen von Kakadus zu reden, die durch den Garten flatterten und sich gegenseitig über den Rand der Vogeltränke rempelten.

Ich war irgendwie deprimiert, fühlte mich wie ein Verräter, weil ich seine Aufregung nicht teilen konnte, und geriet an diesem Abend ins Grübeln darüber, weshalb ich eigentlich so unheimlich scharf darauf war, einen Kakapo zu finden, obwohl mich Vögel sonst fast völlig kaltließen.

Ich glaube, es liegt an seiner Flugunfähigkeit.

Die Vorstellung, daß dieses Lebewesen etwas aufgegeben hat, wonach sich so gut wie jeder Mensch sehnt, seit die ersten von uns nach oben gesehen haben, hat etwas Fesselndes. Andere Vögel irritieren mich vermutlich nur wegen der großspurigen Seelenruhe, mit der sie durch die Luft flitzen, als ob das gar nichts wäre.

Ich erinnerte mich, im Zoo von Sydney vor Jahren unvermittelt einem frei herumstreifenden Emu von Angesicht zu Angesicht gegenübergestanden zu haben. Man wird ausdrücklich gewarnt, nicht zu dicht an sie heranzugehen, weil sie ziemlich rabiat werden können, aber als ich ihn ansah, fand ich seinen zornigen, starren Gesichtsausdruck absolut herzzerreißend. Weil man nämlich, wenn man einem Emu erst mal ins Gesicht gesehen hat, plötzlich begreift, was es für dieses Lebewesen bedeutet, all die Nachteile mit sich herumzuschleppen, die das Vogeldasein so mit sich bringt – eine lachhafte Körperhaltung, ein hoffnungslos schmuddeliges, sinnloses Federkleid und zwei unbrauchbare Gliedmaßen –, ohne dabei jemals das tun zu können, wozu Vögel eigentlich in der Lage sein sollten, nämlich zu fliegen. Damit wird einem schlagartig klar, daß der Vogel vor lauter Wut völlig ausgerastet sein muß.

Ich möchte an dieser Stelle kurz abschweifen, um eine kaum bekannte Tatsache anzuführen: Der Strauß ist, erstaunlich, aber wahr, eines der gefährlichsten afrikanischen Tiere. Nur dringen von Straußen verursachte Todesfälle nicht so recht ins öffentliche Bewußtsein, weil sie in der Regel so entsetzlich würdelos sind. Strauße beißen nicht, weil sie keine Zähne haben. Sie reißen einen nicht in Stücke, weil sie keine Vorderläufe mit Krallen haben. Nein, Strauße treten einen tot. Und wer wollte ihnen daraus schon einen Strick drehen?

Der Kakapo jedoch ist kein wütender oder gewalttätiger Vogel. Er geht seinen verschrobenen Eigenheiten eher gewissenhaft und im stillen nach. Wenn man Leute, die mit Kakapos gearbeitet haben, bittet, sie zu beschreiben, verwenden sie in der Regel Begriffe wie »unschuldig« und »würdevoll«, sogar wenn der Kakapo in diesem Augenblick hilflos aus einem Baum stürzt. Und das finde ich ungeheuer anziehend. Ich fragte Dobby, ob sie den Kakapos auf der Insel Namen gegeben hätten, und er zählte sofort vier davon auf: Matthäus, Lukas, Johannes und Schnark. Recht passende Namen für eine Bande würdevoll behämmerter Vögel.

Fehlt nur noch ein weiterer Gesichtspunkt: Nicht nur, daß der Kakapo etwas aufgegeben hat, was wir alle uns so sehnlich wünschen, macht ihn so unwiderstehlich, sondern auch, daß er damit einen gräßlichen Fehler begangen hat. Er ist ein Vogel, der einem ans Herz wachsen kann. Mir lag wirklich viel daran, einen zu finden.

Während der nächsten zwei oder drei Tage wurde ich zunehmend mürrischer, denn während wir im Regen über endlose Hügelketten zottelten, wurde uns klar, daß wir auf Little Barrier Island keinen Kakapo finden würden. Wir blieben stehen, um Kakas, langschweifige Kuckucke und gelbäugige Pinguine zu bewundern. Wir fotografierten unzählige gescheckte Krähenscharben. In einer Nacht sahen wir einen Eulenschwalm, eine Eulenart, die ihren neuseeländischen Namen »Moreporkc« dem Umstand verdankt, daß sie ununterbrochen nach zusätzlichem Schweinefleisch schreit. Aber wir wußten, daß wir nach Codfish Island mußten, wenn wir einen Kakapo finden wollten. Und dazu würden wir Arab, den freischaffenden Kakapo-Spurenleser, und den Kakapo-Spürhund des freischaffenden Kakapo-Spurenlesers brauchen.

Nichts deutete darauf hin, daß wir sie auch bekommen sollten. Also flogen wir nach Wellington und bliesen ein bißchen Trübsal.

Wir konnten das Dilemma nachvollziehen, in dem die Leute vom Department of Conservation steckten. Für sie war einerseits der Schutz der Kakapos von übergeordneter Bedeutung, was bedeutete, daß jeder, der nicht lebenswichtig für das Projekt war, von Codfish Island ferngehalten werden mußte. Andererseits stiegen die Chancen, mehr Mittel zum Schutz des Vogels aufzutreiben, je mehr Leute von ihm wußten. Während wir mit unserem Schicksal haderten, wurden wir überraschend gebeten, eine Pressekonferenz über unser Vorhaben abzuhalten, und nahmen das Angebot mit Freuden an. Wir sprachen ernst und freundlich mit der Presse über das Projekt. Wir erklärten ihnen, hier hätten wir einen Vogel, der auf seine Art genauso ungewöhnlich und einzigartig sei wie das berühmteste ausgestorbene Tier aller Zeiten – der Dodo – und selbst vom Aussterben bedroht sei. Es wäre bedeutend besser, wenn er von aller Welt als Überlebender geliebt und nicht, wie der Dodo, als Ausgestorbener bedauert würde.

Das brachte im Department of Conservation offenbar einiges in Bewegung, und wie sich bald herausstellte, setzten sich diejenigen durch, die uns unterstützten. Ein, zwei Tage später standen wir auf der Piste des Flughafens von Invercargill im äußersten Süden von South Island und warteten auf unseren Hubschrauber. Und auf Arab. Wir hatten uns durchgesetzt und hofften, ein bißchen nervös, auch das Richtige getan zu haben.

Begleitet wurden wir von einem Schotten namens Ron Tindal von DOC. Er war uns gegenüber betont offen. Er sagte, unter den Feldforschern herrschten jede Menge Vorbehalte wegen unserer Erlaubnis, nach Codfish zu fahren, aber da Anweisung nun mal Anweisung sei, müßten wir jetzt eben hin. Derjenige, sagte er, der sich besonders wenig mit der Idee anfreunden könne, sei Arab selbst, also sollten wir uns der Tatsache bewußt sein, daß er nur unter Protest komme.

Arab selbst traf ein paar Minuten später ein. Ich wußte nicht genau, wie ich mir einen freischaffenden Kakapo-Spurenleser vorgestellt hatte, aber als wir ihn sahen, war sonnenklar, daß man ihn sogar dann unverzüglich als Kakapo-Spurenleser erkannt hätte, wenn er in einer wahllos zusammengestellten Gruppe von tausend Leuten versteckt gewesen wäre. Er war groß, schlaksig, unglaublich wettergegerbt und hatte einen gräulichen Bart, der bis zu seinem Hund hinunterreichte, der auf den Namen »Boss« hörte.

Er nickte uns kurz zu und hockte sich hin, um ein bißchen Getue wegen seines Hundes zu machen. Dann schien er wohl zu denken, daß er uns gegenüber vielleicht arg kurz angebunden gewesen war, und er beugte sich über Boss, um uns die Hand zu schütteln. Und dann schien er zu glauben, daß er damit nun auch wieder übertrieben hatte, und blickte mit einem wegen des Wetters extrem ärgerlichen Ausdruck nach oben. Mit dieser kurzen Demonstration vollkommener sozialer Konfusion offenbarte er sich als ein in höchstem Maße angenehmer und liebenswerter Mensch.

Dennoch verlief der halbstündige Hubschrauberflug nach Codfish Island etwas angespannt. Unser Versuch, ungezwungen zu plaudern, wurde vom ohrenbetäubenden Donnern der Rotorblätter nahezu vollständig vereitelt. Ein Hubschraubercockpit ist leidlich geeignet, einem begierigen Zuhörer etwas zu erzählen, aber bestimmt nicht der richtige Ort, um mit jemandem warm zu werden.

»Was haben Sie gesagt?«

»Ich hab nur ›Was haben Sie gesagt?‹ gesagt.«

»Aha. Und was haben Sie gesagt, bevor Sie ›Was haben Sie gesagt?‹ gesagt haben?«

»Ich hab nur gesagt: ›Sind Sie häufiger hier?‹, ist aber nicht so wichtig.«

Zuletzt verfielen wir in ein verlegenes, dumpfes Schweigen, das durch die düster über dem Meer hängenden, schweren Sturmwolkenbänke nur noch bedrückender wurde.

Wenig später tauchte Neuseelands am verbissensten geschützte Arche in ihrem ganzen finsteren Umfang aus der glitzernden Dunkelheit vor uns auf: Codfish Island, einer der letzten Zufluchtsorte für viele Vögel, die man sonst fast nirgendwo auf der Welt mehr vorfindet. Genau wie Barrier Island war die Insel erbarmungslos von allem gesäubert worden, was ursprünglich nicht dort gewesen war. Sogar der flugunfähige Weka, ein fieser, aufrührerischer, entenähnlicher Vogel, der in anderen Gebieten Neuseelands zu den Ureinwohnern zählt, war ausgerottet worden. Er gehörte nicht zu den Ureinwohnern von Codfish Island und griff Cooks Sturmschwalben an, die sehr wohl dazugehörten. Um die Insel herum herrschen rauher Seegang und starke Strömungen, deswegen ist es eher unwahrscheinlich, daß es eine Räuber-Ratte von der drei Kilometer entfernten Stewart Island bis hierher schafft. Der Verpflegungsnachschub für die auf der Insel Beschäftigten wird in rattensicheren Räumen gelagert, in rattensichere Container verladen und vor und nach dem Transfer eingehend untersucht. An allen möglichen Bootsanlegestellen der Insel sind Giftköder ausgelegt. Es sind ständig Leute in Bereitschaft, um loszurasen und jede Ratteninvasion im Keim zu ersticken, falls in Inselnähe ein Bootswrack auftaucht.

Der Hubschrauber setzte pladdernd auf, und wir krabbelten, weit vornübergebeugt, mit einem schlechten Gefühl unter den wirbelnden Rotorblättern nach draußen. Wir luden schnell unser Gepäck aus und gingen den grasbewachsenen Hügel vor der Wildhüterhütte hinunter, auf dem wir gelandet waren. Mark und ich sahen uns kurz an und stellten fest, daß wir noch immer vornübergebeugt gingen. Wir waren zwar nicht direkt Ratten, fühlten uns aber genauso willkommen und schickten Stoßgebete gen Himmel, daß diese Expedition nicht fürchterlich ins Auge gehen möge. Arab stolzierte schweigend mit Boss, der jetzt einen festen Maulkorb trug, hinter uns her. Obwohl die Spürhunde streng abgerichtet werden, den von ihnen aufgespürten Kakapos nichts zu tun, spüren sie sie manchmal doch ein bißchen zu enthusiastisch auf. Sogar mit Maulkorb kann ein übereifriger Hund einen Vogel zu Boden stoßen und verletzen.

Die Wildhüterhütte war ein Holzbau mit einem großen Zimmer, das als Küche, Eßzimmer, Wohnzimmer und Arbeitszimmer diente, und ein paar kleinen Schlafräumen. Es waren schon zwei andere Feldforscher dort untergebracht, einer, der den exzentrischen Namen Phred trug oder zumindest so buchstabierte und sich als Dobbys und Mikes Sohn entpuppte, und ein zweiter namens Trevor. Sie begrüßten uns schweigend, ohne jede Begeisterung, und störten uns nicht weiter beim Auspacken.

Als man uns kurz darauf mitteilte, das Essen sei fertig, hielten wir den Moment für gekommen, einen ernsthaften Versuch zur Verbesserung unseres Ansehens in der Runde zu unternehmen. Ganz offensichtlich hatten unsere Gastgeber keinen Bedarf an Medien-Schickis, die über ihre Insel wüteten und die Vögel mit ihren Videokameras und Filofaxes verschreckten, und hatten sich auch durch die Tatsache, daß wir nichts weiter als einen zierlichen Walkman bei uns hatten, uns sehr bescheiden und wohlerzogen aufführten und nicht ständig versuchten, bei ihnen Gin Tonic zu bestellen, nur geringfügig beschwichtigen lassen. Der Umstand, daß wir statt dessen selbst etwas Bier und Whisky mitgebracht hatten, machte alles ein bißchen einfacher.

Ich war auf einmal richtig gut gelaunt. Wirklich wesentlich besser gelaunt, als ich es während unseres gesamten bisherigen Aufenthaltes in Neuseeland gewesen war. Die Neuseeländer sind grundsätzlich schrecklich *nett*. Alle, die wir bis dahin kennengelernt hatten, waren schrecklich *nett* zu uns gewesen. Schrecklich nett und zuvorkommend. Jetzt merkte ich, daß mich all diese unbarmherzige Nettigkeit und Herzlichkeit, der wir ausgesetzt gewesen waren, ganz schön mitgenommen hatte. Die neuseeländische Herzlichkeit raubt einem nicht nur jede Möglichkeit zur Gegenwehr, sondern auch den letzten Nerv, und ich war mittlerweile soweit, daß ich die nächste Person, die mir nett und herzlich gekommen wäre, verprügelt hätte. Jetzt lagen die Dinge aber plötzlich ganz anders, und wir waren gefordert. Ich mußte diese mürrischen Figuren ums Verrecken dazu bringen, uns zu mögen.

Über unserem aus Dosenschinken, Pellkartoffeln und Bier bestehenden Abendessen starteten wir zu einem umfassenden konversationellen Erstschlag, erzählten ihnen alles über unser Projekt und warum wir es durchführten, wo wir bisher gewesen waren, welche Tiere wir gesehen und welche wir vergeblich gesucht hatten, wen wir kennengelernt hatten, warum wir so scharf darauf waren, einen Kakapo zu sehen, wie sehr wir ihre Unterstützung zu schätzen wüßten und wie gut wir ihre Vorbehalte gegen unseren Aufenthalt hier verstehen könnten, um ihnen anschließend intelligente und tiefschürfende Fragen zu stellen, die ihre Arbeit, die Insel, die Vögel und Boss betrafen, und zum Abschluß zu fragen, warum an dem Baum vor dem Haus ein toter Pinguin hing.

Dieses Manöver sorgte offenbar für etwas weniger dicke Luft. Unsere Gastgeber begriffen, daß sie uns nur vom ununterbrochenen Reden abhalten konnten, indem sie selbst etwas sagten. Der Pinguin war, wie uns Phred erklärte, Tradition. Jeden 28. Februar würden sie einen toten Pinguin an den Baum hängen. Es sei eine Tradition, die sie erst an diesem Tag eingeführt hätten und die sie vermutlich nicht aufrechterhalten würden, aber im Augenblick halte sie wenigstens die Fliegen von dem Pinguin fern.

Das hörte sich nach einer unübertrefflich exzellenten Erklärung an. Wir stießen gemeinsam mit einem weiteren Bier auf sie an, und endlich begann sich alles ein bißchen beschwingter zu entwickeln. In rundherum entspannter Stimmung brachen wir mit Arab und Boss in den Wald auf, um zu versuchen, wenigstens einen jener Vögel zu finden, derentwegen wir zwölftausend Meilen weit gereist waren.

Der Wald war gammlig. Was heißen soll, daß er so feucht war, daß jeder umgestürzte Baum, über den wir klettern mußten, unter unseren Füßen zersplitterte und daß alle Äste, an denen wir uns festhielten, wenn wir keinen Stand mehr fanden, in unseren Händen abbrachen. Wir rutschten und schlitterten geräuschvoll durch den Matsch und das durchweichte Unterholz, während Arab uns mühelos und nur dank seiner blaukarierten Jacke zwischen den Bäumen erkennbar vorausstolzierte. Boss bewegte sich in einer chaotischen Umlaufbahn um ihn herum und war, außer als gelegentlich durch das Unterholz aufblitzender schwarzer Schatten, so gut wie nie zu sehen.

Dafür war er aber jederzeit zu hören. Arab hatte eine kleine Glocke an seinem Halsband befestigt, die so hell durch die klare feuchte Luft bimmelte, als albere ein unsichtbarer, geistesgestörter Nikolaus durch den Wald. Dank der Glocke war Arab ständig im Bild darüber, wo Boss herumschnüffelte und was er gerade veranstaltete. Ein aufgeregtes, von Stille gefolgtes Dauerbimmeln konnte darauf hindeuten, daß er einen Kakapo gefunden hatte und ihn nun in Schach hielt. Jedesmal, wenn die Glocke verstummte, hielten wir den Atem an, aber jedesmal hob das Geklingel wieder an, wenn Boss einen neuen Weg fand, auf dem er durch das Unterholz schnüffeln konnte. Hin und wieder bimmelte die Glocke lauter und deutlicher, und Arab rief Boss mit einem kurzen Befehl zu sich zurück. Daraufhin entstand dann eine kurze Unterbrechung, die Mark, Gaynor und ich in einem Fall nutzen konnten, um zu den beiden aufzuschließen.

Wir kamen atemlos und naß aus dem Wald auf eine kleine Lichtung getaumelt, wo wir Arab neben Boss hocken und ein kleines Moospolster in den Hohlraum der Glocke drükken sahen, um den Klang etwas zu dämpfen. Er schielte mit seinem trägen, schüchternen Grinsen hoch und erklärte uns, die Glocke dürfe nicht zu laut sein, weil sie die Kakapos sonst nur verscheuchen würde – falls überhaupt welche in diesem Gebiet seien.

Ob er glaube, daß welche in der Nähe seien, fragte Mark.

»Oh, in der Nähe sind sie ganz bestimmt«, sagte Arab und fuhr sich mit den Fingern durch den klatschnassen Bart, um sie vom Matsch zu säubern, »zumindest waren sie heute hier in der Gegend. Gibt eine Menge Fährten. Boss wittert zwar dauernd irgendwas, aber die Witterungen verlieren sich. Hier hat's bis vor kurzem eine Menge Kakapo-Aktivität gegeben, aber eben nur bis vor kurzem. Trotzdem ist er sehr aufgeregt. Er weiß mit Sicherheit, daß sie hier irgendwo in der Nähe sind.«

Er spielte eine Zeitlang mit Boss herum und erklärte uns dann, es gebe ernstzunehmende Probleme, Hunde auf das

Aufspüren von Kakapos abzurichten, weil die Kakapos, auf die man sie abrichten könne, leider sehr knapp seien. Letztlich, sagte er, laufe es darauf hinaus, die Hunde darauf abzurichten, nichts anderes aufzuspüren. Das Abrichten sei ein langer, anstrengender und für den Hund äußerst frustrierender Ausmerzungsprozeß.

Mit einem letzten Klaps ließ er Boss wieder frei, der zurück in den Busch sprang, um weiter nach Spuren des einzigen Vogels zu schnüffeln und zu stöbern, auf dessen Nichtverfolgung er nicht abgerichtet worden war. Binnen weniger Sekunden war er verschwunden, und das gedämpfte Glokkengebimmel verhallte in der Ferne.

Eine Zeitlang folgten wir einem Pfad, der es uns für den Moment erlaubte, mit Arab Schritt zu halten, während er uns einiges über andere Hunde erzählte, die er als Jagdhunde abgerichtet hatte, um die Insel von Räubern zu befreien. Einen der Hunde hatte er besonders ins Herz geschlossen, nämlich ihren Spitzenjagdhund, einen unbarmherzigen Killer. Sie hatten ihn vor ein paar Jahren bis nach Round Island in der Nähe von Mauritius mitgenommen, um ihn bei einem großangelegten Programm zur Beseitigung von Hasen einzusetzen. Wie sich kurz nach der Ankunft unglücklicherweise herausstellte, hatte der Hund panische Angst vor Hasen und mußte wieder nach Hause gebracht werden.

Arab meinte, er habe den Großteil seines bisherigen Lebens auf Inseln zugebracht, und das war kein Zufall: Wegen der Anfälligkeit der ökologischen Systeme von Inseln sind zahlreiche auf Inseln lebende Arten gefährdet, und Inseln dienen zudem häufig als letzter Zufluchtsort für Tiere vom Festland. Arab hatte viele der fünfundzwanzig Kakapos, die auf Stewart Island gelebt hatten, selbst eingefangen und in schalldichten Boxen im Hubschrauber hierher, nach Codfish Island, geflogen. Um den Vögeln die Wiederanpassung zu erleichtern, bemühte man sich grundsätzlich, sie in einem Gelände auszusetzen, das mit dem Fanggelände weitgehend vergleichbar war. Trotzdem war schwer zu sagen, wie viele der Vögel sich anpaßten oder wie viele hier überlebten.

Der Tag verstrich, und die Schatten wurden länger. Besonders aufregend war, daß wir einige Kakapo-Ködel fanden, die wir aufsammelten und zwischen den Fingern zerbröselten und ungefähr so beschnupperten wie ein Weinkenner das Bouquet eines lieblichen Chardonnay von der neuseeländischen North Island. Sie duften lieblich, sauber und nach Kräutern. Beinahe genauso aufregend fanden wir ein paar Farne, auf denen ein Kakapo herumgekaut hatte. Sie knapsen den Farn ab und ziehen ihn dann durch ihren kräftigen Schnabel, so daß am Ende nur ein ordentlicher Ball aus aufgewickelten Fasern zurückbleibt.

Bedeutend weniger aufregend war die Erkenntnis, daß dieser Tag mit Sicherheit ohne Kakapo zu Ende gehen würde. Als der Abend hereinbrach und es leicht zu regnen begann, kehrten wir um und machten uns auf den mühseligen Rückmarsch durch den Wald. Wir verbrachten den Abend in der Hütte, freundeten uns mit der Whiskyflasche an und protzten mit unseren Kameras.

Gegen Ende des Abends erwähnte Arab dann, er habe eigentlich gar nicht ernsthaft damit gerechnet, heute überhaupt einen Kakapo zu finden. Sie sind nachtaktive Vögel und deshalb tagsüber schwer aufzutreiben. Um irgendeine Aussicht auf Erfolg zu haben, müsse man sich auf die Suche machen, wenn gerade genug Tageslicht vorhanden sei, um das Vieh zu erkennen, die Spuren auf dem Boden jedoch noch frisch seien. Man müsse so gegen fünf oder sechs Uhr morgens aufbrechen und nach ihnen suchen. Ob uns das recht sei? Er stand auf und schleifte seinen Bart zu Bett.

Fünf Uhr morgens ist die schrecklichste aller Tageszeiten, besonders wenn der eigene Körper noch verzweifelt damit beschäftigt ist, sich aus seiner Verhedderung mit einer halben Flasche Whisky zu befreien. Wir schleppten uns kalt, mit steifem Hals und Ganzkörperschmerzen aus unseren Kojen. Das Maschinengewehrfeuer aus dem Hauptzimmer entpuppte sich als brutzelnder Schinken, und damit versuchten wir uns wiederzubeleben, während das graue Morgenlicht draußen abscheulich durch den Himmel zu sickern begann. Ich habe nie verstanden, weshalb die meisten Leute soviel Aufhebens um die Morgendämmerung machen. Ich habe ein paar erlebt, und die waren nie so schön wie die auf den Fotos, deren zusätzlicher Vorteil darin liegt, daß man sie sich ansehen kann, wenn man in der richtigen geistigen Verfassung ist, was in der Regel gegen Mittag der Fall sein wird.

Nach einigem Herumgefummel an den störrischen Stiefeln und Kameras stolperten wir schließlich gegen halb sieben aus der Tür und wankten wieder in den Wald. Mark begann sofort, mir irrsinnig seltene Vögel zu zeigen, und ich sagte ihm, er solle das gefälligst einer Parkuhr erzählen. Ein toller Auftakt für einen erbarmungslos ornithologisch ausgerichteten Tag. Gaynor bat mich, während unseres Marsches in den Wald die Umgebung zu beschreiben, und ich teilte ihr mit, wenn sie mir noch ein einziges Mal mit ihrem Mikrofon unter der Nase herumstochere, werde es höchstwahrscheinlich mit meinem Mageninhalt Bekanntschaft machen müssen. Ich fand mich kurz darauf allein wandernd wieder.

Nach einiger Zeit mußte ich mir eingestehen, daß der Wald so übel nicht war. Er war kalt, naß und rutschig und versuchte ständig, mir mit irgendwelchen widerlich verdrehten Wurzeln oder ähnlichem die Schienbeine aus dem Knie zu kurbeln, hatte aber trotzdem eine irgendwie funkelnde Klasse, die auch unter meinen finstersten Blicken nicht weichen wollte. Ron Tindal begleitete uns diesmal und bahnte sich gerade auf seine erschreckend robuste schottische Art einen Weg durch das Unterholz, aber sogar das verursachte mir nach einer Weile keine Kopfschmerzen mehr, da all dieses Glitzern mich langsam, aber auf sehr wohltuende Art zu verzaubern begann. Vor uns, nur flüchtig durch die nebligen Bäume aufblitzend, bewegte sich die blaukarierte Windjacke wie ein Gespenst und folgte dem eifrigen Klingeln von Boss' Glocke.

Nachdem wir uns lange Zeit vorangeschleppt hatten, schlossen wir zu Arab auf, der auf einem schmalen Pfad angehalten hatte und nun im durchweichten Gras hockte.

»Das ist ein ziemlich frischer Ködel«, sagte er und hielt uns eine dunkle, marmorierte Perle zur Untersuchung hin. »Das Weiße hier ist Harnsäure, und die ist noch nicht vom Regen abgewaschen oder von der Sonne getrocknet worden. Sie verschwindet nach ungefähr einem Tag, also stammt das hier hundertprozentig von letzter Nacht. Da wir gestern an genau dieser Stelle waren, müssen wir ihn haarscharf verpaßt haben.«

Na toll, dachte ich. Wir hätten also gestern abend etwas länger hier draußen und heute morgen wesentlich länger im Bett bleiben sollen. Da jetzt jedoch die frühe Morgensonne durch die Bäume zu schimmern begann und dort, wo sie auf den Blättern zierliche Perlenketten aus Tautropfen zum Glitzern brachte, jede Menge zerbrechliche Schönheit hervorzauberte, kam ich zu dem Schluß, daß unser morgendlicher Ausflug nicht nur schlechte Seiten hatte. Um mich herum war wirklich ein solches Glitzern und Glimmen und Gleißen und Glänzen, daß ich darüber nachzudenken begann, weshalb so viele Wörter, die das beschreiben, was die Sonne am Morgen bewirkt, mit »Gl« beginnen, und dies dann auch Mark wissen ließ, der mir sagte, ich solle das gefälligst einer Parkuhr erzählen.

Von diesem kleinen Wortwechsel aufgeheitert, gingen

wir weiter. Wir waren noch keine fünf Meter weit gekommen, als Arab, der bereits fünfzehn zurückgelegt hatte, erneut anhielt. Er hockte sich noch einmal hin und deutete auf ein paar undeutliche Buddelspuren am Boden.

»Das ist ganz frisch ausgehoben. Wahrscheinlich letzte Nacht. Hat nach der Orchideenknolle hier gebuddelt. Man kann sogar noch die Schnabelabdrücke erkennen.«

Es wäre vielleicht der richtige Moment gewesen, hinsichtlich des Ausgangs unserer Expedition ein bißchen aufgeregt und optimistisch zu werden, aber als ich damit anfing, bekam ich sofort Kopfschmerzen und ließ es gleich wieder bleiben. Der blöde Vogel führte uns doch bloß an der Nase herum, und alles würde wieder darauf hinauslaufen, daß wir einen trübsinnigen Abend in der Hütte verbringen, unsere Objektive putzen und versuchen würden, das Ganze auf die leichte Schulter zu nehmen. Wenigstens wäre aber diesmal kein Whisky mehr da, weil wir ihn ausgetrunken hatten, also wären wir beim Verlassen von Codfish Island am nächsten Morgen nüchtern genug, um uns eingestehen zu können, daß wir zwölftausend Meilen weit geflogen waren, um einen Vogel zu treffen, der nicht zu dem Treffen erschienen war, und uns nichts anderes übrigblieb, als die zwölftausend Meilen zurückzufliegen und zu versuchen, irgendwas über ihn zu schreiben. Ich muß in meinem Leben schon Blödsinnigeres getan haben, weiß aber leider nicht, wann.

Beim nächstenmal hielt Arab wegen einer Feder an.

»Das ist eine ausgefallene Kakapo-Feder«, sagte er, während er sie sanft vom Rand eines Busches pflückte. »Der eher gelben Färbung nach zu urteilen, höchstwahrscheinlich aus der Brustgegend.«

»Ganz schön flaumig, oder?« sagte Mark, nahm sie und zwirbelte sie im nebligen Sonnenlicht zwischen seinen Fingern. »Glaubst du, daß sie erst vor kurzem ausgefallen ist?« fügte er hoffnungsvoll hinzu.

»O ja, die ist ganz bestimmt frisch«, sagte Arab.

»Also waren wir bisher noch nie so nah . . .?«

Arab zuckte die Achseln.

»Ja, sieht so aus«, sagte er. »Muß aber nicht heißen, daß wir einen finden. Man kann praktisch auf einem draufstehen und ihn trotzdem übersehen. Alles deutet darauf hin, daß hier am frühen Abend ein Kakapo ziemlich aktiv war, kurz nachdem wir gegangen sind. Was bedeutet, daß wir ziemlich schlechte Karten haben, weil es heute nacht geregnet hat und die Fährten zum Teil verwaschen sind. Es gibt hier jede Menge Fährten, nur leider keine eindeutigen. Wer weiß, vielleicht haben wir Glück.«

Wir schleppten uns weiter. Mag sein, daß es jetzt kein Schleppen mehr war. Mag sein, daß unsere Schritte vorübergehend etwas schwungvoller waren, aber als eine halbe Stunde und dann eine Stunde verstrich und die Sonne allmählich höher in den Himmel kletterte, wurde Arab wieder einmal zu einem weit, weit vor uns durch die Bäume schwebenden Gespenst, bis wir ihn schließlich ganz aus den Augen verloren. Schlagartig wich der Schwung aus unseren Schritten. Wir stolperten weiter, geführt von den schwachen Geräuschen von Boss' Glocke, die uns noch immer von der leichten Brise zugeweht wurden, aber dann hörte auch das auf, und wir hatten uns verirrt. Ron war uns, mit nach wie vor lärmender schottischer Begeisterung, ein Stück vorausgehüpft, geriet jetzt jedoch genau wie wir ins Schwimmen, was den richtigen Weg betraf.

Wir kletterten über eine dicht mit Farnen und Baumstümpfen bedeckte Böschung, die zu einer breiten, flachen Senke hinunterführte, in der Ron stand und sich perplex umschaute. Beim Versuch, den matschigen, in die Senke führenden Abhang zu meistern, verlor Gaynor den Halt und rutschte elegant auf dem Hintern nach unten. Ich verfing mich mit meinem Kamerariemen in dem weit und breit einzigen Ast, der nicht bei der leichtesten Berührung abbrach. Mark blieb stehen, um mir beim Entheddern zu helfen. Ron, der wieder mit der Schottenhüpferei angefangen hatte, hoppelte den gegenüberliegenden Abhang hinauf und rief nach Arab.

»Können Sie ihn sehen?« rief Mark.

Mir kam plötzlich eine Idee. Wir hatten uns verirrt, weil Boss' Glocke zu klingen aufgehört hatte. Da Mark offenbar genauso urplötzlich dieselbe Idee gekommen war, platzten wir beide gleichzeitig los. »Haben sie einen Kakapo gefunden?«

Ein Ruf ertönte.

Gaynor drehte sich zu uns um und schrie: »Sie haben einen Kakapo!«

Urplötzlich fingen wir alle mit der Schottenhüpferei an. Mit viel Geschrei und Hallo kletterten und schlitterten wir hektisch über den Boden der Senke, zerrten uns auf der anderen Seite nach oben und rutschten hinunter in die nächste Senke, an deren gegenüberliegender Seite, auf einer moosbewachsenen Böschung vor einem steilen Abhang, sich uns ein äußerst eigentümliches Gruppenbild bot.

Es dauerte einen Augenblick, bis ich herausgefunden hatte, womit die Szene Ähnlichkeit hatte, und als es mir klar wurde, blieb ich kurz stehen und näherte mich dann wesentlich behutsamer.

Es war wie ein Marienbildnis.

Arab saß im Schneidersitz auf der moosbewachsenen Böschung, und sein langer, nasser, graumelierter Bart floß ihm in den Schoß. Und in seine Arme gebettet lag, sanft in seinen Bart geschmiegt, ein großer, dicker, verdreckter, grüner Papagei. In stiller Bereitschaft stand Boss neben ihnen und betrachtete sie aufmerksam mit schiefgelegtem Kopf.

Angemessen schweigsam gingen wir zu ihnen hinauf. Aus Marks Kehle drangen leise Grunzlaute.

oben:
Little Barrier Island: Douglas wird in Kürze aufwachen und feststellen, daß er nicht mehr in Zaire ist.

rechts: *Eine Expedition auf Little Barrier Island, die viele Stunden später vollkommen Kakapo-los zuendegehen wird.*

oben links: *Fjordland, Neuseeland. Die Art von Landschaft, der man am liebsten spontan applaudieren möchte.*
oben rechts: *Einige aus beträchtlicher Höhe abgeworfene gotische Kathedralen.*

Bill Blacks lässig am Rande eines Felsvorsprungs thronender Hubschrauber.

Ein Kea mit dazugehörigem Scheibenwischer-Abrupf-Schnabel.

unten links: *Ein skeptisch blickender gelbäugiger Pinguin.*
unten rechts: *Der Kakapo-Spurenleser Arab mit seinem Kakapo-Spürhund Boss.*

Der Kakapo ist der größte, dickste und flugunfähigste Papagei der Welt. Ralph, Kakapo-Seriennummer 8-44263, gehörte zu jenen Kakapos, die man von Stewart Island nach Codfish umgesiedelt hatte.

Ralph der Kakapo beißt sich behaglich im Finger des Kakapo-Spurenlesers Arab fest.

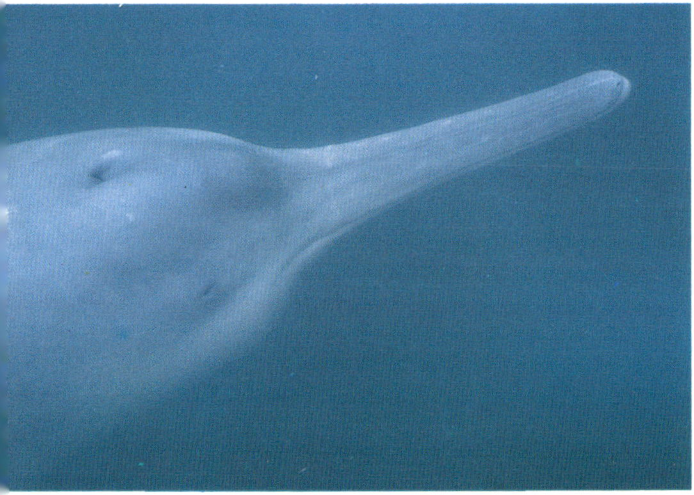

Qi-Qi, der einzige in Gefangenschaft lebende Baiji. Er wurde 1980, schwer verletzt von einem Angelhaken, von Fischern aus dem Dongting-See geborgen. Sie brachten ihn ins Hydrobiologische Institut von Wuhan, wo er mit Hilfe der traditionellen chinesischen Medizin wieder gesundgepflegt wurde.

Eine Yangtse-Flußfähre, auf der tagtäglich Tausende von Chinesen zu Richard-Clayderman-Klängen flußaufwärts oder -abwärts transportiert werden.

Stoßstangenverkehr auf dem Yangtse.

Einer der zigtausend Krachmacher des Flusses.

Eine im Yangtse ebenfalls fast ausgestorbene Art: Nicht-motorisierte Dschunken.

Instrumente zur Echo-Peilung an chinesischen Fahrrädern.

unten links: *Chris Muir praktiziert »Safer Recording« mit dem Yangtse.*
unten rechts: *Dieser alte Mann erzählte uns, er sei zu alt, um fotografiert zu werden. Wir wußten nicht genau, ob das persönliche Eitelkeit war, oder ob von offizieller Seite nicht bekannt werden sollte, daß es in China schrecklich alte Leute gibt. Eher rüde fotografierten wir ihn trotzdem.*

Der Vogel war sehr ruhig und sehr reglos. Er schien nicht beunruhigt zu sein, schien aber genausowenig zu wissen, was vor sich ging. Der Blick aus seinen großen, schwarzen, ausdruckslosen Augen verlor sich irgendwo in der Ferne. In seinem Schnabel hielt er, zart, aber bestimmt, Arabs rechten Zeigefinger, von dem Blut heruntertröpfelte, und das schien eine sehr beruhigende Wirkung auf den Vogel zu haben. Arab versuchte behutsam, ihn wegzuziehen, aber dem Kakapo gefiel der Finger, und Arab ließ ihn schließlich, wo er war. An Arabs Hand tröpfelte noch ein bißchen mehr Blut herab und vermischte sich mit dem Regenwasser, von dem sowieso schon alles durchtränkt war.

Mark murmelte zu meiner Rechten, welche Ehre es sei, von einem Kakapo gebissen zu werden, was ein für mich kaum nachzuvollziehender Standpunkt war, aber ich hielt den Mund.

Wir fragten Arab, wo er ihn gefunden habe.

»Der Hund hat ihn gefunden«, sagte er. »Ich vermute mal, so ungefähr zehn Meter diesen Hügel rauf, unter dem umgeknickten Baum da. Und als der Hund zu nah rankam, hat unser Freund das Weite gesucht und ist bis hierher runtergelaufen, wo ich ihn eingefangen habe.

Er ist aber in guter Verfassung. An seiner schwammigen Brust kann man sehen, daß er dieses Jahr kurz vor dem Balzen steht. Das ist sehr erfreulich. Es bedeutet, daß er sich nach der Umsiedlung gut eingelebt hat.«

Der Kakapo rutschte ein Stück in Arabs Schoß herum und drückte sein Gesicht tiefer in den Bart. Arab strich ihm sehr sanft über die klammen, gesträubten Federn.

»Er ist ein bißchen nervös«, sagte er. »Wahrscheinlich wegen der Geräusche. So verdreckt sieht er nur aus, weil er naß ist. Er hat wohl an einem trockenen Plätzchen gesessen, als Boss ihn gewittert hat, und ist wahrscheinlich vom Geräusch der Glocke oder dem zu nah herankommenden Hund verscheucht worden und den Hügel runtergerannt und wollte nicht mal aufhören zu laufen, als ich ihn längst hatte. Er hält mich nur ein bißchen fest, mehr nicht. Wenn er den Druck erhöhen wollte …« Er zuckte die Achseln. Der Kakapo hatte unverkennbar einen sehr kraftvollen Schnabel. Es sah aus, als habe man ihm einen großen, mit Horn gepanzerten Dosenöffner ins Gesicht geschweißt.

»Er ist absolut nicht so entspannt wie viele andere Vögel«, murmelte Arab. »Eine Menge Vögel sind wirklich entspannt, wenn man sie in der Hand hält. Ich möchte ihn nur nicht zu lange festhalten, weil er naß ist und fürchterlich frieren wird, wenn das Wasser bis auf die Haut dringt. Ich lasse ihn jetzt besser wieder frei.«

Wir traten zurück. Vorsichtig beugte sich Arab mit dem Vogel vor, der seine großen, kräftigen Krallen ausstreckte und schon nach dem Boden scharrte, bevor er überhaupt unten war. Zuletzt ließ er Arabs Finger los, stabilisierte seine Lage auf dem Boden, senkte den Kopf und machte sich dann mit kleinen Schritten davon.

Überglücklich verputzten wir am Abend in der Wildhüterhütte die verbliebenen Biere und vertieften uns in die Aufzeichnungen über sämtliche Kakapos, die nach Codfish Island verlegt worden waren. Arab hatte sich die am Bein des Vogels befestigte Kenn-Nummer notiert – 8-44263. Er hieß Ralph. Er war vor fast genau einem Jahr von Pegasus Harbour, Stewart Island, nach Codfish umgesiedelt worden.

»Das sind gute Neuigkeiten«, sagte Ron. »Das sind wirklich sehr, sehr gute Neuigkeiten. Wenn dieser Kakapo schon ein Jahr nach seiner Umsiedlung wieder mit dem Schreien und Balzen beginnt, ist das der bisher deutlichste Hinweis darauf, daß unser Umsiedlungsprojekt funktioniert. Ihr wißt ja, daß wir euch nicht hierhaben wollten und daß wir wegen des Risikos, sie zu erschrecken, keine Kakapos aufspüren wollten, aber wie's aussieht ... Also, das ist eine sehr wertvolle Information und wirklich sehr ermutigend.«

Ein paar Tage später stehen wir oben auf Kakapo-Castle im Fjordland und erzählen Don Merton, daß wir unser Verhalten für entschuldbar halten.

»O ja, das denke ich auch«, sagt er. »Mag sein, daß Sie ein bißchen angeeckt und ein paar Leuten auf die Füße getreten sind, aber dafür haben Sie ja auch wirklich etwas in Bewegung gebracht. Die Pressekonferenz hat viel bewirkt, und soweit ich gehört habe, steht die Entscheidung an, das Kakapo-Schutzprogramm ganz oben auf die Dringlichkeitsliste des DOC zu setzen, was wohl bedeutet, daß man uns mehr Mittel zur Verfügung stellen wird. Ich hoffe nur, daß das alles nicht zu spät kommt.

Unter den zur Zeit fünfundzwanzig Kakapos auf Codfish sind nur fünf Weibchen, und genau das ist der kritische Punkt. Wir wissen nur noch von einem auf Stewart Island verbliebenen Kakapo, und der ist ein Männchen. Wir suchen weiter nach Weibchen, bezweifeln aber, daß es noch welche gibt. Selbst wenn man die vierzehn Vögel von der Barrier Island berücksichtigt, sind insgesamt nur noch vierzig Kakapos übrig.

Und es ist so schwierig, diese Mistkerle zur Fortpflanzung zu bewegen. Früher haben sie sich so langsam vermehrt, weil es der einzige Weg war, den Bestand auf dem gleichen Niveau zu halten. Wenn ein Tierbestand so schnell zunimmt, daß die Ernährungs- und Versorgungskapazitäten des Lebensraumes überstiegen werden, stürzt der Bestand wieder in sich zusammen, nimmt dann wieder zu, wieder ab und so weiter. Wenn eine Population zu heftig schwankt, ist nicht mal eine besondere Katastrophe nötig, um die Art zu gefährden. Die eigentümlichen Paarungsgewohnheiten des Kakapo sind, wie so vieles andere, Überlebenstechniken.

Die aber nur funktioniert haben, weil es keine Konkurrenz von außen gab. Jetzt, wo sie von Räubern umgeben sind, kann man kaum etwas für ihr Überleben tun, abgesehen von unserem unmittelbaren Eingreifen. Solange wir noch eingreifen können.«

Das erinnert mich wieder an den Vergleich mit der Motorradindustrie, den ich taktvollerweise für mich behalten hatte. Motorradkonstrukteuren stehen Heilmittel zur Verfügung, die Zoologen nicht besitzen. Als ich Don während unseres vorsichtigen Rückzuges über den Kamm zum Hubschrauber frage, wie er die langfristigen Aussichten für die Kakapos nun wirklich einschätzt, ist seine Antwort überraschend sachlich.

»Na ja«, sagt er mit seinem ruhigen, höflichen Tonfall, »alles ist möglich, und wenn man die Gentechnologie bedenkt – wer weiß. Falls wir sie erhalten können, solange wir leben, ist es an der nächsten Generation, sich der Vögel mit den dann zur Verfügung stehenden Hilfsmitteln, Techniken und wissenschaftlichen Methoden anzunehmen. Wir können nicht mehr tun, als ihren Fortbestand zu unseren Lebzeiten sichern, sie unserer Nachfolgegeneration in möglichst gutem Zustand übergeben und auf Teufel komm raus hoffen, daß sie so ähnlich über diese Vögel denkt wie wir.«

Ein paar Minuten später steigt unser Hubschrauber über Kakapo-Castle auf, senkt die Nase und macht sich, eine kleine gekratzte Vertiefung und eine einzelne, schon etwas ältere Süßkartoffel hinter sich zurücklassend, auf den Rückweg zum Milford-Sound.

Blinde Panik

Der Alltag schafft Voraussetzungen, von denen man unbewußt ausgeht, und deshalb ist es so verwirrend, wenn man in Australien zum erstenmal den Stöpsel aus einem Waschbecken herauszieht und das Wasser andersherum als gewohnt in den Abfluß kreiseln sieht. Die Gesetze der Physik führen einem vor Augen, wie weit man von zu Hause entfernt ist.

In Neuseeland sind sogar die Wählscheiben der Telefone entgegen dem Uhrzeigersinn numeriert. Das hat mit den Gesetzen der Physik nichts zu tun – man macht es dort einfach anders. Schockierend ist daran nur, daß es einem bislang nie in den Sinn gekommen ist, daß man es überhaupt anders machen könnte. Tatsächlich hat man darüber nicht mal nachgedacht, und plötzlich ist es einfach da – anders. Man verliert den Boden unter den Füßen.

In Neuseeland zu wählen erfordert ein gehöriges Maß an Konzentration, denn alle Ziffern befinden sich dort, wo man sie am wenigsten erwartet. Wenn man es zügig versucht, wird man sich unweigerlich verwählen, weil unwillkürlich die Gewohnheit einsetzt und alles zunichte macht, bevor man sie unter Kontrolle bekommt. Die Telefoniergewohnheiten sitzen so tief, daß sie zu Voraussetzungen geworden sind, von denen man unbewußt ausgeht.

China liegt auf der Nordhalbkugel, also kreiselt das Wasser, wie bei uns, im Uhrzeigersinn aus dem Waschbecken.

Die chinesischen Wählscheiben sind numeriert wie unsere. Diese beiden Dinge sind einem vertraut. Nur sind sämtliche anderen Dinge anders, und die Voraussetzungen, von denen man unbewußt ausgeht, bescheren einem nichts weiter als Schwierigkeiten und Verwirrung.

Dank dem wenigen, was ich von den China-Erfahrungen anderer Leute wußte, ahnte ich dunkel, daß genau das der Fall sein würde. Ich saß in der Maschine auf dem langen Flug nach Peking, versuchte mir über meine Gewohnheiten klar zu werden, mir alles Vorhandene aus dem Kopf zu schlagen, und kam mir dabei ziemlich dämlich vor.

Ich fing an, mir einen ausgiebigen Rasierwasservorrat zuzulegen. Jedesmal, wenn der Duty-free-Rollwagen vorbeikam, kaufte ich eine Flasche. Derartiges hatte ich in meinem bisherigen Leben noch nie getan. Meine normale, instinktive Reaktion war immer gewesen, bloß den Kopf zu schütteln und weiter in meiner Zeitschrift zu blättern. Diesmal meinte ich, es wäre Zen-gemäßer zu sagen: »Ja, ist gut. Was haben Sie denn so?« Ich war nicht der einzige, den ich damit völlig überraschte.

»Drehst du jetzt völlig durch?« fragte mich Mark, als ich die sechste Flasche in mein Handgepäck gleiten ließ.

»Ich versuche, die festverankerten Grundvoraussetzungen, auf denen mein rational konstruiertes Verhalten fußt, in Frage zu stellen und zu untergraben.«

»Soll das ›ja‹ heißen?«

»Das soll heißen, daß ich lediglich versuche, ein bißchen lockerer zu werden«, sagte ich. »Und da ein Flugzeug einem nicht gerade viel Raum für eigenmächtige und alternative Verhaltensformen bietet, mache ich das Beste aus den zur Verfügung stehenden Möglichkeiten.«

»Aha.«

Mark rutschte unbehaglich in seinem Sitz hin und her und starrte angestrengt in sein Buch.

»Was willst du denn mit dem ganzen Zeug machen?« fragte er mich etwas später, während wir aßen.

»Weiß nicht«, sagte ich. »Könnte schwierig werden, oder?«

»Sag mal, bist du wegen irgendwas nervös?«

»Ja.«

»Wegen was?«

»China.«

Inmitten einer der größten, längsten, lautesten, dreckigsten Wasserstraßen der Welt lebt die Reinkarnation einer ertrunkenen Prinzessin oder, besser, leben zweihundert Reinkarnationen ertrunkener Prinzessinnen.

Ob es sich dabei tatsächlich um zweihundert verschiedene Reinkarnationen derselben Prinzessin oder um Reinkarnationen von zweihundert verschiedenen ertrunkenen Prinzessinnen handelt, ist der Legende nicht eindeutig zu entnehmen, und leider sind auch keine Statistiken, wie häufig Prinzessinnen ertrinken, erhältlich, die ein bißchen Licht in die Angelegenheit bringen könnten.

Falls sie alle dieselbe ertrunkene Prinzessin sind, muß diese ein ausgesucht sündhaftes Leben geführt haben, um sich die ständig wiederkehrende Bestrafung, unter den derzeitigen Umständen zu leben, verdient zu haben. Ihre Reinkarnationen werden regelmäßig von Schiffsschrauben zerstückelt, in Fischernetzen voller Haken verwickelt, geblendet, vergiftet und betäubt.

Die Wasserstraße, um die es hier geht, ist der Yangtse-Fluß, und die wiedergeborene Prinzessin ist der Baiji, der Yangtse-Delphin.

»Wie stehen eigentlich unsere Chancen, einen Delphin zu finden?« fragte ich Mark.

»Ich habe nicht den blassesten Schimmer«, sagte er. »Es ist sehr schwierig, aus China Informationen, egal, worüber, zu bekommen, und was man bekommt, ist meistens verwirrend. Aber man findet die Delphine – oder auch nicht – nur in ein paar Abschnitten des Yangtse. Hauptsächlich in einem etwa zweihundert Kilometer langen Stück, das bei einer Stadt namens Tongling liegt, in der Provinz Anhui. Dort arbeiten Leute an der Rettung des Baiji, und dort liegt unser eigentliches Ziel. Nach Tongling kommen wir mit dem Boot, von Nanking aus, wo ein gewisser Professor Zhou lebt, ein Delphin-Experte. Nach Nanking kommen wir per Zug, von Shanghai aus. Nach Shanghai kommen wir mit dem Flugzeug, von Peking aus. Wir haben erst mal ein paar Tage in Peking, um uns zu akklimatisieren und herauszufinden, ob uns unsere Reisearrangements eigentlich etwas nützen. Wir müssen ein paar tausend Meilen zurücklegen, und Reisen gilt hierzulande als irrwitzig schwierige Sache.«

»Bleibt uns viel Spielraum, wenn irgendwas schiefgeht?« fragte ich. »Wann erwarten Professor Zhou und die anderen uns denn ungefähr?«

»Uns erwarten?« sagte Mark. »Was meinst du? Die haben noch nie von uns gehört. Man kann mit niemandem in China Kontakt aufnehmen. Wenn wir Glück haben, finden wir sie, und wenn wir noch etwas mehr Glück haben, sind sie sogar bereit, mit uns zu reden. Ich bin nicht mal ganz sicher, daß sie überhaupt existieren. Wir betreten echtes Neuland.«

Wir sahen beide aus dem Fenster. Dunkelheit senkte sich über die bevölkerungsreichste Nation auf Erden.

»Jetzt ist nur noch eine Flasche übrig, Sir«, raunte mir der Steward in diesem Augenblick zu. »Möchten Sie die noch haben, bevor wir den zollfreien Verkauf beenden? Damit hätten Sie dann die gesamte Kollektion.«

Es war schon ziemlich spät, als der klapprige Kleinbus uns abends vor unserem Hotel am Stadtrand von Peking absetzte. Zumindest glaube ich, daß es der Stadtrand war. Es gab keinen Anhaltspunkt, der die nähere Bestimmung der Umgebung erlaubt hätte. Die Straßen waren breit und von Bäumen gesäumt, aber schaurig still. Jedes motorisierte Fahrzeug verursachte ein einsames, ausgeprägtes Knurren, statt in einem allgemeinen Verkehrsbrummen unterzugehen. Da die Straßenlaternen aus nichts weiter als nackten Glühbirnen bestanden, hob das harte Licht jedes Blatt und jeden Ast heraus und warf klare Schatten an die Häuserwände. Vorbeifahrende Radfahrer bewegten sich inmitten ihrer vervielfachten, ineinander verwobenen Schatten über die Straße. Das Gefühl, in einem geometrischen Netz gefangen zu sein, wurde durch das Klacken von Billardkugeln verstärkt, die auf kleinen, unter den Laternen aufgebauten Tischen miteinander kollidierten.

Unser Hotel lag inmitten eines engen Gewirrs kleiner Seitenstraßen, und seine Fassade war gefährlich mit geschnitzten roten Drachen und vergoldeten Pagodenformen dekoriert, den wohl bekanntesten China-Klischees. Wir wuchteten unsere mit Kameraausrüstungen, Aufnahmezubehör, Klamotten und Rasierwasser gefüllten Koffer vor die langen, mit geschnitzten Eßstäbchen, Ginseng und Kräuter-Aphrodisiaka beladenen Glasvitrinen in der Hotelhalle und warteten darauf, uns anmelden zu dürfen.

Mir fiel etwas Komisches auf. Eines dieser winzig kleinen, verwirrenden Details, das einem, wie die Wählscheiben in Neuseeland, klarmacht, daß man sich in einem fernen und fremden Land befindet. Ich wußte, daß die Chinesen ihre Tischtennisschläger traditionell so halten wie wir unsere Zigaretten. Was ich nicht gewußt hatte, war, daß sie ihre Zigaretten so halten wie wir unsere Tischtennisschläger.

Unsere Zimmer waren klein. Ich saß auf der Kante meines Bettes, das für einen halb so großen Menschen wie mich bestens geeignet gewesen wäre, und baute meine konsternierende Rasierwasserflaschensammlung ordentlich neben zwei überladen verzierten rotgoldenen Thermosflaschen auf dem Nachttisch auf. Ich überlegte, wie ich sie loswerden sollte. Ich beschloß, das Problem zu überschlafen. Ich hoffte, das würde mir gelingen. Die Mitteilung, die ich im Gästebuch gelesen hatte, ließ Schlimmes ahnen. Da stand: »Um eine friedliche und gemütliche Atmospähre zu gewährleisten, haben Tanzen, Lärm, Streitereien, Handgreiflichkeiten oder exzessiver Alkoholgenuß und das Verursachen von Ruhestörungen in der Öffentlichkeit zu unterbleiben. Das Mitbringen von Haustieren und Geflügel in das Hotel ist nicht gestattet.«

Der nächste Morgen hielt ein neues Problem für mich parat. Ich wollte mir die Zähne putzen, war aber wegen der leckeren braunen Farbe des aus den Hähnen tropfenden Wassers etwas mißtrauisch. Ich untersuchte die großen, bombastischen Thermoskannen, fand aber darin nur heißes Wasser zum Teekochen. Ich goß etwas Wasser aus der Thermoskanne zum Abkühlen in ein Glas; dann zog ich los, um mich mit Mark und Chris Muir, unserem Tontechniker, zu einem späten Frühstück zu treffen.

Mark hatte schon versucht, mit Professor Zhou, dem Baiji-Experten, telefonisch Kontakt aufzunehmen, was sich als unmöglich herausstellte. Vor unserem Flug nach Shanghai hatten wir noch zwei Tage totzuschlagen; warum also nicht ein bißchen auf Tourismus machen?

Als ich in mein Zimmer zurückkehrte, um mir endlich die Zähne zu putzen, stellte ich fest, daß das Zimmermädchen mein zum Auskühlen abgestelltes Glas abgewaschen und die Thermoskannen mit frisch gekochtem Wasser gefüllt hatte. Für mich war das ein ziemlicher Rückschlag. Obwohl ich eine Zeitlang versuchte, das Wasser abzukühlen, indem ich es von einem Glas ins andere goß, blieb es so heiß, daß mir die Zahnbürste im Mund verwelkte.

Mir wurde bewußt, daß ich mir eine raffiniertere Strategie zurechtlegen mußte, falls ich noch zum Zähneputzen kommen wollte. Ich füllte das Glas wieder auf, stellte es vorsichtig außer Sichtweite hinten in einen Wäscheschrank und versuchte dann eine der Rasierwasserflaschen loszuwerden, indem ich sie unter dem Bett versteckte.

Mit Sonnenbrillen und Kameras bewaffnet, zogen wir los und verbrachten den ganzen Tag damit, uns in Badaling, eine knappe Stunde von Peking entfernt, die Große Mauer anzusehen. Sie wirkte bemerkenswert frisch errichtet für ein derart altertümliches Monument, und an den Stellen, die wir uns ansahen, war sie das vermutlich auch.

Ich erinnerte mich an einen länger zurückliegenden Besuch in Japan, bei dem ich mir den Gold-Pavillon-Tempel in Kyoto angesehen hatte und einigermaßen überrascht gewesen war, wie unbeschadet er den langen Zeitraum seit seiner Erbauung im 14. Jahrhundert überstanden hatte. Soweit ich wußte, hatte er die Zeit ganz und gar nicht unbeschadet überstanden, sondern war in diesem Jahrhundert schon zweimal bis auf die Grundmauern niedergebrannt.

»Also ist es nicht das ursprüngliche Gebäude?« hatte ich meinen japanischen Führer gefragt.

»Aber doch, natürlich ist es das«, sagte er nachdrücklich und ziemlich erstaunt über meine Frage.

»Aber es ist abgebrannt?«

»Ja.«

»Zweimal.«

»Öfter.«

»Und wiederaufgebaut worden?«

»Natürlich. Es ist ein historisch bedeutsames Gebäude.«

»Aus völlig neuen Materialien.«

»Aber natürlich. Es war ja abgebrannt.«

»Wie kann es dann dasselbe Gebäude sein?«

»Es ist immer dasselbe Gebäude.«

Ich mußte mir eingestehen, daß das wahrhaftig ein makellos rationaler Standpunkt war, wenn er auch von einer überraschenden Prämisse ausging. Der Geist eines Gebäudes, die dahinterstehende Absicht, seine Gestaltung, all das ist unveränderlich und wesentlich. Was bestehenbleibt, ist die Absicht der ursprünglichen Erbauer. Das Holz, aus dem die Form entsteht, vermodert und wird gegebenenfalls ersetzt. Den ursprünglichen Materialien, die nicht mehr sind als sentimentale Souvenirs aus der Vergangenheit, allzuviel Gewicht beizumessen hieße, das Wesentliche des Gebäudes nicht wahrzunehmen.

Ich konnte mich mit dieser Sichtweise nicht restlos anfreunden, weil sie in krassem Widerspruch zu meinen westlichen Grundvoraussetzungen stand, mußte den Standpunkt jedoch akzeptieren.

Ob dieses Prinzip auch dem Wiederaufbau der Großen Mauer zugrunde liegt, weiß ich nicht, weil ich niemanden auftreiben konnte, der die Frage verstand. Da der erneuerte Bereich allerdings von Touristen und Coca-Cola-Buden und Läden wimmelte, in denen man Mauer-T-Shirts und elektrische Pandabären kaufen konnte, gibt es vermutlich auch noch andere Gesichtspunkte.

Wir kehrten ins Hotel zurück. Das Zimmermädchen hatte mein verstecktes Wasserglas gefunden und ausgespült. Sie mußte gründlich danach gesucht haben, denn sie hatte auch die Rasierwasserflasche unter dem Bett gefunden und wieder ordentlich neben die anderen auf den Tisch gestellt.

»Warum benutzt du das Zeug nicht einfach?« fragte Mark.

»Weil ich an allen gerochen hab und sie eklig finde.«

»Dann schenk sie doch irgendwelchen anderen Leuten zu Weihnachten.«

»Ich will sie aber nicht bis dahin rund um die Welt schleppen.«

»Erklär mir doch bitte noch mal, warum du sie gekauft hast.«

»Weiß ich nicht mehr. Laß uns zum Essen gehen.«

Wir gingen in ein Restaurant namens »Crispy Fried Duck« und stießen anschließend, auf unserem Rückmarsch durch den Stadtkern, auf den sogenannten Tiananmen, den Platz des Himmlischen Friedens.

Ich sollte wohl erwähnen, daß das im Oktober 1988 war. Ich hatte, wie die meisten Menschen auf der Welt, noch nie vom Platz des Himmlischen Friedens gehört.

Der Platz ist riesig. Wenn man nachts darauf steht, kann man seine am Horizont verschwimmenden Grenzen kaum erahnen. Am einen Ende ist ein Durchgang zur Verbotenen Stadt, das Tiananmen-Tor, von dem aus das erhabene Antlitz des Großen Vorsitzenden Mao über die Weite des Platzes blickt, bis hin zu dessen entferntestem Punkt, wo das Mausoleum steht, in dem sein Körper zur letzten Ruhe gebettet ist.

Auf dem Platz, unter Maos Blick, herrschte Festtagsstimmung. Große, kunstvoll zu Cartoon-Tieren zurechtgestutzte Büsche waren auf den Platz geschafft worden, um die Olympischen Spiele zu feiern.

Der Platz war nicht voll oder überlaufen – man bräuchte mehrere zehn- oder gar hunderttausend Menschen, um das zu bewerkstelligen –, aber er war belebt. Familien mit Kindern (oder häufiger: mit einem Kind) waren unterwegs. Sie gingen herum, plauderten mit Freunden, flanierten so unbeschwert und frei durch die Gegend, als seien sie in ihrem eigenen Garten, und ließen ihre Kinder davonlaufen und mit anderen spielen, allem Anschein nach, ohne sich deswegen Gedanken zu machen. Etwas Vergleichbares ist auf den berühmten europäischen Plätzen kaum vorstellbar und in Amerika vollkommen undenkbar.

Ich wüßte wirklich nicht, daß ich mich in der Öffentlichkeit jemals so ungezwungen und entspannt gefühlt hätte, besonders abends nicht. Das allgegenwärtige Grundrauschen einer argwöhnischen Paranoia – die unwillkürliche Begleiterscheinung, sobald man in westlichen Städten eine Straße betritt – machte sich plötzlich bemerkbar, indem es verstummte. Es war eine äußerst wundersame Stille.

Trotzdem muß ich zugeben, daß dies wahrscheinlich das einzige Mal war, daß wir uns in China so ungezwungen fühlten – beziehungsweise überhaupt ungezwungen. Während der meisten Zeit fanden wir China vertrackt, ärgerlich und weitgehend undurchschaubar; nur dieser eine Abend auf dem Platz des Himmlischen Friedens war ungezwungen. Um so größer war unsere Bestürzung, als dieser Platz einige Monate später jene brutale Verwandlung erfuhr, die im öffentlichen Bewußtsein allen Schauplätzen von Katastrophen widerfährt: Sie werden zu zeitlichen Bezugspunkten, statt wirkliche Orte zu bleiben. Es war »Vor dem Platz des Himmlischen Friedens«, als wir dort waren. Es war »Nach dem Platz des Himmlischen Friedens«, als ihn die Panzer überrollt hatten.

Früh am nächsten Morgen, als die Luft noch feucht und neblig war, kehrten wir auf den Platz zurück und stellten uns in den Schlangen an, die sich tagtäglich um den Platz herum bilden, um in das Mausoleum zu spazieren und am Körper des in einer Plexiglaskiste ruhenden, toten Vorsitzenden Mao vorbeizudefilieren.

Die Länge der Schlange überstieg jedes Vorstellungsvermögen. Sie schlängelte sich im Zickzack hin und her über den Platz und rückte Glied um Glied, Reihe um Reihe mit jeder Windung bedrohlich aus dem Nebel näher, um wieder in ihm zu verschwinden. Zu dritt oder zu viert standen die Menschen nebeneinander aufgereiht, schlurften munter vorwärts über den Platz, wendeten und schlurften munter wieder zurück, wieder und wieder, dabei immer den Befehlen von Beamten folgend, die in Schlaghosen und gelben Anoraks auf und ab marschierten und durch Megaphone bellten. Die ungezwungene Atmosphäre des Vorabends hatte sich im Morgennebel verflüchtigt, und der Platz war zu einem gigantischen Rangierbahnhof degradiert worden.

Nach einigem Zögern stellten wir uns an, mehr oder weniger in der Erwartung, den halben Tag dort zubringen zu müssen, aber die Menschen bewegten sich in gleichmäßigem Tempo an den bellenden Rangiermeistern vorbei, und wir spürten sogar, daß wir beschleunigten, als wir uns der Spitze näherten. Knapp drei Stunden, nachdem wir uns an den Schlangenschwanz gestellt hatten, wurden wir in das mit einem roten Läufer ausgelegte Allerheiligste gehetzt und liefen so respektvoll wie möglich an dem winzigen, pausbackigen, wächsernen Körper vorbei.

Die während ihrer Verfütterung an das Mausoleum so streng und unnachgiebig kontrollierte Schlange löste sich nach dem Ausgang auf der anderen Seite vor den Souvenirshops in ihre Bestandteile auf. Aus der Luft gesehen, mußte das Gebäude große Ähnlichkeit mit einem gigantischen Fleischwolf haben.

Der gesamte Platz und die angrenzenden Straßen waren mit unzähligen Lautsprechern für öffentliche Ansprachen bestückt, aus denen ganztätig Musik quoll. Was während der meisten Zeit gespielt wurde, war schwer auszumachen, weil das ganze System ziemlich im Eimer war und der Klang völlig undechiffrierbar um uns herumhämmerte und -plärrte und -hallte, aber als wir ein paar Minuten später auf das Tiananmen-Tor kletterten, hörten wir wesentlich besser, womit wir beschallt wurden.

Das Tiananmen-Tor ist ein hohes Gebilde mit flacher Front, Torbögen am Boden, durch die man in die Verbotene

Stadt gelangt, und einem großen Balkon obendrauf, hinter dem sich eine Reihe von Sitzungssälen befindet.

Das Tor wurde während der Ming-Dynastie gebaut und von den Kaisern zu öffentlichen Auftritten und Bekanntmachungen genutzt. Wie der Platz des Himmlischen Friedens war auch das Tor schon immer ein Brennpunkt in Chinas politischer Geschichte. Wenn man auf den Balkon klettert, kann man an genau der Stelle stehen, von der aus der große Vorsitzende Mao am 1. Oktober 1949 die Gründung der Volksrepublik China proklamiert hat. Um die deutlich markierte Stelle herum ist eine Ausstellung mit Fotos von dem Ereignis gruppiert.

Von dort oben hat man einen außerordentlich guten Blick auf die ungeheure Ausdehnung des Platzes. Es ist, als sehe man von einem Berghang über eine Ebene. In politischen Kategorien gedacht, ist der Ausblick sogar noch erstaunlicher, weil er eine Nation umfaßt, die beinahe ein Viertel der Bevölkerung unseres Planeten ausmacht. Die gesamte chinesische Geschichte ist hier sinnbildlich gebündelt, an genau dieser Stelle, und es fällt schwer, dort oben zu stehen und von dieser Macht nicht gelähmt zu sein. Es fällt ebenso schwer, von der Vision des Bauern aus Shao-Shan nicht zutiefst ergriffen zu sein, der diese Macht im Namen des Volkes ergriff und von seinem Volk noch immer, trotz der Greueltaten der Kulturrevolution, als Vater der Nation verehrt wird.

Und als wir an diesem Punkt standen, dem Punkt, an dem Mao stand, als er die Gründung der Volksrepublik China proklamierte, dröhnte aus den öffentlichen Lautsprechern rund um den Platz zuerst »Viva España« und dann die Erkennungsmelodie von »Hawaii Fünf Null«.

Ich konnte mich des Gefühls nicht erwehren, daß irgend jemand irgendwo nicht begriffen hatte, worauf es ankam. Ich war nicht mal sicher, daß nicht ich derjenige war.

Am nächsten Tag flogen wir nach Shanghai und fingen an, über die Delphine nachzudenken, auf die wir langsam durch China zukrochen. Um über sie nachzudenken, gingen wir in die Bar des »Peace Hotel«. Es erwies sich als ein zum Denken völlig ungeeigneter Ort, weil man vor lauter Lärm seine eigenen Gedanken nicht verstand, aber wir hatten uns das Hotel sowieso ansehen wollen.

Es ist ein imposantes Überbleibsel aus jener Zeit, als Shanghai noch eine der glanzvollsten und kosmopolitischsten Hafenstädte der Welt war. In den dreißiger Jahren war das Hotel unter dem Namen »Cathay« jedem ein Begriff und der prachtvollste Treffpunkt in der ganzen Stadt gewesen. Hierher kamen die Leute, um sich einander in strahlendem Glanz zu präsentieren. In einer der Suiten schrieb Noël Coward einen Entwurf von »Private Lives«.

Heute blättert die Farbe ab, ist die Halle dunkel und zugig, sind die Plakate, die für die »World Famous Peace Hotel Jazz Band« werben, mit Filzstiften geschrieben und mit Klebeband an den Wandtäfelungen befestigt, aber der Geist der vergangenen »Cathay«-Pracht lauert noch immer zwischen den Kronleuchtern und fragt sich, was in den letzten vierzig Jahren bloß passiert ist.

Die Bar war ein dunkler, niedriger Raum unmittelbar hinter der Eingangshalle. Die »World Famous Peace Hotel Jazz Band« hatte an diesem Abend frei, aber dafür spielte eine Stellvertreterband. Man behauptet, dies sei einer der letzten Orte auf Erden, wo die Musik der Dreißiger noch immer so gespielt würde wie früher. Mag sein, daß die World-Famous-Kapelle dieses Versprechen hält, aber ihre Stellvertreter tun es nicht. Sie hämmerten sich durch endlose Wiederholungen von »Edelweiß«, »Greensleeves« und »Auld Lang Syne«, in die sie gelegentliche Versuche einstreuten, »New York, New York«, »Chicago«, und »I Left My Heart in San Francisco« zu spielen.

Daran waren zwei Dinge eigenartig. Erstens taten sie das nicht nur wegen der Touristen. Dies war die Musik, die wir überall in China hörten, vor allem die ersten drei Titel: im Rundfunk, in Läden, in Taxis, in Zügen, auf den großen Fähren, die ununterbrochen den Yangtse rauf- und runterdampfen. Der Interpret war gewöhnlich Richard Clayderman. Falls sich irgend jemand mal gefragt hat, wer in aller Welt Richard-Clayderman-Platten kauft: Es sind die Chinesen, und von denen gibt es eine Milliarde.

Zweitens war eigenartig, daß die Musik ihnen sichtlich vollkommen fremd war. Na schön, es war ja auch unbestreitbar fremde Musik, aber es wirkte, als spielten sie sie aus einem Sprachführer ab. Jeder vom Trompeter aus dem Stegreif improvisierte Schnörkel, jeder zusätzliche Trommelschlag war durch die Bank ebenso hörbar wie schmerzhaft falsch. Genauso müssen sich die Inder gefühlt haben, als George Harrison in den Sechzigern mit dem Sitarspielen anfing, bevor es dann, nach kurzem Schwelgen, auch allen Nicht-Indern so ging; unbeholfene Wiedergaben indischer Musik haben die im Westen beliebte Musik nie ausstechen können. Wenn die Chinesen den entstellten Versionen von »Auld Lang Syne« und »Little Brown Jug« hingebungsvoll lauschten, hörten sie unbestreitbar etwas ganz anderes als ich, aber ich bekam nicht heraus, was es war.

Während des Reisens in China entdeckte ich mit der Zeit, daß es die Geräusche waren, die mich am meisten irritierten und durcheinanderbrachten.

Als wir in einer der gedämpfteren Ecken der Bar nach einem Tisch suchten, kam mir der Gedanke, daß die Delphine, nach denen wir suchen wollten, mit den gleichen Schwierigkeiten zu kämpfen haben mußten. Ihre Sinne müssen restlos überfordert und durcheinander sein.

Es fängt schon damit an, daß der Baiji-Delphin halb blind ist.

Und zwar deswegen, weil es im Yangtse nichts zu sehen gibt. Das Wasser ist mittlerweile so trüb, daß die Sichtweite lediglich ein paar Zentimeter beträgt, und infolgedessen sind die Augen des Baiji durch Nichtgebrauch verkümmert.

Merkwürdigerweise lassen sich häufig Schlüsse auf gewisse, während der Evolution eines Tieres aufgetretene Veränderungen aus der Entwicklung seines Fötus ziehen. Es ist wie eine Zeitlupenwiederholung.

Die Augen des Baiji liegen, schwach, wie sie sind, ziemlich weit oben auf seinem Kopf, um das Beste aus dem bißchen Licht zu machen, das sie überhaupt erreicht, das heißt aus dem von oben.

Die Augen der meisten anderen Delphine liegen tiefer, an den Seiten des Kopfes, von wo aus sie alles wahrnehmen können, was um sie herum und unter ihnen vorgeht; und an genau diesen Stellen befinden sich auch die Augen des Baiji-Fötus.

In der Wachstumsphase des Fötus wandern die Augen dann jedoch allmählich an den Seiten des Kopfes nach oben, und die Muskeln, die normalerweise für die Abwärtsbewegung des Augapfels zuständig sind, geben sich nicht die Mühe, sich zu entwickeln. Unten gibt es nichts zu sehen.

Es könnte daher durchaus möglich sein, die vollständige Geschichte der Erderosion in den Yangtse durch die Augenwanderung eines Baiji-Fötus graphisch wiederzugeben. (Es könnte ebensogut möglich sein, daß der Baiji einen bereits schlammigen Yangtse vorgefunden und sich lediglich seiner neuen Umgebung angepaßt hat; wir wissen es nicht. In jedem Fall ist der Yangtse aber während der Geschichte der Baiji-Art wesentlich trüber geworden, und zwar vor allem durch menschliches Zutun.)

Um sich zurechtzufinden, muß der Baiji folglich einen anderen Sinn benutzen. Er verläßt sich auf Töne. Er hat ein ungeheuer feines Gehör und »sieht« durch Echopeilung, was bedeutet, daß er Folgen kurzer Schnalzer aussendet und auf das Echo achtet. Außerdem kommuniziert er mit anderen Baijis, indem er Pfeifgeräusche ausstößt.

Seit der Mensch den Motor erfunden hat, muß sich die Flußwelt des Baiji zu einem absoluten Alptraum entwickelt haben.

Die chinesische Infrastruktur ist eher bescheiden. Es gibt Bahnlinien, aber da diese nirgendwo hinführen, ist der Yangtse (der in China »Chang Jiang« – »Langer Fluß – heißt) die Hauptverkehrsader des Landes. Er ist und war schon immer vollgestopft mit Schiffen – nur daß es früher Segelboote waren. Heute wird der Fluß ununterbrochen von den Motoren rostiger alter Dampfboote, Frachtschiffe, riesiger Fähren, Passagierdampfer und Barkassen aufgewühlt.

»Im Wasser muß es ununterbrochen zugehen wie im Irrenhaus«, sagte ich zu Mark.

»Was?«

»Ich habe gesagt, daß es zwar schon hier bei diesem Krach von der Band schwierig ist, sich zu unterhalten, aber im Wasser ununterbrochen wie im Irrenhaus zugehen muß.«

»Hast du deswegen die ganze Zeit dagesessen und nachgedacht?«

»Ja.«

»Hab mich schon gefragt, warum du so still bist.«

»Ich hab mir vorzustellen versucht, wie man sich als Blinder fühlen würde, der versucht, in einer Disco zu wohnen. Beziehungsweise in mehreren konkurrierenden Discos.«

»Es ist sogar noch schlimmer«, sagte Mark. »Die Delphine brauchen Töne, um sich zu orientieren.«

»Na gut, dann ist es also wie bei einem Tauben, der in einer Disco wohnt.«

»Wieso?«

»All diese Stroboskoplampen und Lichtorgeln und Spiegel und Laser und so weiter. Ununterbrochen verwirrende Informationen. Nach ein, zwei Tagen würde man restlos konfus und desorientiert anfangen, über die Möbel zu stolpern.«

»Stimmt, und genau das passiert ja auch tatsächlich. Die Delphine werden dauernd von Booten gerammt oder geraden in deren Schrauben oder verheddern sich in Fischernetzen. Normalerweise findet der Delphin mit Hilfe seiner Echopeilung sogar einen kleinen Ring auf dem Meeresboden, also muß die Lage schon ziemlich ernst sein, wenn er nicht mal mehr merkt, daß er kurz davor steht, ein Boot über den Schädel gezogen zu kriegen.

Und dann sind da natürlich auch noch die Abwässer, die Chemie- und Industrieabfälle und die Kunstdünger, die in den Fluß geleitet werden und das Wasser genauso vergiften wie den Fisch.«

»Also«, sagtc ich, »was tut man, wenn man entweder halb blind oder halb taub ist, in einer Disco mit Stroboskop-Light-Show lebt, in der die Abwasserrohre überquellen, einem ständig die Decke und die Ventilatoren auf den Kopf fallen und das Essen schlecht ist?«

»Ich glaube, ich würde mich bei der Geschäftsleitung beschweren.«

»Das können sie nicht.«

»Nein. Sie müssen warten, bis die Geschäftsleitung es selbst merkt.«

Etwas später schlug ich, sozusagen als Vertreter der Geschäftsleitung, vor, wir sollten versuchen, uns anzuhören, wie der Yangtse wirklich unter der Wasseroberfläche klang – ihn also aufnehmen. Da uns das erst jetzt einfiel, hatten wir unglücklicherweise kein Unterwasser-Mikrofon dabei.

»Tja, eins könnten wir machen«, sagte Chris. »Es gibt eine BBC-Standardmethode, Mikros im Notfall wasserdicht zu machen. Man nimmt das Mikrofon und stopft es in ein Kondom. Hat einer von euch beiden Kondome dabei?«

»Äh, nein.«

»Und in euren Kulturbeuteln lungern auch keine rum?«

»Nein.«

»Tja, dann sollten wir wohl besser einkaufen gehen.«

Von diesem Zeitpunkt an begann ich in Klangbildern zu denken. In China gibt es zwei unverwechselbare Klänge, drei, wenn man Richard Clayderman mitzählt.

Der erste ist Spucken. Alle spucken. Wo man sich auch aufhält, hört man unentwegt diesen Klang: das langgezogene, saugende Räuspergeräusch, das beim Ansaugen von Schleim in den Mund entsteht, gefolgt vom zischenden Abschußgeräusch der losfliegenden Ladung und, wenn man Glück hat, dem klingenden »Ping« beim Einschlag in einem Spucknapf, von denen es Unmengen gibt. In jedem Zimmer steht mindestens einer. In der Hotelhalle zählte ich ein Dutzend, strategisch günstig in Ecken und Nischen verteilt. Auf den Straßen von Shanghai ist an jeder Ecke ein Spucknapf ins Pflaster eingelassen, der bis oben hin mit Zigarettenstummeln, Abfall und dickem, knotigem, blasigem Schleim gefüllt ist. Man entdeckt auch eine Menge Schilder mit der Aufschrift »Spucken verboten«, aber da sie bevorzugt auf englisch und nicht auf chinesisch beschriftet sind, vermute ich stark, daß sie bloß kosmetischen Wert haben. Ich mußte mir sagen lassen, das Spucken auf der Straße gelte mittlerweile eigentlich als Vergehen, das mit einer Geldstrafe geahndet wird. Sollten diese Bußgelder jemals eingefordert werden, würde die gesamte chinesische Wirtschaft vermutlich zusammenbrechen.

Der andere Klang ist der einer chinesischen Fahrradklingel. Es gibt nur einen Klingeltyp, und der wird von der Seagull-Company hergestellt, die auch chinesische Kameras baut. Die Kameras sind wohl nicht die besten der Welt, aber die Klingeln könnten es durchaus sein, da sie zum intensiven Gebrauch gefertigt sind. Es sind große, solide, rasselnde Chromtrommeln mit einem lang nachhallenden Klingeln, das man unentwegt durch die Straßen tönen hört.

In China fährt jeder Rad. Da private Autos so gut wie unbekannt sind, besteht der Verkehr in Shanghai aus Straßenbahnen, Taxis, Lieferwagen, Lastern und Flutwellen von Fahrradfahrern.

Wenn man zum erstenmal als Beobachter an einer größeren Kreuzung steht, ist man überzeugt, gleich ein größeres Blutbad mitzuerleben. Aus allen Richtungen strömen Fahrradmassen auf die Kreuzung. Laster und Straßenbahnen kacheln bereits darauf herum. Fahrradglocken bimmeln, es wird gehupt wie verrückt, und niemand macht irgendwelche Anstalten anzuhalten. Kurz vor dem unvermeidlichen Zusammenprall schließt man die Augen und wartet auf das grauenhafte Kreischen von zerreißendem Metall, das aber seltsamerweise ausbleibt. Man glaubt es kaum. Ein paar Dutzend Fahrräder und Laster sind geradeaus durcheinandergefahren, als seien sie nichts weiter als Lichtstrahlen.

Beim nächstenmal läßt man die Augen geöffnet und versucht zu begreifen, wie der Trick funktioniert; aber auch bei genauestem Hinsehen kann man die tanzenden, wiegenden Figuren nicht entwirren, mit denen sich die Fahrräder scheinbar körperlos und unter ständigem Klingeln aneinander vorbeibewegen.

In der westlichen Welt ist das Klingeln oder Hupen gewöhnlich ein Ausdruck von Aggressivität. Es beinhaltet eine Warnung oder eine Anweisung: »Mach Platz«, »Komm in die Socken« oder »Wie blöd bist du eigentlich, Schwachkopf?«. Wenn man auf einer New Yorker Straße ein Hupkonzert hört, weiß man, daß die Leute in einer gefährlichen Stimmung sind.

In China bedeutet das Geräusch, wie man mit der Zeit feststellt, etwas vollkommen anderes. Es bedeutet nicht: »Mach Platz, Arschloch«, sondern bloß ein fröhliches »Jetzt komm ich«. Oder vielmehr: »Jetzt komm ich jetzt komm ich jetzt komm ich jetzt komm ich jetzt komm ich ...«, weil es niemals endet.

Während wir uns auf der Suche nach Kondomen durch die überlaufenen, lauten Straßen von Shanghai schlängelten, kam mir der Gedanke, daß vielleicht auch die chinesischen Radfahrer mit Hilfe einer Art Echopeilung navigieren.

»Was denkst du?« fragte ich Mark.

»Ich denke, daß du ein paar ganz schön seltsame Ideen hast, seit wir in China angekommen sind.«

»Ja, aber wenn man sich in einem Rudel Radfahrer durch die Gegend schlängelt und alles wie wild klingelt, führt das doch wahrscheinlich zu einer deutlichen räumlichen Vorstellung davon, wo sich alle anderen Radler befinden. Ist dir aufgefallen, daß keiner Licht an seinem Fahrrad hat?«

»Ja ...«

»Ich habe irgendwo gelesen, daß der Schriftsteller James Fenton mal versucht hat, in China nachts mit einem Fahrrad mit Lampe zu fahren, und von der Polizei angehalten und aufgefordert wurde, sie abzubauen. Sie sagten: ›Wo kämen wir denn hin, wenn alle mit Lampen an ihren Fahrrädern herumfahren würden?‹ Also müssen sie sich wohl auf ihr Gehör verlassen. Außerdem finde ich die innere Ruhe der Radfahrer bemerkenswert.«

»Was?«

»Na, ich weiß nicht, wie man das sonst nennen soll. Diese bemerkenswerte, unbeschwerte Gleichgültigkeit, mit der ein Radfahrer schnurstracks in den Weg eines sich nähernden Busses fährt. Sie kommen gerade so um eine Kollision herum, die, wenn wir mal ehrlich sind, den Bus nicht besonders kratzen würde. Aber obwohl sie sich nur um knapp neun Millimeter verfehlen, scheint der Radfahrer das nicht mal mitzukriegen.«

»Was soll er denn da mitkriegen? Der Bus hat ihn doch verfehlt.«

»Aber nur haarscharf.«

»Aber er hat ihn verfehlt. Das ist der entscheidende Punkt. Wenn du mich fragst, beunruhigen uns solche Beinahezusammenstöße nur, weil sie eine Verletzung unserer Freiräume darstellen. Die Chinesen machen sich nicht viel aus privaten oder persönlichen Freiräumen. Wahrscheinlich halten sie uns in dieser Hinsicht für völlig neurotisch.«

Der »Friendship Store« erschien uns, was den Kondomkauf anging, recht vielversprechend, nur hatten wir mit gewissen Schwierigkeiten zu kämpfen, unsere Kaufabsicht zu verdeutlichen. Von Ladentisch zu Ladentisch zogen wir durch das weitläufige Mammut-Kaufhaus, das aus vielen einzelnen Kabinen, Verkaufsständen und Ladentischen besteht, aber niemand konnte uns weiterhelfen.

Wir begannen an den Ständen, die aussahen, als ob sie medizinische Artikel verkauften, hatten aber kein Glück. Als wir die Stände erreicht hatten, deren Angebot sich aus Buchstützen und Eßstäbchen zusammensetzte, wußten wir, daß wir eine Niete gezogen hatten, aber schließlich fanden wir doch noch eine junge Verkäuferin, die englisch sprach.

Wir versuchten ihr zu erkären, was wir wollten, schienen allerdings ziemlich schnell an die Grenzen ihres Vokabulars zu stoßen. Ich holte mein Notizbuch heraus und zeichnete sehr sorgfältig ein Kondom auf, einschließlich des kleinen Zusatzballons am Ende. Sie betrachtete es stirnrunzelnd, begriff aber noch immer nicht. Sie brachte uns einen Holzlöffel, eine Kerze, eine Art Flaschenöffner und überraschenderweise ein kleines Porzellanmodell des Eiffelturms, bevor sie sich schließlich geschlagen gab.

Ein paar andere Mädchen vom Stand versammelten sich hilfsbereit um uns, mußten vor unserer Zeichnung aber ebenfalls die Waffen strecken. Schließlich nahm ich all meinen nichtvorhandenen Mut und gab eine mimische Darstellung der damit verbundenen Aktivität, und endlich fiel der Groschen.

»Ah!« sagte das erste Mädchen und grinste übers ganze Gesicht. »Ah ja!« Sie strahlten uns alle vergnügt an, als sie endlich begriffen.

»Haben Sie es verstanden?« fragte ich.

»Ja! Ja, ich verstehe.«

»Haben Sie welche da?«

»Nein«, sagte sie. »Haben nicht.«

»Oh.«

»Aber, aber, aber . . .«

»Ja?«

»Ich dir sagen, wohin du gehen, okay?«

»Haben Sie vielen Dank. Danke sehr.«

»Du gehen Nanking Road 616. Okay. Da haben. Du fragen nach ›Übergummi‹. Okay?«

»Übergummi?«

»Übergummi. Du fragen. Sie haben. Okay. Du schönen Tag.« Dabei giggelte sie fröhlich hinter vorgehaltener Hand.

Wir dankten ihnen noch einmal überschwenglich und machten uns unter viel Gewinke und Gelächle auf den Weg. Die Nachricht schien sich in Windeseile verbreitet zu haben, und alle winkten uns zu. Sie waren offenbar ganz fürchterlich erfreut, daß wir sie gefragt hatten.

Als wir in der Nanking Road 616 ankamen – ein weiteres kleineres Kaufhaus und kein Bordell, wie wir fast befürchtet hatten –, ließ uns unsere Aussprache von »Übergummi« zunächst im Stich und sorgte für eine neuerliche Welle verdatterten Nichtbegreifens.

Diesmal ging ich direkt zu meiner mimischen Darstellung über, die uns vorher soviel genützt hatte, und scheinbar erfüllte sie auch hier ihren Zweck. Die Verkäuferin, eine nicht mehr ganz junge Dame mit strenger Frisur, marschierte schnurstracks auf einen Schubladenschrank zu, brachte von dort ein Päckchen mit und legte es triumphierend vor uns auf die Ladentheke.

Geschafft, dachten wir, öffneten das Päckchen und stellten fest, daß es einen albernen Plastikstreifen mit Pillen enthielt.

»Richtige Idee«, sagte Mark mit einem Seufzer. »Falsche Methode.«

Wir gerieten schnell wieder ins Schwimmen, als wir der jetzt leicht gekränkten Dame zu erklären versuchten, daß das nicht genau das sei, was wir suchten. Zu diesem Zeitpunkt hatte sich bereits eine Menge von ungefähr fünfzehn Schaulustigen um uns versammelt, von denen uns einige meiner Überzeugung nach den ganzen Weg vom »Friendship Store« aus gefolgt waren.

Was man in China sehr schnell herausfindet, ist, daß wir alle irgendwie im Zoo sind. Wenn man sich auch nur eine Minute lang nicht bewegt, versammeln sich die Leute um einen herum und starren einen an. Das Entnervende daran ist, daß sie nicht gespannt oder wißbegierig starren, sondern bloß, oft genau vor einem, dastehen und einen so ausdruckslos ansehen wie einen Werbespot für Hundefutter.

Schließlich schob sich ein junger, käsiger Mann mit Brille durch die Menge und sagte, er spreche ein bißchen englisch und ob er helfen könne.

Wir bedankten uns und sagten ja, wir wollten Kondome kaufen, Übergummis, und wären ihm sehr dankbar, wenn er das für uns erklären könne.

Er warf uns einen verwirrten Blick zu, nahm das von uns abgelehnte Päckchen vom Tisch vor der gekränkten

Verkäuferin und sagte: »Nicht wollen Übergummi. Das besser.«

»Nein«, sagte Mark. »Wir wollen unbedingt Übergummi, keine Pillen.«

»Warum wollen Übergummi? Pillen besser.«

»Sag du's ihm«, sagte Mark.

»Um Delphine aufzunehmen«, sagte ich. »Also, eigentlich nicht die Delphine selbst. Was wir vorhaben, ist, die Geräusche im Yangtse aufzunehmen, im ... Sehen Sie, wir brauchen eins, um es über das Mikrofon zu ziehen und ...«

»Ach, erzähl ihm doch einfach, daß du jemanden flachlegen willst«, murmelte Chris auf schottisch. »Und daß du's nicht mehr aushältst.«

Aber inzwischen wich der junge Mann schon nervös vor uns zurück, plötzlich begreifend, daß wir gemeingefährliche Irre waren, denen man am besten jeden Gefallen tat und dann aus dem Weg ging. Er raunte der Verkäuferin etwas zu und zog sich eilig in die Menge zurück.

Die Verkäuferin zuckte die Achseln, sackte die Pillen wieder ein, öffnete eine andere Schublade und zog eine Schachtel mit Kondomen heraus.

Wir kauften neun, nur um sicherzugehen.

»Die haben auch Rasierwasser«, sagte Mark, »Falls es dir ausgeht.«

Nachdem es mir bereits gelungen war, eine der Rasierwasserflaschen im Hotel in Peking wegzuwerfen, versteckte ich im Zug nach Nanking eine weitere unter meinem Sitz.

»Weißt du eigentlich, was du da tust?« sagte Mark, als er mich dabei erwischte. Ich hatte geglaubt, er schlafe.

»Ja. Ich versuche, diese blöden Dinger loszuwerden. Hätte ich das Zeug bloß nie gekauft.«

»Nein, es steckt mehr dahinter. Ein Tier, das in einem neuen Territorium herumstreunt, einem, mit dem es nicht vertraut ist, markiert seinen Weg mit Düften, um es für sich zu beanspruchen. Erinnerst du dich an die ringelschwänzigen Lemuren auf Madagaskar? Die haben Duftdrüsen an den Handgelenken. Sie reiben ihre Schwänze zwischen den Handgelenken und schwenken die Schwänze dann durch die Luft, um den Duft zu verteilen und das Territorium so für besetzt zu erklären. Deswegen pinkeln Hunde auch an Laternenpfähle. Du tust nichts weiter, als deinen Weg durch China mit Duftmarkierungen zu versehen. Alte Gewohnheiten sind schwer totzukriegen.«

»Weiß einer von euch zufällig«, fragte Chris, der seit ungefähr einer Stunde, schläfrig gegen das Fenster gelümmelt, dagelegen hatte, »wie Nanjing auf chinesisch ungefähr aussieht? Ich frag bloß, damit wir's wissen, wenn wir da sind.«

·

In Nanking konnten wir zum erstenmal einen Blick auf den Fluß werfen. Obwohl Shanghai als Tor zum Yangtse gilt, liegt es in Wirklichkeit nicht am Yangtse selbst, sondern an einem damit verbundenen Fluß namens Huangpu. Nanking liegt direkt am Yangtse.

Es ist eine finstere Stadt, oder zumindest kam sie uns so vor. Das Gefühl, in die Fremde verschlagen zu sein, bekam uns fester in den Griff. Die Menschen hier, die wir restlos undurchschaubar fanden, starrten uns entweder an oder ignorierten uns. Ich mußte an ein Gespräch denken, das ich auf dem Flug nach Peking mit einem Franzosen geführt hatte.

»Es ist schwierig, mit den chinesischen Menschen ins Gespräch zu kommen«, hatte er gesagt. »Was einerseits an der Sprache liegt, sofern man nicht chinesisch spricht, aber auch daran, daß sie wirklich sehr, sehr viel hinter sich haben. Deswegen halten sie es für sicherer, einen zu ignorieren. Man zahlt ihnen dasselbe, ob sie nun mit einem reden oder nicht, also . . . pfffft. Kann schon sein, daß sie vielleicht ein bißchen mehr reden, wenn man sie besser kennt, aber... pfffft.«

Das Gefühl, entwurzelt zu sein, wurde durch das Jing Ling, ein im Stadtzentrum befindliches, größeres Hochhaushotel im westlichen Stil, verstärkt. Es war ein unpersönlich riesiges, konferenztaugliches, Drehtür-und-Atrium-beherrschtes, modernes Hotel von der Sorte, die ich grundsätzlich von ganzem Herzen hasse, aber plötzlich erschien es uns wie eine Oase.

Wie Ratten aus einem sinkenden Schiff machten wir uns schnurstracks auf den Weg zur Bar im obersten Stockwerk und verschanzten uns hinter einer Schar von Gin-Tonic-Gläsern. Nachdem wir etwa zwanzig Minuten in dieser unerwartet vertrauten Umgebung verbracht hatten, stellten wir beim Betrachten der riesigen, fremden, düsteren Stadt durch die Panoramafenster fest, daß wir alle uns wie Astronauten in einem monströsen Lebenserhaltungssystem fühlten, die auf das feindliche und unfruchtbare Terrain eines unbekannten Planeten hinabsahen.

Wir alle wurden plötzlich von dem Wunsch gepackt, nicht mehr nach da draußen gehen, uns nicht mehr anstarren, ignorieren und anspucken oder Fahrräder in unsere Privatsphäre eindringen lassen zu müssen. Unglücklicherweise waren im Jing Ling keine Zimmer frei, und so wurden wir in die Nacht hinausgeworfen, um in einem wirklich finsteren, verfallenen Hotel am Stadtrand unterzukommen, wo wir mal wieder dasaßen und über die Delphine und darüber nachdachten, wie wir unsere Aufnahmen machen sollten.

An einem grauen, nieselregnerischen Tag standen wir am Ufer des Yangtse und blickten auf das große, vorbeiströmende Meer aus Schlick, das sich träge aus Chinas Innerstem ergießt. Der einzige Farbklecks in der finsteren, von dunkelbraun zu grau übergehenden Landschaft, vor der die langen, schwarzen, rauchspeienden Silhouetten der dieselgetriebenen Dschunken den Fluß hinaufstampften und -brummten, war ein kleines zugeknotetes rosa Kondom, das schlaff am Ende eines an Chris' Bandgerät befestigten Kabels baumelte. Das gedämpft an unsere Ohren dringende Vorbeizischen unsichtbarer Fahrradmassen klang wie Hufgetrappel in der Ferne. Von hier aus betrachtet, erschien uns unsere Verwirrung in Shanghai wie eine verschwommene, angenehme Erinnerung an zu Hause.

Da der Fluß am Ufer für unser Klangexperiment nicht tief genug war, stapften wir durch den stärker werdenden Regen auf die Docks zu, um nach einer tieferen Stelle zu suchen.

Wir erwiderten die gelegentlichen, hartnäckigen Rufe von Fahrradrikschas mit einem Kopfschütteln, schon viel zu tief in unsere düstere Stimmung versunken, um eine Erleichterung überhaupt noch in Betracht ziehen zu können.

Wir fanden eine vorübergehend verlassene, am knarrenden Dock herumlungernde Passagierfähre und stapften mühsam über die Gangway. Die Fähren sind große, klotzige Fünfdecker-Keile, die sich tagtäglich – jeweils mit mindestens tausend eingeklemmten, Richard-Clayderman-beschallten Passagieren an Bord – wie monströse, fleckige Zitronentortenstücke den Yangtse rauf- und runterquälen. Durch eine Reihe von Schotten gelangten wir auf ein über dem Wasser liegendes Deck, von dem aus Chris einige hoffnungslose Versuche unternahm, das kleine rosa Ding mit dem Knopfmikrofon in die trüben Fluten zu schlenkern. Zunächst kam es, vom Winde verweht, überhaupt nicht bis nach unten und trieb dann, als es endlich ins Wasser fiel, dreist auf der Oberfläche.

Unter uns war ein weiteres Deck, das jedoch, wie sich herausstellte, nicht ganz leicht zu finden war – das Innenleben des Bootes leitete uns ununterbrochen mit verriegelten Türen um. Am Ende entkamen wir dem Irrgarten und betraten erneut ein über dem Wasser gelegenes Deck, diesmal einige Meter tiefer.

Das Mikrofon weigerte sich weiterhin beharrlich, in den dickflüssigen, braunen Fluten zu versinken, bis wir es mit meinem Hotelzimmerschlüssel aus Peking beschwerten, den ich versehentlich mitgenommen hatte. Das Mikro machte sich, in sein Kondom gehüllt, auf den Weg in die Tiefe, und Chris begann mit der Aufnahme.

Ein Boot nach dem anderen kroch donnernd an uns vorbei über den Fluß. Es waren größtenteils sechs bis zehn Meter lange, rußgeschwärzte Dschunken, deren kleine Besatzungen uns manchmal mit verwirrter Neugier und manchmal überhaupt nicht ansahen. Am Heck jeder Dschunke rüttelte und brüllte ein betagter Dieselmotor, der schwarze Wolken in die Luft stieß und die Schraube im Wasser antrieb.

Nachdem wir einige Minuten auf Deck verbracht hatten, tauchte plötzlich ein Mitglied der Fährenbesatzung auf und zeigte sich überrascht, uns dort anzutreffen. Wir verstanden natürlich kein Mandarin, aber die Frage »Was, zum Teufel, macht ihr denn da?« hat in jeder Sprache einen vertrauten Klang.

Allein die Vorstellung, einen Erklärungsversuch für unser Verhalten zu unternehmen, gab uns den Rest. Wir einigten uns darauf, ihm mit Hilfe von eindeutigen mimischen Bemühungen und symptomatischem Gelächter klarzumachen, daß wir völlig irre wären. Es klappte. Er schluckte es, hing aber trotzdem weiterhin im Hintergrund herum, um uns im Auge zu behalten. Schließlich zerrte Chris unsere Vorrichtung aus dem Wasser nach oben, trocknete sie ab und zeigte sie ihm. Als der Matrose erkannte, daß es ein Kondom war, das wir im Wasser hatten herumbaumeln lassen, schien ihm ein Licht aufzugehen.

»Ah!« sagte er. »Ficky ficky!« Er grinste glückselig und

Der Mauritiussittich – höchstwahrscheinlich der seltenste Vogel der Welt.

Eine rosa Taube im Zuchtzentrum.
Viele der freigelassenen Tiere wurden von kleinen Jungen mit Steinschleudern erlegt oder für Schmortöpfe geschossen.

Ein Mauritiusfalke im Begriff, einige Mäuse zu gefährden.

Ein Zuckerrohrfeld.
Schlecht für die Zähne, schlecht für die Umwelt auf Mauritius.

Douglas beim Versuch, einen Busch von innen abzulichten.

Die Wälder von Mauritius, einst Heimat des ausgestorbenen Dodo, sind heute selbst vom Aussterben bedroht.

Round Island: Ein mütterlicher Blick auf ein Tropikvogel-Baby.

Felsformationen auf Round Island.

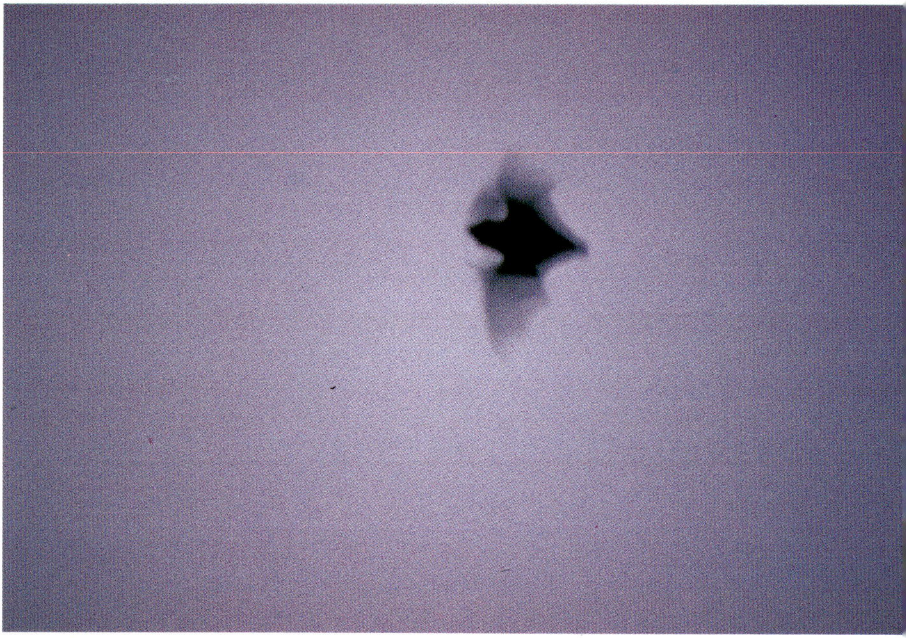

Ein Mitglied eines Rodrigues-Flederhund-Schwarms macht sich in der Dämmerung auf, um nach Früchten zu suchen.

Rodrigues-Flederhunde im Zuchtzentrum auf Mauritius.

Wendy Strahm beim Besuch der einzigartigen Wildkaffee-Pflanze in deren Gefangenenlager.

Mark und ein kleines Tölpel-Küken.

Dicht vor der Küste von Rodrigues liegt die Isle de Coco, eine kurze schmale Insel, die auf dem azurblauen Meer thront wie ein grüner Punk-Irokesenschnitt. Zu den fliegenden Bewohnern dieser Insel gehört die Feenseeschwalbe, einer der Vorzeigevögel der Natur. Sie ist ein herausragend schönes, strahlend weißes Flugobjekt und legt ein einzelnes, perfektes Ei. Sie baut kein Nest, sondern plaziert dieses Ei elegant auf einem Ast ... was dem Küken nach dem Ausschlüpfen ernsthafte Balance-Probleme beschert.

stieß sich den rechten Zeigefinger ein paarmal in die geballte linke Hand. »Ficky ficky!«

»Ja«, stimmten wir ihm zu. »Ficky ficky.«

Hocherfreut über diese endgültige Klärung, marschierte er davon und ließ uns mit der Aufnahme allein, die wir uns abwechselnd über Kopfhörer anhörten.

Was wir hörten, waren nicht genau die Geräusche, die wir erwartet hatten. Da sich Wasser bestens zur Ausbreitung von Schallwellen eignet, hatte ich damit gerechnet, den schweren, hämmernden Widerhall der Boote deutlich zu hören, die an uns vorbeigestampft waren. Aber weil das Wasser den Schall so gut überträgt, hörten wir mehr, das heißt alles, was in der Umgebung von vielen, vielen Meilen im Yangtse passierte. Es war ein grandioses, kakaphonisches Durcheinander.

Was wir statt des Dröhnens jeder einzelnen Schiffsschraube hörten, war ein unaufhörliches, gellendes Schmettern, in dem man nichts, überhaupt nichts auseinanderhalten konnte.

Zum Glück existierte Professor Zhou wirklich. Und er existierte nicht nur, sondern war, als Mark ihn an der Universität von Nanking besuchen ging (ich war an dem Tag krank), sogar anwesend und erklärte sich bereit, vorbeizukommen und mit uns im Jing-Ling-Hotel zu Abend zu essen (bis dahin ging es mir wieder besser, weil das Restaurant ziemlich gut war.)

Er war ein kultivierter, freundlicher, ungefähr sechzigjähriger Mann. Er wies uns gnädig in die ungewohnte Speisekarte ein und machte uns mit einer örtlichen Spezialität bekannt, der sogenannten Nanking-Ente. Was, wie sich herausstellte, einer Peking-Ente annähernd entsprach (beziehungsweise »Beijing-Ente«, wie man heute sagt – oder, um absolut genau zu sein, Szechwan-Ente, was genau das ist, was wir jahrelang unter dem Namen »Peking-Ente« gegessen haben. Man hatte uns in Peking eine wunderbare Szechwan-Ente aufgetischt, weil man in Peking Szechwan-Ente ißt. »Peking-Ente« ist etwas anderes und wird in zwei Gängen aufgetragen, von denen man den zweiten normalerweise vernachlässigen kann.) Um das Ganze zu beenden: Wie sich zeigte, hatte die Nanking-Ente sehr viel Ähnlichkeit mit einer Peking-Ente, abgesehen davon, daß das ganze Ding durch das Auftragen einer festen, zentimeterdicken Salzschicht ungenießbar wird. Professor Zhou gab zu, daß die Ente auf diese Art und Weise nicht annähernd so angenehm schmecke, aber so werde sie in Nanking nun mal zubereitet.

Professor Zhou hieß uns in China willkommen, zeigte sich überrascht und erfreut, daß wir einen so weiten Weg auf uns genommen hatten, um uns die Delphine anzusehen, sagte, er werde alles in seinen Kräften Stehende tun, um uns zu helfen, glaube aber nicht, daß es uns etwas nützen werde. In China sei alles ein bißchen schwierig, vertraute er uns an. Er versprach zu versuchen, die Leute vom Delphin-Projekt anzurufen und ihnen unsere Ankunft anzukündigen, hielt das aber nicht für besonders aussichtsreich, weil er sie, unabhängig von unserem Besuch, schon seit Wochen zu erreichen versuchte.

Er sagte, ja, wir hätten recht. Der Lärm im Yangtse sei ein ernstzunehmendes Problem für die Delphine und beeinträchtige ihre Echopeilung erheblich. Die Delphine hätten es sich angewöhnt, beim Klang eines Bootes weit zu tauchen, unter Wasser die Richtung zu wechseln, unter dem Boot hindurchzuschwimmen und hinter ihm wieder an die Oberfläche zu kommen. Wenn sie jetzt unter dem Boot seien, gerieten sie durcheinander und tauchten zu früh wieder auf, genau unter den Schiffsschrauben.

All diese Veränderungen seien sehr plötzlich eingetreten,

sagte er. Der Yangtse sei für Millionen Jahre unverschmutzt geblieben, die Wasserqualität habe sich jedoch in den letzten paar Jahren dramatisch verschlechtert, und den Delphinen sei keine Zeit geblieben, sich umzugewöhnen.

Daß es die Delphine überhaupt gab, war erst seit relativ kurzer Zeit bekannt. Die Fischer hatten schon immer von ihnen gewußt, aber Fischer unterhielten sich nicht oft mit Zoologen, und in der chinesischen Geschichte habe es außerdem eine schmerzliche Phase gegeben, in der niemand mit irgendwelchen Wissenschaftlern gesprochen, sondern sie bloß wegen des Tragens von Brillen ständig bei der Partei denunziert hatte.

Der erste Delphin wurde 1914 entdeckt, nicht im Yangtse, sondern im Dongting-See, als ein zu Besuch in China weilender Amerikaner ihn tötete und mit zurück ans Smithsonian Institut nahm. Unbestreitbar hatte man es mit einer neuen Flußdelphinart zu tun, aber darüber hinaus interessierte sich niemand sonderlich für die Tiere.

Als Professor Zhou dann in den späten fünfziger Jahren von einer Feldforschungsreise, auf der er Vögel studiert hatte, zurückkehrte, erwartete ihn ein nicht klassifiziertes Skelett. Es handelte sich um die gleiche Delphinspezies, nur daß dieses Exemplar nicht im Dongting-See entdeckt worden war, wo die Art nicht mehr existierte, sondern im Yangtse.

Er befragte einige der ortsansässigen Fischer, die sagten, sie würden ab und zu einen Delphin sehen. Und daß sie die versehentlich gefangenen als Futter verkauften. Diejenigen, die sich in den Angelleinen verfingen, mußten lange leiden, denn die Leinen, die die Fischer an den Ufern des Yangtse traditionell verwenden, sind mit Hunderten von langen, blanken Haken gespickt.

Im Umkreis von Nanking wurden eine Reihe von Untersuchungen durchgeführt, aber für einige Zeit beendete dann die Kulturrevolution all diese Aktivitäten. Die Forschungen wurden in den siebziger Jahren wieder aufgenommen, blieben aber wegen der enormen Kommunikationsprobleme in China örtlich begrenzt, so daß niemand wirklich genau sagen konnte, wie selten das Tier tatsächlich war oder in was für einer mißlichen Lage es sich befand.

Das änderte sich 1984.

Einige Bauern fanden ein Stück stromaufwärts von Tonking einen gestrandeten Baiji im seichten Wasser. Sie meldeten den Fund der Landwirtschaftlichen Kommission der Kommunalregierung von Tongling, wo man sich der Sache annahm und jemanden losschickte, sich den Fisch anzusehen.

Das förderte unverzüglich eine ganze Menge Dinge zutage.

Alle möglichen Leute tauchten plötzlich auf und sagten, sie hätten auch einen Delphin gesehen, der von einem Boot gerammt, in einem Netz gefangen oder irgendwo als blutiges Schlamassel angeschwemmt worden sei.

Das Gesamtbild, das sich aus all diesen Einzelinformationen ergab, war alarmierend. Sehr schnell wurde erschreckend deutlich, daß dieser Delphin nicht nur selten, sondern akut vom Aussterben bedroht war.

Professor Zhou wurde aus Nanking hinzugezogen, um die weiteren Schritte festzulegen. An dieser Stelle nimmt die Geschichte eine ungewöhnliche und dramatische Wendung, denn nachdem er die weiteren Schritte festgelegt hatte ... folgten die Einwohner von Tongling seinen Anweisungen.

Innerhalb von Monaten wurde ein gewaltiges Projekt mit dem Ziel in Angriff genommen, im Yangtse ein Schutzgebiet für die Delphine einzurichten, das heute, fünf Jahre später, nahezu fertig ist.

»Das sollten Sie sich ansehen«, sagte Professor Zhou. »Es ist sehr gut. Ich werde alles tun, um Ihr Kommen dort telefonisch anzukündigen, also können Sie ruhig... wie sagt man?«

Ich sagte, »ruhig« klinge in meinen Ohren prima. Gegen Ruhe hatte ich absolut nichts einzuwenden.

»Gewiß? Bestimmt? Ah ... sicher. Sie können daher ruhig sicher sein, daß man sie nicht erwarten wird. Also werde ich Ihnen auch noch einen Brief mitgeben.«

Aus mehreren Gründen, die damit zusammenhingen, daß wir einen Umweg machten, um uns eine Alligatorfarm anzusehen, von der wir dann von der Polizei weggejagt wurden, weil wir nicht die erforderlichen Alligator-Passierscheine hatten, nahmen wir letztendlich ein Taxi nach Tongling, eine Strecke von höchstens hundertzwanzig Meilen. Was das Taxi betraf, hatten wir eine besondere Vereinbarung getroffen. Teil dieser Vereinbarung war, daß wir keinen besonders guten Fahrer hatten und das Taxi auch nicht besser war; wir erreichten Tongling in eher angespannter Verfassung.

Ausländer dürfen in China nicht Auto fahren, und die Gründe liegen auf der Hand. Die Chinesen fahren oder radeln nach Gesetzen, die für einen nichteingeweihten Betrachter einfach undurchschaubar sind, wobei ich nicht nur an die Gesetze der Straßenverkehrsordnung denke, sondern auch an die Gesetze der Physik. Gegen Ende unseres Aufenthaltes in China hatte ich mich damit abgefunden, daß der eigene Chauffeur, wenn er hinter einem anderen Wagen oder Laster auf einer zweispurigen Straße fährt und ihm zwei andere Fahrzeuge entgegenkommen, von denen eins gerade das andere überholt, unverzüglich ebenfalls ausschert und zum Überholen ansetzt. Wundersamerweise geht es letztlich immer gut.

Nicht gewöhnen konnte ich mich allerdings an folgende Situation: Das Fahrzeug vor einem überholt das Fahrzeug davor, und der eigene Chauffeur schert aus und *überholt das überholende Fahrzeug* genau in dem Moment, da einem drei andere Fahrzeuge entgegenkommen, die das gleiche Manöver veranstalten. Man darf wohl davon ausgehen, daß Sir Isaac Newton schon vor langer Zeit als bourgeoiser, kapitalistischer Speichellecker enttarnt worden ist.

In Tongling angekommen, übermannte uns wiederum eine wehmütige Sehnsucht nach der fröhlichen, vertrauten Behaglichkeit von Nanking.

Um die Empfangsbroschüre für Touristen zu zitieren, die ich in meinem kahlen Hotelzimmer vorfand: »Als aufstrebende industrielle Bergbaustadt hat Tongling bereits die Gründung etlicher Nichteisenmetall-Hütten, Chemie-, Textil-, Baumaterial-, Elektronik- und Maschinenbau-Industrien sowie eisen-, stahl- und kohleverarbeitender Betriebe erlebt; besonders die nichtmetallischen, verhütteten Baustoffe und die chemische Industrie tragen bei unverändert besten Entwicklungsaussichten dazu bei, Tongling zum Hauptproduktionszentrum der Region zu machen.«

Tongling war nicht schön. Es war ein öder, grauer, abweisender Ort, und ich faßte unverzüglich den Plan, hier eine territoriale Rasierwassermarkierung abzuschlagen.

Ich nahm die Broschüre mit und traf mich im ebenfalls kahlen Restaurant des Hotels mit Mark und Chris. Wir waren Vorschlägen gegenüber, zumindest was das chinesische Essen betraf, bisher sehr aufgeschlossen und bereit, manchmal geradezu verwegen bereit gewesen, alles zu essen, was man uns vorsetzte. Vieles war köstlich gewesen, vieles weniger und einiges für einen westlichen Gaumen eher erschrekkend.

Das Hotelessen in Tongling fiel eindeutig in die erschrekkende Kategorie, auch und vor allem die Tausendjährigen Eier. Die Bezeichnung ist natürlich nicht wörtlich zu verstehen, sondern bloß als eine Art Hinweis darauf, wie erschreckend sie sind.

Die Eier werden in grünem Tee angekocht und dann drei Monate lang in einer Packung aus Schlamm und Stroh begraben. In dieser Zeit wird das Eiweiß hellgrün und fest, und das Eigelb wird sehr, sehr dunkelgrün und matschig. Erschreckend ist daran, daß man sie anschließend als Delikatesse vorgesetzt bekommt, während man, wenn man so was zu Hause in der Speisekammer fände, erst mal ein paar Fachleute zu Rate ziehen würde. Wir kämpften ein bißchen mit dem Gericht, gaben es schließlich auf und sahen die Broschüre noch einmal durch, in der ich einen weiteren Abschnitt entdeckte: »Bereits beschlossen wurde die Schaffung eines Wasserschutzgebietes im Yangtse-Fluß, um den *Lipotes vexillifer*, eine äußerst seltene Säugetiergattung zu schützen, die heute als ›Panda des Wassers‹ angesehen wird.«

»Hast du dir mal das Bier angesehen, das du da trinkst?« fragte mich Mark.

Ich betrachtete die Flasche. Es hieß »Baiji-Bier«. Auf dem Etikett war ein Delphinbild, und auf dem Deckel stand sein lateinischer Name, *Lipotes vexillifer*.

»Als wir heute nachmittag in die Stadt gefahren sind, ist mir noch ein anderes Hotel aufgefallen«, sagte Chris. »Ich hab gedacht, das ist ja ein ziemlich komischer Zufall, es heißt Baiji-Hotel. Sah einen Hauch besser aus als diese Bruchbude.«

Aber auch wenn wir nicht im richtigen Hotel waren, so doch jedenfalls am richtigen Ort.

Ein weiterer Tag verging, bevor wir mit Hilfe von Professor Zhous Schreiben einen englischsprechenden Führer und ein kleines Boot auftreiben konnten, um endlich zu tun, weshalb wir gekommen waren: auf den Yangtse hinausfahren und selbst nach Baiji-Delphinen suchen.

Bis zu diesem Zeitpunkt lagen wir bereits zwei oder drei Tage hinter unserer ursprünglichen Planung zurück und mußten am nächsten Morgen mit einer Fähre nach Wuhan aufbrechen. Uns blieben folglich nur ein paar Stunden Zeit, nach einem der seltensten im Wasser lebenden Säugetiere der Welt zu suchen, und zwar in einem Fluß, in dem man kaum die Hand vor Augen sehen konnte.

Unser kleines Boot tuckerte von einem kleinen, überlaufenen Kai hinaus zu einer breiten Stelle des dreckig-braunen Flusses. Wir fragten Mr. Ho, unseren Führer, wie er unsere Erfolgsaussichten einschätze.

Er zuckte die Achseln.

»Na ja, es leben nur zweihundert Baijis auf diesen zweitausend Kilometern. Und der Yangtsee ist sehr breit. Nicht gut, glaube ich.«

Wir tuckerten für einige Zeit dahin und fuhren am gegenüberliegenden Ufer entlang langsam zwei Kilometer flußaufwärts. Dort war das Wasser seichter, und es herrschte kein so starker Bootsverkehr. Aus genau diesem Grund halten sich auch die Delphine bevorzugt in Ufernähe auf, womit ihre Chancen steigen, sich in den Fischernetzen zu verfangen, die, wie wir im Vorbeifahren sahen, von am Ufer stehenden Bambusspanten ins Wasser hingen. Die Fischbestände im Yangtse nehmen ab, und bei all dem Krach fällt es den Delphinen immer schwerer, die verbliebenen Fische zu »sehen«. Ich konnte mir gut vorstellen, daß sich ein Delphin von einem Netz voller Fische in Lebensgefahr locken ließ.

Wir erreichten eine vergleichsweise ruhige Stelle in Ufernähe, und der Bootsführer schaltete den Motor aus.

Mr. Ho erklärte uns, dies sei eine gute Stelle zum Warten. Vielleicht. Hier waren vor kurzem Delphine gesehen worden. Er sagte, das könne vorteilhaft sein oder auch nicht. Entweder seien sie hier, weil sie vor kurzem hiergewesen seien, oder sie seien nicht hier, weil sie vor kurzem hiergewesen seien. Damit schienen alle Möglichkeiten erschöpft, also setzten wir uns und warteten.

Die ungeheure Ausdehnung des Yangtse wird einem besonders bewußt, wenn man ihn sorgfältig zu beobachten versucht. Welchen Abschnitt? Wo? Eine leichte Brise wehte, kräuselte die Oberfläche, und nachdem wir den Fluß bloß ein paar Minuten lang betrachtet hatten, begannen unsere Augen zu flattern. Jeder flüchtige schwarze Schatten einer tanzenden Welle sieht im Nu aus wie das, was man sehen möchte, und ich hatte nicht mal ein vernünftiges Bild dessen vor meinem geistigen Auge, wonach ich eigentlich Ausschau halten sollte.

»Weißt du, wie lange sie an der Oberfläche bleiben?« fragte ich Mark.

»Ja . . .«

»Und?«

»Sieht nicht gut aus. Der Delphin durchstößt die Oberfläche zuerst beim Blasen, mit der ›Fettlinse‹ seiner Stirn, dann kommt seine kleine Rückenflosse hoch, und dann taucht er wieder weg.«

»Und wie lange dauert das?«

»Nicht mal eine Sekunde.«

»Oh.« Das mußte ich erst mal verdauen. »Dann werden wir wohl kaum einen zu sehen kriegen, stimmt's?«

Mark wirkte deprimiert. Seufzend öffnete er eine Dose Baiji-Bier und nahm einen kräftigen, eher komplizierten Schluck, um die Augen nicht vom Wasser wenden zu müssen.

»Na, vielleicht sehen wir ja wenigstens einen finnenlosen Schweinswal«, sagte er.

»Die sind nicht so selten wie die Delphine, oder?«

»Na ja, sie sind im Yangtse nicht ernsthaft bedroht. Man schätzt, daß es noch ungefähr vierhundert gibt. Sie haben hier die gleichen Probleme, nur kommen sie auch in den chinesischen Küstengewässern und weiter westlich vor, bis rüber nach Pakistan, sind also als Art nicht so akut gefährdet. Sie sehen wesentlich besser als der Baiji, deswegen kann man davon ausgehen, daß sie noch nicht solange existieren. Da! Da ist einer! Ein finnenloser Schweinswal!«

Ich kam gerade noch rechtzeitig, um einen schwarzen Umriß ins Wasser zurückfallen und verschwinden zu sehen. Er war weg.

»Finnenloser Schweinswal!« rief Mr. Ho uns zu. »Haben Sie gesehen?«

»Ja, haben wir, danke!« sagte Mark.

»Woher wußtest du, daß es ein finnenloser Schweinswal war?« fragte ich ziemlich beeindruckt.

»Aus zwei Gründen, wenn man's genaunimmt. Zum einen konnten wir ihn richtig erkennen. Er ist hoch aus dem Wasser aufgestiegen. Finnenlose Schweinswale tun so was. Baijis tun es nicht.«

»Du meinst, wenn man ihn richtig erkennt, muß es ein finnenloser Schweinswal sein.«

»So ungefähr.«

»Und was ist der andere Grund?«

»Na, er hatte keine Finne.«

Eine Stunde verstrich. Ein paar hundert Meter von uns entfernt brummten große Frachtschiffe und Barkassen den Fluß hinauf. Ein Ölfleck trieb an uns vorbei. Hinter uns flatterten die Fischernetze im Wind. Ich dachte, daß der Begriff »gefährdete Art« zu einer Phrase geworden war, die keine lebendige Bedeutung mehr hatte. Man hört es einfach zu oft, um noch unbelastet darauf reagieren zu können.

Als ich dem Wind beim Kräuseln der galligen Yangtse-Oberfläche zusah, wurde mir mit schmerzhafter Deutlichkeit bewußt, daß irgendwo unter mir oder um mich herum intelligente Lebewesen, deren Wahrnehmungswelt wir uns nicht einmal andeutungsweise vorstellen können, in einer gärenden, vergifteten, betäubenden Welt lebten und daß sie ihr Leben höchstwahrscheinlich in ständiger Verwirrung, ständigem Hunger, ständigem Schmerz und ständiger Furcht verbrachten.

Wir erlebten keinen Delphin in freier Wildbahn. Wir wußten, daß wir uns zumindest einen würden ansehen können, denjenigen, der als einziger seiner Art im Hydrobiologischen Institut in Wuhan in Gefangenschaft gehalten wird, waren aber trotzdem deprimiert und enttäuscht, als wir am frühen Abend in unser Hotel zurückkehrten.

Dort stellten wir umgehend fest, daß es Professor Zhou schließlich doch gelungen war, jemanden wegen unserer Ankunft zu alarmieren, und wurden zu unserer Überraschung von einer ungefähr zwölfköpfigen Delegation des Tongling Baiji Conservation Committee der Kommunalverwaltung von Tongling begrüßt.

Leicht verdattert wegen dieses unerwarteten, offiziellen Interesses, wo wir uns gerade darauf eingestellt hatten, uns gemütlich in ein Bier zu vertiefen, wurden wir in einen großen Sitzungssaal des Hotels geführt und zu einem großen Tisch geleitet. Etwas besorgt, nahmen wir neben einem extra zu diesem Anlaß herbeigeschafften Dolmetscher an der einen Tischseite Platz, während sich die Mitglieder des Komitees auf der anderen Seite formierten.

Für einen Augenblick saßen sie still da, alle mit vor sich auf dem Tisch ordentlich aufeinandergelegten Händen, und sahen uns distanziert an. Kurzzeitig schwirrte mir die Halluzination im Kopf herum, wir würden gleich die Anklageschrift eines ideologischen Tribunals zu hören bekommen, aber dann ging mir auf, daß ihr distanziertes, förmliches Verhalten vermutlich nur bedeutete, daß sie uns gegenüber mindestens so gehemmt waren wie wir ihnen gegenüber.

Einige von ihnen hatten eine Art grauen Uniformrock an,

einer trug den alten, blauen maoistischen Waffenrock, die anderen waren zwangloser gekleidet. Ihr Alter reichte von etwa Mitte Zwanzig bis Mitte Sechzig.

»Das Komitee heißt Sie in Tonling willkommen«, begann der Dolmetscher, »und fühlt sich durch Ihren Besuch geehrt.« Er stellte sie der Reihe nach vor, woraufhin die Genannten uns jeweils mit einem leicht nervösen Lächeln zunickten. Einer war der stellvertretende Leiter des Projekts, ein anderer der leitende Schriftführer der Gesellschaft, ein anderer der stellvertretende leitende Schriftführer und so weiter.

Ich saß mit dem Gefühl da, daß wir mitten in einem gigantischen Mißverständnis steckten, und gab mir alle erdenkliche Mühe, intelligent auszusehen und mir nicht anmerken zu lassen, daß ich bloß ein Science-Fiction-Komödienschreiber auf Urlaub war.

Mark hingegen schien sich absolut wohl zu fühlen. Er erklärte kurz und bündig, wer wir waren, ließ dabei den Teil mit der Science-Fiction-Komödie aus, umriß Sinn und Gegenstand unseres Projekts, schilderte, weshalb wir uns für den Baiji interessierten, und stellte ihnen eine intelligente Eröffnungsfrage zum Bau des Schutzgebietes.

Meine Anspannung ließ nach. Natürlich, wurde mir klar, war es ein fester Bestandteil von Marks Art und Weise, seinen Lebensunterhalt zu verdienen, geistreich in ihm unbekannten Sprachen mit großen Komitees über Schutzprojekte zu sprechen.

Sie erkärten uns, das Delphin-Schutzgebiet sei ein sogenanntes »halbnatürliches Schutzgebiet«. Das angestrebte Ziel sei, die Tiere in einem eingegrenzten Bereich zu halten, ohne sie aus ihrer natürlichen Umgebung zu entfernen.

Ein Stück flußaufwärts von Tongling, gegenüber der Stadt Datong, befindet sich eine ellenbogenförmige Flußbiegung. In der Beuge dieses Ellenbogens liegen zwei dreieckige Inseln, zwischen denen sich ein Kanal gebildet hat. Der Kanal ist ungefähr eineinhalb Kilomter lang, fünf Meter tief und zwischen vierzig und zweihundert Meter breit, und genau dieser Kanal wird das halbnatürliche Schutzgebiet der Delphine sein.

An beiden Enden des Kanals werden zur Zeit Zäune aus Bambus und Metall errichtet, durch die das Wasser des Hauptflusses ununterbrochen strömen kann. Um das zu bewerkstelligen, müssen gewaltige Umbauarbeiten vorgenommen werden. Auf einer der beiden Inseln werden eine große Tierklinik und Auffangbecken zum Halten verletzter oder frisch gefangener Delphine errichtet. Auf der anderen entsteht eine Fischfarm, um ihnen Nahrung zu bieten.

Es ist ein enorm umfangreiches Projekt.

Es ist sehr, sehr kostspielig, sagte das Komitee feierlich, und dabei könne man nicht einmal sicher sein, daß es funktionieren werde. Trotzdem müßten sie es versuchen. Der Baiji, erklärten sie uns, bedeute ihnen sehr viel, und es sei ihre Pflicht, ihn zu schützen.

Mark fragte sie, wie in aller Welt sie das Geld dafür aufgetrieben hätten. Alles sei in so unglaublich kurzer Zeit in die Tat umgesetzt worden.

Ja, sagten sie, wir mußten sehr, sehr schnell arbeiten.

Sie hatten das Geld aus vielen Quellen bekommen. Ein beträchtlicher Anteil stammte von der Zentralregierung, und die Kommunalregierung hatte sogar noch etwas mehr beigesteuert. Außerdem waren große Summen von den Menschen und von Firmen aus der Gegend gespendet worden.

Darüber hinaus, sagten sie etwas zögernd, hätten sie begonnen, sich mit Öffentlichkeitsarbeit zu beschäftigen, und würden es sehr begrüßen, wenn wir uns dazu äußerten. Chinesen verstünden wenig von solchen Dingen, während wir, als Leute aus dem Westen, doch gewiß Experten wären.

Zuerst, sagten sie, hatten sie die örtliche Brauerei überredet, den Baiji als ihr Markenzeichen zu verwenden. Ob wir Baiji-Bier probiert hätten? Es sei ein gutes Bier und heute in ganz China sehr beliebt. Danach waren andere gefolgt. Das Komitee hatte begonnen . . .

An dieser Stelle stießen wir auf ein geringfügiges Vokabelproblem, und erst nach einer kurzen Diskussion mit dem Dolmetscher kam die richtige Formulierung schließlich zum Vorschein.

Sie hatten begonnen, Lizenzvereinbarungen zu treffen. Ortsansässige Firmen mußten Geld in das Projekt investieren und durften im Gegenzug das Baiji-Symbol verwenden, das dadurch seinerseits wieder für eine gute Publicity für den Baiji-Delphin sorgte.

Und so gab es mittlerweile nicht nur Baiji-Bier, sondern auch ein Baiji-Hotel, Baiji-Schuhe, Baiji-Cola, Baiji-computergesteuerte-Waagen, Baiji-Toilettenpapier, Baiji-Phosphordüngemittel und Baiji-Bentonit.

Bentonit kannte ich nicht, also fragte ich, was das sei.

Sie erläuterten, Bentonit sei ein Bergbauprodukt, das man zur Herstellung von Zahnpasta, beim Eisen- und Stahlgießen sowie als Zusatz für Schweinefutter verwende. Baiji-Bentonit sei ein sehr erfolgreiches Produkt. Ob wir, als Experten, ihre Öffentlichkeitsarbeit für gut hielten?

Wir sagten, sie sei ganz wunderbar, und gratulierten ihnen.

Es freue sie sehr, sagten sie, das von westlichen Experten zu hören.

Wir waren wegen dieser Lobpreisungen mehr als nur ein bißchen beschämt. Es war kaum vorstellbar, daß man irgendwo in der westlichen Welt imstande wäre, mit einer solch sagenhaften Geschwindigkeit, Phantasie und gemeinschaftlichen Entschlossenheit auf ein derartiges Problem zu reagieren. Obwohl uns das Komitee mitgeteilt hatte, man hoffe, nachdem Tongling vor kurzem zum erstenmal für Besucher geöffnet worden sei, daß die Delphine und das halb-natürliche Schutzgebiet der Gegend Touristen und Touristikeinnahmen brächten, lag auf der Hand, daß diese Einnahmen nicht der ausschlaggebende Beweggrund gewesen waren.

Zum Schluß sagten sie: »Die in diesem Gebiet lebenden Menschen verdienen etwas daran – das ergibt sich von selbst –, aber wir haben weiterreichende Pläne, nämlich, den Delphin als Art zu schützen, ihn nicht in unserer Generation aussterben zu lassen. Es ist unsere Pflicht, ihn zu schützen. Da wir wissen, daß nur noch zweihundert Exemplare dieser Tierart existieren, könnte sie aussterben, falls wir keine Maßnahmen ergreifen, es zu verhindern, und sollte das geschehen, müßten wir uns vor unseren Nachfahren und späteren Generationen schuldig fühlen.«

Als wir das Zimmer verließen, waren wir, zum erstenmal in China, gehobener Stimmung. Es schien uns, als hätten wir – trotz der gestelzten und unbeholfenen Förmlichkeit des Treffens – zum ersten und einzigen Mal einen flüchtigen Einblick in die chinesische Denkweise erhalten. Sie begriffen es als ihre natürliche Pflicht, dieses Tier zu schützen, sowohl um seiner selbst willen als auch für zukünftige Generationen. Es war das erste Mal, daß wir über unsere eigenen Grundvoraussetzungen hinausblicken und ihre hatten einsehen können.

Wild entschlossen, sie zu genießen, bestellte ich an diesem Abend noch einmal Tausendjährige Eier.

Selten oder selten selten?

Richard Lewis ist ein Mann, der eine idiotensichere Methode entwickelt hat, zackige Antworten auf seine Fragen zu bekommen.

Er fährt seinen Landrover (na schön, eigentlich ist es nicht *sein* Landrover, sondern der Landrover von irgend jemandem, der waghalsig genug war, ihn ihm zu leihen) in einer Art und Weise, die man wirklich nur als schmissig bezeichnen kann, über die mit Sicherheit nicht zum schmissigen Fahren gedachten Straßen von Mauritius. Die Straßen sind meist eng und löchrig, und wenn sie asphaltiert sind, endet der Asphalt gern unvermittelt in einer zwanzig Zentimeter tiefen Stufe. Über diese Straßen fährt Richard mit einem gefährlich an Elan grenzenden Pep, und wenn er einem eine Frage stellt, dreht er sich um, sieht einen an und sieht nicht wieder auf die Straße, bis man geantwortet hat. Todesangst ist nicht gerade die ideale Gemütsverfassung, um intelligente Antworten zu schmieden, aber man muß es versuchen.

Wir waren gut mit »Wie war der Flug?« (»Prima!«) und »Wie war das Essen?« (»Prima!«) und »Merkt ihr was von der Zeitverschiebung?« (»Uns geht's *prima*!«) klargekommen, aber dann kamen wir auf das, was er ganz offensichtlich für den Knackpunkt hielt.

»Warum macht ihr den langen Weg nach Mauritius, nur um euch so'nen beschissenen alten Flederhund anzusehen?« Der Landrover lief bedrohlich aus dem Ruder.

Etwas, was man über Richard Lewis wissen muß, oder besser *das*, was man über Richard Lewis wissen muß, ist, daß er als Ornithologe arbeitet. Wenn man das weiß, ergibt sich alles andere mehr oder weniger von selbst.

»Das will mir einfach nicht in den Kopf«, protestierte er, halb im Sitz umgewandt, um uns seine Strafpredigt zu halten. »Ihr fahrt nach *Rodrigues*? Um nach einem *Flederhund* zu suchen? Der ist doch nicht mal besonders selten.«

»Also, das kommt darauf an«, protestierte Mark. »Für mauritische Verhältnisse mag er nicht besonders selten sein, aber er ist der seltenste Flederhund der ...«

»Herrgott noch mal, warum bleibt ihr denn nicht hier auf Mauritius?«

»Na ...«

»Was wißt ihr denn über Mauritius? Irgendwas?«

»Also«, sagte ich. »Ich weiß, daß ... äh, uns da ein Laster entgegenkommt ...«

»Das laßt mal meine Sorge sein. Um die Laster kümmere ich mich. Was wißt ihr über Mauritius?«

»Ich weiß, daß es ursprünglich von den Holländern kolonialisiert und nach deren Verschwinden von den Franzosen übernommen wurde, die es durch die napoleonischen Kriege an England verloren haben. Es ist also eine ehemalige britische Kolonie und Teil des Commonwealth. Die Einwohner sprechen französisch oder kreolisch. Es gelten größtenteils englische Gesetze, und man, äh, sollte eigentlich auf der linken Straßenseite fahren ...«

»Na schön, ihr habt euren Reiseführer gelesen. Aber wißt ihr was über die *Vögel* hier? Habt ihr nie was von der Rosa Taube gehört? Dem Mauritiussittich? Kennt ihr den Mauritiusfalken nicht?«

»Doch, aber ...«

»Warum fahrt ihr dann auf diese dämliche Insel Rodrigues, um nach einem lächerlichen Flederhund zu suchen?

Wir haben einen ganzen Haufen von denen hier bei uns im Zuchtzentrum, wenn ihr unbedingt einen sehen wollt. Nicht seltener als Dreck, die blöden Dinger. Ihr wärt wesentlich besser beraten, hierzubleiben und euch was *Richtiges* anzusehen. *Jesus*!«

Er hatte plötzlich aus Versehen einen kurzen Blick auf die Straße vor uns geworfen und mußte das Lenkrad heftig herumwerfen, um einem entgegenkommenden Laster auszuweichen.

»Ich sag euch was«, sagte er und drehte sich wieder um. »Wie lange bleibt ihr? Zwei Wochen?«

»Ja«, sagte Mark hastig.

»Und ihr habt vor, zwei Tage hier zu verbringen und dann nach Rodrigues zu fliegen, um dort – wie lange? – zehn Tage zu bleiben und nach dem seltensten Flederhund der Welt zu suchen?«

»Ja.«

»Na gut. Ich sag euch, was ihr statt dessen macht. Ihr bleibt zehn Tage hier und geht dann für zwei Tage nach Rodrigues. Gebongt?«

»Finden wir ihn denn in zwei Tagen?«

»Ja.«

»Woher willst du das wissen?«

»Weil ich euch haargenau sagen werde, wo man ihn findet. Kostet euch zehn Minuten. Macht eure paar Fotos und fliegt wieder nach Hause.«

»Oh.«

»Also bleibt ihr hier, stimmt's?«

»Äh . . .«

Wir schwankten unberechenbar weiter, mehr oder weniger in der Straßenmitte. Hektisch auf- und abblendend, wuchtete sich ein weiterer Laster in unser Blickfeld. Richard sah noch immer zu uns nach hinten.

»Einverstanden?« beharrte er. »Ihr bleibt hier?«

»Ja! Ja! Wir bleiben hier!«

»Prima. Gut. Das wollte ich aber auch meinen. Dann werdet ihr sogar Carl noch kennenlernen. Er ist genial, aber völlig irre. *Jesus*!«

Der geniale, aber völlig irre Carl Jones ist ein großer Waliser, Ende Dreißig, und gewisse Leute sagen ihm nach, es sei vor allem seiner geradezu abartigen Sturheit zu verdanken, daß die Umwelt auf Mauritius noch nicht restlos zerstört ist. Carl war derjenige gewesen, mit dem sich Mark wegen unserer Reisevorkehrungen in Verbindung gesetzt hatte, und uns war vom ersten Moment, da wir einen Fuß auf Mauritius setzten, sonnenklar, daß er eine Kämpfernatur sein mußte. Als wir dem Einreisebeamten am Flughafen erzählten, wir würden uns »an einem gewissen Black River bei einem gewissen Carl Jones aufhalten«, handelten wir uns damit ebenso unerwartetes wie entnervend hysterisches Gelächter und zudem noch freundliches Schulterklopfen ein.

Als Carl uns in Richards Haus besuchen kam, begrüßte er uns mit einem finsteren Blick, lehnte sich gegen den Türrahmen und brummte: »Ich hasse Medienleute.« Dann entdeckte er unser Tonbandgerät und grinste plötzlich schelmisch.

»Oh! Ist das an?« fragte er.

»Im Moment nicht.«

»Machen Sie es an, los, machen Sie es an.«

Wir schalteten es ein.

»Ehrlich, ich *hasse* Medienleute!« brüllte er dem Apparat entgegen. »Haben Sie das? Meinen Sie, das kommt so richtig raus?«

Er spähte nach dem Recorder, um sich zu vergewissern, daß das Band auch wirklich lief.

»Ich bin nämlich mal für ›Woman's Hour‹ im Rundfunk interviewt worden«, sagte er und schüttelte den Kopf, verwundert über die Verrücktheit dieser tückischen, dummen Welt. »Ich hasse Medienleute, weil sie mir die Zeit stehlen und nie besonders gut zahlen – aber was soll's... Der Interviewer sagte mir, er habe die Schnauze voll von langweiligen Wissenschaftlern, ob ich ihm also von meiner Arbeit erzählen und bitte darauf achten könnte, Frauen und Kinder zu erwähnen. Also hab ich ihm erzählt, daß ich lieber mit weiblichen als mit männlichen Assistenten arbeite, daß wir einen Haufen Vogelkinder großziehen und daß Frauen sich besser um Vogelkinder kümmern, weil sie empfindsamer sind und so weiter. Und das haben die *gesendet*!«

Das verschlug ihm vor Lachen die Sprache, und so wankte er hilflos aus dem Zimmer und ward für Stunden nicht mehr gesehen.

»Das war Carl«, sagte Richard. »Er ist klasse. Er ist wirklich genial. Macht euch nichts draus, daß er ein absoluter Knallkopf ist.«

Wir stellten sehr schnell fest, daß wir an leidenschaftlich besessene Leute geraten waren. Zum einen waren Carl und Richard von Vögeln besessen. Sie liebten sie mit regelrechter Inbrunst und widmeten ihr Leben der Arbeit im Feld, häufig unter schlechten Bedingungen und mit fürchterlich niedrigen Budgets, um seltene Vogelarten und deren Lebensräume vor dem Untergang zu bewahren. Richard ist auf den Philippinen ausgebildet worden, wo er an der Rettung des philippinischen Affenadlers mitgewirkt hat, einem abenteuerlich unwirklichen Stück Fluggerät, das man sich eher im Landeanflug auf einen Flugzeugträger vorstellen kann als nistend in einer Baumkrone. Von den Philippinen aus ist er 1985 nach Mauritius gekommen, wo die gesamte Ökologie einer früher für ihre überreichliche Schönheit berühmten Insel in ungeheuren Schwierigkeiten steckt.

Die manische Energie, mit der diese Leute arbeiten,

bringt einen so lange aus der Fassung, bis man zu begreifen beginnt, welches enorme Ausmaß die Probleme angenommen haben, denen sie gegenüberstehen, und mit welcher Geschwindigkeit diese Probleme eskalieren. Ökologisch betrachtet, ist Mauritius Kriegsgebiet, und Carl, Richard und andere – einschließlich Wendy Strahm, einer ebenfalls besessenen Botanikerin – sind wie Chirurgen, die unmittelbar hinter der Front arbeiten. Es sind unbeschreiblich liebenswürdige Menschen, die oft ausgelaugt sind von den Anforderungen, die ihr fürsorgliches Verhalten an sie stellt. Ihre Unzufriedenheit schafft sich häufig Luft in wildem, schwarzem Humor, weil sie, konfrontiert mit so vielen absolut kritischen Dingen, einfach keine Zeit mehr für irgend etwas haben, das bloß sehr, sehr wichtig ist.

Mittelpunkt ihrer Arbeit ist Carls Zuchtzentrum im Stadtkern von Black River, und Richard nahm uns am nächsten Tag mit, um es uns zu zeigen.

Mit quietschenden Reifen kamen wir vor dem in eine zwei Meter hohe Steinmauer eingebauten Tor zum Stehen und gingen hinein.

Hinter der Mauer war ein großer, sandiger, von flachen Holzgebäuden und großen Vogelhäusern und Käfigen umringter Innenhof. Die warme Luft war erfüllt von Flügelschlagen, Gurren und scharfen, kräftigen Gerüchen. Mehrere sehr, sehr große Schildkröten krochen ungestört über den Hof, vermutlich, weil jeder in der Lage gewesen wäre, sie auf dem Weg zum Tor einzuholen, falls sie sich überraschend zu einem Ausfallversuch entschlossen hätten.

»Das wären sie dann«, sagte Richard und zeigte auf einen großen, abseits stehenden Käfig, in dem irgend jemand eine Reihe kleiner, kaputter Regenschirme aufgehängt zu haben schien. »Rodrigues-Flughunde. Regt euch ab, jetzt habt ihr sie ja gesehen. Guckt sie euch später an, die sind langweilig. Nichts im Vergleich zu dem, was wir sonst noch hier haben.

Fangen wir mal mit den Rosa Tauben an ... wir halten hier einige der seltensten, aufregendsten Vögel der Welt. Und wollt ihr mal die echten Stars sehen? Carl sollte sie euch zeigen. Mal sehen, ob er da ist.«

Er war nicht da, dafür aber jemand, der regelrecht in Carl vernarrt war. Richard winkte uns herein.

»Das ist Pink«, sagte er.

Wir sahen hin. Pink starrte uns aufmerksam aus seinen beiden großen, tiefbraunen Augen an. Er zappelte ein bißchen mit dem Fuß, krallte sich an seiner Stange fest und wirkte angespannt, abwartend und ein bißchen irritiert durch unsere Anwesenheit.

»Pink ist ein Mauritiusfalke«, sagte Richard, »aber einer, der grundlegend aus der Art geschlagen ist.«

»Wirklich?« sagte Mark. »Sieht man ihm gar nicht an.«

»Für was würdest du ihn denn halten?«

»Na ja, er ist ziemlich klein. Er hat ein glattes, braunes Deckgefieder an den Flügeln, braun-weiß gefleckte Brustfedern, ein beeindruckendes Krallenpaar ...«

»Du findest, mit anderen Worten, daß er wie ein Vogel aussieht.«

»Äh, ja ...«

»Er wäre schockiert, wenn er das wüßte.«

»Was soll das denn heißen?«

»Tja, eines der Probleme bei der Aufzucht von Vögeln in Gefangenschaft ist, daß sie zeitweise von Menschen aufgezogen werden müssen, was zu allen möglichen Mißverständnissen seitens des Vogels führt. Wenn ein Vogel aus dem Ei schlüpft, hat er kein sonderlich klares Bild davon, was in der Welt was ist, und verliebt sich in den ersten, der ihn füttert – in Pinks Fall war es Carl. Das nennt man ›Prägung‹, und die ist ein ernstzunehmendes Problem, weil man sie nicht rückgängig machen kann. Wenn er sich erst mal in den Kopf gesetzt hat, daß er ein Mensch ist, dann ...«

»Er hält sich wirklich für einen Menschen?« fragte ich.

»Ja. Na, wenn er Carl für seine Mutter hält, ergibt sich das ja auch mehr oder weniger von selbst, nicht? Sie sind vielleicht nicht genial, aber sie sind logisch. Er ist vollkommen überzeugt, ein Mensch zu sein. Die anderen Falken ignoriert er völlig, hat keine Zeit für sie, die sind – in seinen Augen – nichts weiter als ein Haufen Vögel. Aber wenn Carl hier reinkommt, rastet er völlig aus. Das ist ein Problem, weil man einen ›geprägten‹ Vogel natürlich nicht in die Wildnis entlassen kann. Er hätte keinen blassen Schimmer, was er da machen soll. Er würde nicht nisten, nicht jagen, er würde nur darauf warten, in Restaurants ausgeführt zu werden und so weiter. Oder zumindest darauf, daß man ihn füttert. Er würde nicht aus eigener Kraft überleben.

Immerhin hat er aber eine sehr wichtige Funktion im Aviarium. Die Jungvögel, die wir hier ausbrüten, erreichen nicht gleichzeitig die Geschlechtsreife. Wenn die Weibchen anfangen, aufreizend zu werden, sind die Männchen also noch nicht in der Lage, damit umzugehen. Die Weibchen sind größer und angriffslustiger, also verprügeln sie die Männchen. Wenn das passiert, sammeln wir Samen von Pink ein und ...«

»Wie denn das?«

»Mit einem Hut.«

»Tschuldige, ich habe Hut verstanden.«

»Hab ich auch gesagt. Carl setzt diesen besonderen Hut auf, der ein bißchen aussieht wie ein etwas merkwürdiger Bowler mit Gummikrempe, Pink dreht vor Sehnsucht nach Carl völlig durch, fliegt runter und rammelt den Hut halb tot.«

»Was?«

»Er ejakuliert in die Krempe. Wir sammeln die Samentropfen ein und befruchten ein Weibchen damit.«

»Komische Art, seine Mutter zu behandeln.«

»Er ist ein komischer Vogel. Aber er erfüllt eine nützliche Aufgabe, obwohl er, psychologisch gesehen, eine ziemliche Schramme hat.«

Die Errichtung des Zuchtzentrums auf Mauritius ist einer von Carls größten Reinfällen. Tatsächlich ist es das Ergebnis des höchstwahrscheinlich spektakulärsten und genialsten Reinfalls seines Lebens.

»Daß aus mir ein Versager würde, haben sie sich schon gedacht, als ich noch ein Junge war«, erzählte er, als er später, wirklich fürchterlich spät, auftauchte. »Ich war ein hoffnungsloser Fall, ein totaler Blindgänger. Hab nie irgendwas getan und mich nie für irgendwas interessiert. Na ja, mit Ausnahme von Tieren. Niemand in meiner Schule in Wales hielt es für besonders sinnvoll, sich ausschließlich für Tiere zu interessieren, aber ich hatte, zum Leidwesen meines Vaters, ungefähr fünfzig Stück in Käfigen, die über den ganzen Hinterhof verteilt standen. Dachse und Füchse, walisische Iltisse, Eulen, Bussarde, Aras, Dohlen, alles. Ich hab's sogar schon als Schüler geschafft, Turmfalken zu züchten.

Mein Klassenlehrer meinte, es sei positiv, daß ich mich für Tiere interessiere, nur würde ich es nie zu etwas bringen, weil ich ein lausiger Schüler sei. Eines Tages rief er mich in sein Arbeitszimmer und sagte, ›Jones‹, sagte er, ›das ist einfach nicht mehr tragbar. Du vergeudest dein ganzes Leben, indem du rumläufst und unter Hecken guckst. Du verbringst kein bißchen Zeit mit deinen Schulaufgaben. Du bist ein Versager. Was soll bloß aus dir werden?‹

Ich sagte – und vergeßt nicht, das war in Wales: ›Sir, ich möchte zu tropischen Inseln reisen und Vögel studieren.‹

Er sagte: ›Dazu muß man aber entweder reich oder intelligent sein, und du bist beides nicht.‹

Ich verstand das als eine Art Ermunterung, schaffte es letztlich, ein paar Prüfungen zu bestehen, ging aufs College und dann zum Studieren nach Oxford. Da hörte ich eine Vorlesung von Professor Tom Cade, der ein international anerkannter Experte für Falken ist. Er erzählte uns, wie man in Amerika mit Wanderfalken arbeitete, indem man sie in Gefangenschaft aufzog und die Jungtiere dann wieder in die freie Wildbahn entließ.

Ich konnte es kaum glauben. Das war unheimlich aufregend. Das waren Leute, die losgingen und wirklich etwas *taten*. Dann sagte er, daß es auf einer Insel namens Mauritius im Indischen Ozean einen sehr seltenen Vogel gebe, vielleicht den seltensten Falken überhaupt, nämlich den Mauritiusfalken, der vom Aussterben bedroht sei, aber möglicherweise durch die Aufzucht in Gefangenschaft gerettet werden könne. Und plötzlich wurde mir bewußt, daß all die Arbeit, die ich mir als Kind in meinem Hinterhof gemacht hatte, dieses Vertrödeln von Zeit mit den Vögeln, unter Umständen dazu beitragen könnte, eine ganze Art vor dem Aussterben zu bewahren.

Ich war hin und weg vor Aufregung und dachte, Mensch, da muß doch was zu machen sein. Also ging ich im Sommer nach Amerika und sah mir dort ein paar Projekte genauer an, begriff, wie man vorging, und schwor mir, daß ich, wenn irgend möglich, nach Mauritius gehen und an der Rettung des Mauritiusfalken mitarbeiten würde.

Daraufhin bekam ich zu hören: ›Tja, Carl, das ist ja schön und gut, daß du nach Mauritius gehen und an der Rettung des Mauritiusfalken mitarbeiten willst, nur gibt es da unten einen Haufen Schwierigkeiten, und du kannst diese Vögel nicht retten. Es sind einfach zu wenige. Nur ein brütendes Pärchen und ein paar Einzelgänger. Und bei all den Problemen vor Ort und ohne Einrichtungen ist einfach nichts zu machen. Es gibt da ein kleines Projekt, aber das muß eingestellt werden. Da noch Mittel zu investieren hieße, gutes Geld aus dem Fenster zu werfen.‹

Aber ich bekam den Job. Den Job, das Projekt einzustellen. Das war der Job, wegen dem ich vor zehn Jahren hergekommen bin: die ganze Geschichte zu beenden beziehungsweise das, was noch davon übrig war. Von all dem hier war damals noch überhaupt nichts da«, sagte er und sah sich in dem Zuchtzentrum um, in dem sie mehr als vierzig Mauritiusfalken, zweihundert Rosa Tauben und sogar hundert Rodrigues-Flederhunde zur schrittweisen Wiedereinführung in die freie Wildbahn herangezüchtet hatten. »Scheint, als müßte ich einräumen«, sagte er mit einem frechen Grinsen, »daß ich auf ganzer Linie versagt habe.«

Als er seine Geschichte beendet hatte, ließ er die Hand aufs Knie sinken und warf zufällig einen Blick auf die Uhr. Sofort sprang er mit gequältem Gesichtsausdruck auf und schlug sich mit der Hand vor die Stirn. Er kam zu spät zu einer Wohltätigkeitsveranstaltung.

Während unseres Aufenthaltes auf Mauritius hörten wir ihn regelmäßig und bitterlich klagen, er sei für Verwaltungsarbeiten oder Aufgaben, die diplomatisches Geschick erforderten, überhaupt nicht geeignet, müsse aber trotzdem irrsinnig viel Zeit mit beidem zubringen, um weiterarbeiten zu können. Er sei unentwegt damit beschäftigt, Geld aufzutreiben, sich den Geldgebern gegenüber zu rechtfertigen und zu erklären, wofür er das Geld ausgab, und mit diversen internationalen Schutzorganisationen zu verhandeln, die ihm offenbar ständig über die Schulter schielen. Und das hält ihn seiner Meinung nach bloß davon ab, das zu tun, was er am besten kann, und deshalb wäre es ihm am liebsten, sie ließen ihn einfach in Ruhe weiterarbeiten. Oder noch lieber, sie gäben ihm das Geld und ließen ihn einfach in Ruhe weiterarbeiten. Das Projekt zum Schutz der empfindlichen und einzigartigen mauritischen Umwelt muß mit einem erbärmlich mageren Budget auskommen, und Geld – beziehungsweise der Mangel daran – ist der Fluch, der auf Carls Leben lastet.

»Man sollte meinen, daß alle, die in irgendeiner Form am Naturschutz beteiligt sind, an einem Strang ziehen«, sagte Mark, nachdem Carl weg war, »aber die Kabbelei und Bürokratie sind hier genauso schlimm wie überall.«

»Das kannst du laut sagen«, sagte Richard. »Und ausbaden müssen es immer die Leute, die die praktische Arbeit machen. Seht euch bloß mal diese Hasen an.«

Mit einer wegwerfenden Handbewegung zeigte er auf einen Käfig, in dem einige absolut gewöhnlich wirkende Hasen hockten und uns entgegenmümmelten.

»Es gibt hier in der Nähe eine Insel – eine sehr, sehr wichtige Insel, was wildlebende Tiere angeht – namens Round Island. Auf Round Island gibt es mehr einzigartige Pflanzen- und Tierarten als in jedem vergleichbaren Gebiet auf Erden. Vor ungefähr hundert, hundertfünfzig Jahren war jemand so übermäßig helle, Hasen und Ziegen auf der Insel auszusetzen, damit eventuelle Schiffbrüchige etwas zu essen hätten. Die Bestände vermehrten sich sehr schnell und unkontrolliert, und man hat bis Mitte der siebziger Jahre gebraucht, um wenigstens die Ziegen loszuwerden. Erst vor ein paar Jahren ist dann ein Team aus Neuseeland gekommen, um die Hasen auszurotten, bis irgendwer meinte, daß sie da eine seltene Frenchrabbit-Gattung ausrotteten, die in Europa nicht mehr existierte und deswegen nach Mauritius umgesiedelt werden sollte, um von jemandem, sprich: von uns, erhalten zu werden.

Wenn's nach mir ginge«, fuhr Richard fort, »könnten wir sie einfach in den Kochtopf stecken. Es sind stinknormale Hasen. Außerdem gibt's andere Leute, die behaupten: ›Das ist völliger Blödsinn – die gehören nicht zu dieser besonderen Gattung.‹

Was bedeutet, daß wir hier rumsitzen und die Hasen füttern können, bis sich die Experten geeinigt haben, ob die Viecher nun was Besonderes sind oder nicht. Für uns ist es

Zeit- und Geldverschwendung. Ich meine, es ist schon problematisch, all diese Tiere bloß zu füttern. Sie brauchen alle unterschiedliches Futter, und man muß rauskriegen, was.

Diese Rodrigues-Flughunde, wegen denen ihr hergekommen seid, müssen wir mit einer in Milch gelösten Mischung aus Früchten und pulverisiertem Hundefutter ernähren. Die bananenhaltige Kost, mit der wir sie anfangs gefüttert haben, war überhaupt nicht gut für sie. Das einzige, was sie davon bekommen haben, waren nervöse Zuckungen.« Er zuckte die Achseln.

»Ich weiß nicht, was du gegen sie hast«, sagte Mark. »Ich finde, es sind großartige Tiere.«

»Ich habe nichts gegen sie. Sie sind großartig. Sie sind nur nicht selten, das ist alles.«

Mark protestierte. »Sie sind die seltensten Flughunde der...«

»Jaaa, aber es gibt Hunderte davon«, beharrte Richard.

»Hunderte bedeutet, daß sie ernsthaft bedroht sind«, sagte Mark.

»Weißt du, wie viele freilebende Mauritiussittiche es gibt?« schrie Richard auf. »Fünfzehn! *Das* ist selten. Hunderte ist alltäglich. Wenn man nach Mauritius kommt und eine Art in den letzten Zügen liegen sieht, wird alles andere unwichtig. Es wird unwichtig, weil wir hier eine Art vorfinden, die gerettet werden könnte, wenn sich die Leute damit beschäftigen würden, und falls sie ausstirbt, ist es unsere Schuld, weil wir nicht da waren, um sie zu retten. Es sind noch fünfzehn übrig. Wir haben die Falken und die Tauben einzig und allein wieder aufpäppeln können, weil wir uns um sie, um Geld und um Personal gekümmert haben. Die Sittiche? Wir arbeiten sehr, sehr hart, um sie zu retten, und falls wir das nicht schaffen, werden sie für immer verschwunden sein – und wir müssen uns um die Hasen anderer Leute kümmern.«

Er schüttelte den Kopf und beruhigte sich dann wieder.

»Paß auf«, sagte er zu Mark, »du hast recht. Der Rodrigues-Flederhund ist ein sehr wichtiges Tier, und wir bemühen uns, ihn zu schützen. Er hat viel von seinem Lebensraum verloren, weil die Menschen auf Rodrigues vom Ackerbau abhängig sind und viel Wald gerodet haben. Der Fledermausbestand ist so reduziert, daß ein einziger großer Orkan – und die gibt es hier – sie auslöschen könnte. Nur haben die Bewohner von Rodrigues auf einmal gemerkt, daß das Abholzen der Wälder auch zu ihrem eigenen Nachteil ist, weil es ihre Wasserversorgung beeinträchtigt. Falls sie sich ihre Wasserscheiden erhalten wollen, müssen sie die Wälder stehenlassen, und das bedeutet, daß den Fledermäusen Platz zum Überleben bleibt. Ihre Chancen stehen also nicht schlecht. Wenn man den Weltmaßstab anlegt, sind sie ernstlich gefährdet, aber nach den Maßstäben dieser Inseln, auf denen jede einheimische Art gefährdet ist, geht's ihnen prima.«

Er grinste.

»Wollt ihr ein paar gefährdete Mäuse sehen?« fragte er.

»Ich wußte nicht, daß jetzt auch schon Mäuse zu den gefährdeten Arten gehören«, sagte ich.

»Ich hab nichts von Art gesagt«, sagte Richard. »Ich meinte bestimmte Mäuse. Naturschutz ist nichts für Sensibelchen. Wir müssen einen Haufen Tiere töten, teils, um die gefährdeten Arten zu schützen, teils, um sie an sie zu verfüttern. Viele der Vögel ernähren sich von Mäusen, und deswegen müssen wir sie hier züchten.«

Er verschwand in einem kleinen, warmen Raum, in dem es laut piepste, und tauchte ein paar Sekunden später mit einer Handvoll frisch getöteter Mäuse wieder auf.

»Zeit zum Vögelfüttern«, sagte er und machte sich auf den Rückweg zu seinem höllischen Landrover.

Die beste und schnellste Verbindung zur Black-River-Schlucht, wo die Falken leben, ist eine Privatstraße durch die Medine-Zuckerrohrplantage.

Zucker ist, vom Standpunkt der mauritischen Umwelt aus betrachtet, ein ernst zu nehmendes Problem. Ausgedehnte Waldgebiete auf Mauritius sind zerstört worden, um Platz für den Anbau eines reinen Exportgutes zu schaffen, das seinerseits unsere Zähne zerstört. Das ist überall ein ernstes, auf Inseln jedoch besonders ernstes Problem, weil die Inselökologie sich grundlegend von einer Festlandsökologie unterscheidet. Sogar das Vokabular unterscheidet sich. Wenn man viel Zeit auf Inseln und in Gegenwart von Naturforschern zubringt, führt das dazu, daß man vor allem zwei Begriffe furchtbar oft zu hören bekommt: »endemisch« und »exotisch«. Drei, wenn man »Katastrophe« mitzählt.

Eine Pflanzen- oder Tierart ist endemisch, wenn sie auf einer Insel oder in einem bestimmten Gebiet heimisch ist und sonst nirgendwo vorkommt. Eine Art ist exotisch, wenn sie von außerhalb eingeschleppt wurde, und eine Katastrophe ist das, was infolgedessen normalerweise passiert.

Das hat folgenden Grund: Kontinentale Landmassen sind groß. Sie ernähren Hunderttausende, sogar Millionen unterschiedlicher Arten, die sämtlich miteinander ums Überleben kämpfen. Schon die Grausamkeit dieses Überlebenskampfes ist so ungeheuerlich, daß sich die Arten, die überleben und gedeihen, aus tückischen kleinen Kämpfern zusammensetzen müssen. Sie vermehren und verbreiten sich überaus schnell.

Eine Insel hingegen ist klein. Es gibt erheblich weniger Arten, und der Überlebenskampf hat nie solche Ausmaße angenommen wie auf dem Festland. Die Arten sind nicht zäher als notwendig, das Leben spielt sich wesentlich ruhiger und beschaulicher ab, und die Evolution geht bedeutend langsamer vonstatten. Deshalb findet man beispielsweise auf Madagaskar Arten wie die Lemuren, die vor Äonen auf dem Festland verdrängt wurden. Inselökologien sind äußerst anfällige Zeitkapseln.

Man kann sich also vorstellen, was passiert, wenn eine Festlandsart auf eine Insel eingeschleppt wird. Das ist, als würde man Al Capone, Dschingis-Khan und Rupert Murdock auf der Isle of Wight einschleppen – die Einheimischen hätten keine Chance.

Was auf Mauritius oder genaugenommen auf jeder Insel passiert, ist, daß im Fall der Vernichtung der endemischen Vegetation oder Tierarten die exotischen Formen in die Bresche springen und alles übernehmen. Es fällt einem Engländer schwer, sich etwas wie Liguster als eine exotische und grausame Lebensform vorzustellen – den Vorgarten meiner Großmutter begrenzen akkurat gestutzte Ligusterhecken –, aber auf Mauritius benimmt er sich wie eine Horde brandschatzende Wikinger. Genau wie die eingeschleppten Guavenbäume und zahlreiche andere auswärtige Invasoren, die sich wesentlich schneller vermehren und verbreiten.

Schwarzes Ebenholz kommt aus den Hartholzwäldern im Flachland von Mauritius und war der Hauptgrund für die Holländer, die Insel zu kolonialisieren. Es ist kaum mehr etwas davon übrig. Der Wald wurde abgeholzt, um das Holz zu verarbeiten, um Platz für Ackerbau zu schaffen und für die Rotwildjagd. La chasse.

Ausgedehnte Waldgebiete wurden gerodet, um Wildparks anzulegen, in denen Jäger auf niedrigen Holztürmen stehen und auf Rotwildherden schießen. Als sei der Verlust des Waldes – und auch noch aus diesem Grund – für sich genommen nicht schon schlimm genug, verhindern die Weidegewohnheiten des Wildes das Neuwachstum der empfindlichen endemischen Pflanzen, während die exotischen Arten gedeihen. Die jungen Bäume von Mauritius werden also schlicht zu Tode geknabbert.

Wir fuhren durch mächtige Felder aus wogendem Zuckerrohr, nachdem wir zuerst ein Hindernis in Form eines Plantagen-Torwächters überwunden hatten, eines ältlichen und exzentrischen Mauritiers namens James, der niemanden ohne Passierschein durch sein Tor läßt, nicht mal jemanden, den er seit zehn Jahren jeden Tag durchgelassen hat und der seinen Passierschein nur heute zu Hause vergessen hat. Genau das war Carl vor kurzem passiert, der seitdem droht, das Tor aus Rache mit Zwei-Komponenten-Kleber zuzukleistern, und das mit ziemlicher Wahrscheinlichkeit auch tun wird. Carl ist ohne Zweifel genau die Art Mensch, die es bis zur heiteren Neige auskostet, jemanden mit der Androhung irgendwelcher Albernheiten zu ärgern, und dann hingeht und den Spaß auf die Spitze treibt, indem er die Drohung wahrmacht.

Es hatte einige Zeit zuvor eine ernstere Auseinandersetzung gegeben, als Carl und Wendy mit einer Abordnung von Weltbank-Offiziellen eingetroffen waren, mit denen sie über eine finanzielle Unterstützung verhandeln wollten. James hatte sie mit der Begründung nicht durchlassen wollen, sie hätten zwei Autos, und er sei lediglich befugt, eins durchzulassen.

James erstattet Carl und Richard außerdem regelmäßig Bericht von den Bewegungen der Falken, aber nicht, weil sie ihn darum gebeten hätten, sondern nur, weil er – erstaunlich, aber wahr – gern hilft. Wenn er keine Falken gesehen hat, behauptet er trotzdem, auf freundliche und ermutigende Weise, er habe. Was bedeutet, daß Carl heute, wann immer er die farbigen Bänder an den Beinen der Vögel wechselt, darauf achtet, ihnen ein Band in einer anderen Farbe anzulegen, damit er merkt, daß James lügt, wenn der vorgibt, einen Falken mit einem Band in einer Farbe gesehen zu haben, die augenblicklich nicht im Einsatz ist.

Der Falke, den wir uns ansehen wollten, war 1985 auf das

Annehmen von Mäusen abgerichtet worden. Zweck der Fütterung von wildlebenden Falken ist, ihre Ernährung aufzubessern, damit sie mehr Eier legen. Wenn ein Falke gut ernährt wurde, konnte Carl die ersten vom Vogel gelegten Eier aus dem Nest entfernen, mit zurück ins Zuchtzentrum nehmen und darauf vertrauen, daß der Falke noch ein paar mehr legen würde. Auf diese Art erhöhte sich die Anzahl an Eiern, die ausgebrütet werden konnten, aber da lediglich eine begrenzte Anzahl von Vögeln zur Verfügung stand, um sich draufzusetzen, wurden sie zum Teil künstlich ausgebrütet. Was eine höchst anspruchsvolle und heikle Aufgabe ist, bei der man den Zustand der Eier ununterbrochen im Auge behalten muß. Falls ein Ei aufgrund der Verdunstung von Flüssigkeit durch die Schale versiegelt. Falls es zuwenig Gewicht verliert, werden Teile der Schale akribisch geschmirgelt, um sie poröser zu machen. Am besten ist es, wenn ein Ei eine Woche unter einem Vogel und die übrigen drei im Brutkasten liegt – bei Eiern, die solche Tauschaktionen hinter sich haben, liegt die Erfolgsquote wesentlich höher.

Richard brachte den Landrover am Waldrand, kurz vor dem Eingang zu der engen Schlucht, zum Stehen, und wir krabbelten ins Freie. Die Luft war frisch und klar, und Richard schritt, eine Auswahl an komischen Lockrufen ausstoßend, über die kleine Lichtung. Binnen einer oder zwei Minuten kam der Falke aus dem Wald geschossen und ließ sich auf einem hohen Baum nieder, der einen großen, halbkugelförmigen Felsen überragte. Da der Vogel sich daran gewöhnt hat, mehr im Wald als auf freiem Feld zu leben, schwebt er nicht wie viele Falken, kann aber statt dessen mit hoher Geschwindigkeit unfehlbar durch das Blätterdach fliegen, in dem er seine aus Geckos, kleineren Vögeln und Insekten bestehende Nahrung einfängt. Dabei verläßt er sich auf sein unglaublich scharfes und schnell erfassendes Auge.

Wir beäugten uns eine Zeitlang gegenseitig. Genaugenommen beobachtete er alles, was sich bewegte, indem er ständig schnelle, aufmerksame Blicke nach allen Richtungen warf.

»Seht ihr, wie interessiert er an allem ist, was es zu sehen gibt?« sagte Richard. »Ihre Augen sind ihr Leben, und daran muß man denken, wenn man sie in Gefangenschaft hält. Man muß sicherstellen, daß sie in einer komplexen Umgebung leben. Raubvögel sind verhältnismäßig dumm. Wegen ihrer ungeheuren Sehkraft muß man ihnen nur irgendwas bieten, das sie optisch beschäftigt.

Als wir mit der Aufzucht von Raubvögeln in Gefangenschaft begonnen haben, hatten wir ein paar sehr scheue Vögel, die jedesmal verrückt wurden, wenn jemand am Aviarium vorbeiging, und da wir dachten, sie seien wegen der Störung so durcheinander, ist irgend jemand auf die schlaue Idee gekommen, ein sogenanntes Oberlicht- und Isolierungsaviarium zu bauen. Da sämtliche vier Wände undurchsichtig waren und nur das Dach offen war, gab es eigentlich nichts mehr, was die Vögel hätte aufscheuchen können. Wie wir leider feststellen mußten, war das ein bißchen zuviel des Guten. Die in dieser Umgebung geborenen Sprößlinge waren absolute Nervenbündel, weil ihnen der notwendige sensorische Input fehlte. Wir hatten das Problem von der völlig falschen Seite angepackt.

Ich meine, Tiere mögen vielleicht nicht intelligent sein, aber so dumm wie viele Menschen sind sie nun auch wieder nicht. Man muß sich nur mal die Primatenbereiche in einigen Zoos ansehen, die mit grünen, von Architekten entworfenen ›Bäumen‹ aus Metall ausgestattet sind, die zwar auf sehr reduzierte Art und Weise die Form eines Baumes wiedergeben, aber genaugenommen keine der Eigenschaften haben, die ein Affe an einem Baum interessant finden könnte: Blätter und Rinde und ähnliches Zeug. Für einen

Architekten mag das nach einem Baum aussehen, aber Architekten sind ja auch wesentlich dümmer als Affen. Wir haben gerade einen Prospekt aus den USA bekommen – für Fiberglas-Bäume. Der Prospekt hatte einzig den Zweck, uns zu demonstrieren, wie stolz sie auf ihre Entwicklung waren, und die unterschiedlichen Farben vorzustellen, mit denen sie Flechten an die Bäume *malen* können. Das ist so lächerlich, daß man laut aufschreien möchte. Was sind das bloß für Leute? Na schön. Laßt uns mal den Vogel füttern. Seht ihr zu?«

Der Vogel sah zu. Die Formulierung »Er sah mit Adleraugen zu« liegt nahe, aber er sah mit Falkenaugen zu.

Richard schwang seinen Arm zurück. Der Falkenkopf verfolgte die Bewegung genau. Mit weit ausholendem Schwung warf Richard die Maus hoch in die Luft. Für einen Moment betrachtete der Falke sie einfach, mit fast unmerklich auf dem Ast herumzappelnden Beinen, vertieft in eine imposante Meisterleistung auf dem Gebiet der Differentialrechnung. Das winzige Totgewicht der Maus erreichte den höchsten Punkt seiner steilen Parabel und drehte sich langsam in der Luft.

Schließlich ließ sich der Falke von seinem Ast fallen und schwang sich in die Luft, als hänge er am Ende eines langen Pendels, dessen exakte Länge, Kardinalposition und Schwingungsgeschwindigkeit er selbst errechnet hatte. Der Bogen, den er beschrieb, überschnitt sich makellos mit dem der fallenden Maus, der Falke ergriff die Maus sauber mit den Fängen, schwebte weiter in einen anderen nahegelegenen Baum und biß ihr den Kopf ab.

»Er frißt den Kopf selbst«, sagte Richard, »und nimmt die restliche Maus mit, um das Weibchen im Nest zu füttern.«

Wir verfütterten einige weitere Mäuse an den Falken, indem wir sie manchmal in die Luft warfen und manchmal auf dem halbkreisförmigen Felsen liegenließen, damit er in aller

Ruhe danach tauchen konnte. Schließlich war der Vogel satt, und wir gingen.

Man richtet Falken ab, indem man Hunger als ein Mittel zur Manipulation der Vogelpsyche einsetzt. Wenn der Vogel zuviel zu fressen bekommen hat, wird er nicht zur Zusammenarbeit bereit sein und sich durch jeden Versuch, ihm etwas beibringen zu wollen, belästigt fühlen. Er sitzt einfach in einem Baumwipfel und schmollt. Er »hat es satt«.

Richard hatte dann am Abend auch so ziemlich alles satt, und das mit gutem Grund. Es hatte nichts mit Überfütterung zu tun, wohl aber mit dem, was andere Leute gern futterten. Eine mauritische Freundin kam auf einen Sprung vorbei und brachte ihren Chef mit, einen Franzosen von der nahe gelegenen Insel Réunion, der sich einige Tage lang auf Mauritius aufhielt und bei ihr wohnte.

Er hieß Jacques und war uns allen vom ersten Moment an unsympathisch, wenn auch keinem so sehr wie Richard, der ihn auf Anhieb haßte.

Er war ein Franzose von der adretten, arroganten Sorte. Mit trägem, herablassendem Blick, einem trägen, herablassenden Lächeln und, wie Richard es später formulierte, einem trägen, herablassenden und an Beschränktheit nicht zu überbietenden Gehirn.

Jacques betrat das Haus und stand träge und herablassend in der Gegend herum. Er wußte ganz offensichtlich nicht, was er hier sollte. Es war kein besonders elegantes Haus. Es war voll von abgenutzten alten Möbeln, und an sämtlichen Wänden hingen mit Reißzwecken befestigte Vogelbilder. Offensichtlich wollte er sich am liebsten trübsinnig gegen eine Wand lümmeln, nur fand er keine, die für seine Schulter geeignet gewesen wäre, also mußte er sich genau dort trübsinnig hinlümmeln, wo er gerade stand.

Wir boten ihm ein Bier an, das er unter Aufbietung aller

Freundlichkeit, die ihm möglich war, entgegennahm. Er fragte uns, was wir hier täten, und wir sagten, wir würden eine Serie für die BBC produzieren und ein Buch über die Tierwelt von Mauritius schreiben.

»Warum denn das?« sagte er in verstörtem Tonfall. »Hier gibt es doch nichts.«

Richard legte anfänglich bewundernswerte Zurückhaltung an den Tag. Er stellte äußerst beherrscht klar, auf Mauritius lebten einige der seltensten Vögel der Welt. Er erläuterte, daß er und Carl und die anderen aus genau diesem Grund hier seien: um sie zu schützen und zu studieren und aufzuziehen.

Jacques zuckte die Achseln und sagte, sie seien nicht besonders interessant oder ungewöhnlich.

»Ach?« sagte Richard betont ruhig.

»Nichts mit irgendwie interessantem Gefieder dabei.«

»Tatsächlich?« sagte Richard.

»Mir ist so was wie der arabische Kakadu lieber«, sagte Jacques mit einem trägen Lächeln.

»Aha.«

»Ich lebe nämlich auf Réunion«, sagte Jacques.

»Aha.«

»Und dort gibt es mit Sicherheit keine interessanten Vögel«, sagte Jacques.

»Das liegt daran, daß die Franzosen sie alle abgeschossen haben«, sagte Richard.

Er machte auf dem Absatz kehrt und verschwand in die Küche, um sehr, sehr geräuschvoll abzuwaschen. Er kam erst wieder, nachdem Jacques gegangen war. Er stakste mit einer noch nicht geöffneten Rumflasche zurück ins Zimmer und warf sich auf ein zerschlissenes altes Sofa.

»Vor ungefähr fünf Jahren«, sagte er, »haben wir zwanzig der Rosa Tauben, die wir im Zentrum großgezogen hatten, genommen und freigelassen. Ich schätze mal, daß uns jeder

der Vögel, wenn man die Zeit, die Arbeit und die Mittel zusammenrechnet, die wir investiert haben, tausend Pfund gekostet hat. Aber das ist nicht ausschlaggebend. Ausschlaggebend ist die Erhaltung des einzigartigen Lebens auf dieser Insel. Nur steckten binnen kurzer Zeit all die Vögel, die wir aufgezogen hatten, in Schmortöpfen. Nicht zu fassen. Wir konnten es einfach nicht fassen.

Begreift ihr, was mit dieser Insel geschieht? Sie ist ein Sauhaufen. Sie ist eine völlige Ruine. In den fünfziger Jahren ist sie mit DDT getränkt worden, das schnurstracks in die Nahrungskette gelangt ist. Das hat eine Menge Tiere ausgerottet. Dann sind Orkane über die Insel gezogen. Gut, dagegen können wir nichts tun, aber sie sind über eine Insel gezogen, die bereits durch das ganze DDT und die Rodungen geschwächt war, also haben sie irreparable Schäden angerichtet. Heute sind wegen der fortgesetzten Abholzung und Brandrodung nur noch zehn Prozent des ursprünglichen Waldbestandes erhalten, und die werden für die Rotwildjagd abgeholzt. Was von den einmaligen Arten auf Mauritius noch übrig ist, wird von irgendwelchem Zeug überwuchert, das überall auf der Welt vorkommt – Liguster, Guaven und ähnlichem Scheiß. Hier, seht euch das an.«

Er reichte uns die Flasche. Es war ein in der Gegend gebrauter Rum namens »Green Island«.

»Lest mal, was auf der Flasche steht.«

Unter dem romantischen Bild eines alten Segelschiffs, das sich einer idyllischen Tropeninsel näherte, stand folgendes Zitat von Mark Twain: »Es reift die Vorstellung, zuerst sei Mauritius entstanden und dann der Himmel; und daß der Himmel Mauritius nachempfunden wurde.«

»Das ist nicht mal hundert Jahre her«, sagte Richard. »Und seitdem hat man Mauritius fast alles angetan, was man einer Insel niemals antun sollte. Außer vielleicht Atomversuchen.«

Im Indischen Ozean, dicht bei Mauritius, gibt es eine Insel, die wundersamerweise noch nicht versaut ist, und das ist Round Island. In Wirklichkeit ist das überhaupt nicht wundersam, sondern hat einen ganz einfachen Grund, den wir erfuhren, als wir mit Carl und Richard über unsere Pläne sprachen, dorthin zu fahren.

»Könnt ihr nicht«, sagte Carl. »Also, ihr könnt es versuchen, aber ich bezweifle, daß ihr es schafft.«

»Warum nicht?« fragte ich.

»Wellen. Das Meer«, sagte Carl, »sieht da so aus.« Er machte mit beiden Armen heftige Wellenbewegungen.

»Es ist extrem schwierig, an Land zu kommen«, sagte Richard. »Es gibt keine Strände oder Ankerplätze. Man kann nur an sehr ruhigen Tagen hinfahren, und sogar dann muß man vom Boot aus auf die Insel springen. Es ist ziemlich gefährlich. Wenn man sich verschätzt, wird man gegen die Felsen geschleudert. Bisher hatten wir noch keine Todesfälle zu beklagen, aber . . .«

Beinahe hätten sie mich beklagen können.

Wir ließen uns von ein paar Naturforschern, die nach Round Island fuhren, zu einer Bootsreise mitnehmen, ankerten etwa hundert Meter von der felsigen Küste entfernt und setzten in einem Beiboot zum besten Punkt über, den Round Island anstelle eines Ankerplatzes zu bieten hat – einem rutschigen Felsvorsprung namens Pigeon House Rock.

Zuerst sprangen einige Männer in Schwimmwesten aus dem Beiboot in die tosende See, schwammen zum Felsen, kletterten unter größten Schwierigkeiten an seiner Seite hoch und schlitterten schließlich, nach Luft schnappend, auf die Spitze.

Anschließend traten dann nacheinander alle, jeweils drei oder vier gleichzeitig, die Überfahrt im Beiboot an. Um zu landen, mußte man einen kniffligen, auf die Kämme der gegen die Felsspitze anrollenden Wellen abgestimmten Satz nach vorn auf den Felsen machen und abspringen, wenn die Welle unmittelbar vor dem Scheitelpunkt war, damit man den Auftrieb des Bootes mitnehmen konnte. Diejenigen, die bereits auf dem Felsen waren, zogen dabei erst am Tau des Beibootes, riefen Anweisungen und ermutigende Worte durch das Krachen der Wellen, um die Springenden dann zu fangen und an Land zu ziehen.

Ich sollte als letzter an Land gehen.

Als ich an der Reihe war, war der Seegang stärker und rauher geworden, deshalb schlug jemand vor, ich solle auf der anderen Seite des Felsens landen, wo er zwar wesentlich steiler, dafür aber anscheinend nicht ganz so rutschig war.

Ich versuchte es. Ich sprang von der Kante des sich hebenden Bootes, hechtete auf den Felsen zu, stellte fest, daß er nicht die Bohne weniger glitschig war als auf der anderen Seite, bloß viel steiler, und schlitterte, wobei ich mir Arme und Beine an den gezackten Rändern aufschürfte, völlig ungraziös hinunter in die See. Das Meer schloß sich über meinem Kopf. Ich zappelte unter der Oberfläche herum und versuchte verzweifelt aufzutauchen, aber das Beiboot war genau über mir und knallte mich jedesmal gegen die Felswand, wenn ich an die Oberfläche zu kommen versuchte.

Na fein, dachte ich, das wäre dann klar. Deshalb ist die Insel also vergleichsweise unberührt. Ich unternahm einen letzten Versuch aufzutauchen, genau in dem Moment, als es den am Ufer Stehenden gelang, das Boot von mir wegzudrücken. Dadurch konnte ich meinen Kopf aus dem Wasser heben und mich in einer Felsspalte festklammern. Durch allerhand weiteres Rutschen und Schlittern und Zappeln in der schweren Brandung brachte ich es schließlich fertig, mich aufwärts, bis auf eine Armlänge Entfernung an Mark und die anderen heranzumanövrieren, die mich hastig auf den Felsen zerrten. Ich sackte zu einem triefenden, blutenden Haufen zusammen und bestand darauf, daß es mir gut gehe und mir zum Glück nichts weiter fehle als eine ruhige Ecke, in die ich mich zurückziehen und sterben könne.

Da die See während unserer zwei- bis dreistündigen Fahrt zur Insel ausgesprochen rauh gewesen war und es mir so vorkam, als hätte mein Magen unterwegs annähernd meinem gesamten Körpergewicht entsprechende Mengen ins Meer gewuchtet, fühlte ich mich zu diesem Zeitpunkt eher wacklig und ausgelaugt. Ich verbrachte den Tag auf Round Island wie hinter einer dichten Nebelwand. Während Mark mit Wendy Strahm, der Botanikerin, loszog, um sich auf die Suche nach einigen der Pflanzen- und Tierarten zu machen, die nur auf dieser einen Insel existieren, setzte ich mich benommen neben einer Palme namens Beverly in die Sonne und bemitleidete mich.

Daß die Palme Beverly hieß, wußte ich, weil Wendy mir erzählt hatte, daß sie sie getauft hatte. Es war eine Flaschenpalme, die so heißt, weil sie wie eine Chianti-Flasche geformt ist, und es war eine der letzten acht auf Round Island, der einzigen acht wildwachsenden auf der Welt.

Wer in aller Welt, fragte ich mich, als ich in mehr oder weniger umgänglicher Niedergeschlagenheit neben Beverly saß, läßt sich eigentlich die Namen für Inseln einfallen?

Ich meine, ich saß auf einer der erstaunlichsten Inseln der Welt. Sie sah äußerst ungewöhnlich aus, so, als gehe der Mond höchstpersönlich aus dem Meer auf – nur daß sie im Gegensatz zum kühlen und ruhigen Mond heiß war und vor Leben nur so wimmelte. Obwohl sie auf den ersten Blick nichtssagend und öde wirkte, waren die Krater, mit denen die Oberfläche übersät war, voll von blendend-weißschwänzigen Tropikvögeln, glänzenden Telfair's-Glattechsen und Riesen-Taggechos.

Man sollte meinen, daß man, wenn man sich einen Namen für eine solche Insel ausdenken soll, ein paar Freunde einlädt, Wein besorgt und einen netten Abend daraus macht und nicht einfach sagt, och, die ist so ’n bißchen rund, also nennen wir sie doch »Round Island«. Davon abgesehen, ist sie nicht mal besonders rund. Am Horizont lag, gerade noch in Sichtweite, eine andere Insel, die schon wesentlich eher rund war, aber Serpent Island, also Schlangeninsel, heißt, wohl um der Tatsache Rechnung zu tragen, daß es auf ihr – im Gegensatz zu Round Island – keine Schlangen gibt. Und es war noch eine weitere Insel zu sehen, die sich von einem Gipfel auf der einen Seite ausgehend zur anderen Seite ins Meer neigt und unerklärlicherweise Flat Island heißt. Mir wurde langsam bewußt, daß derjenige, der den Inseln ihre Namen gegeben hatte, zu diesem Anlaß vermutlich doch eine ganz schöne Feier veranstaltet hatte.

Daß Round Island ein Zufluchtsort für einzigartige Eidechsen-, Gecko-, Boa-, Palmenarten und sogar Gräser geblieben ist, die auf Mauritius schon vor langer Zeit verschwunden sind, liegt nicht nur daran, daß Menschen nur unter größten Schwierigkeiten auf die Insel gelangen, sondern auch daran, daß sie sich als vollkommen landeuntauglich für Ratten erwiesen hat. Round Island ist eine der größten tropischen Inseln der Welt (mit einer Fläche von etwas mehr als einhundertzwanzig Hektar), auf der es keine Ratten gibt.

Nicht daß Round Island unbeschädigt wäre – ganz und gar nicht. Vor hundertfünfzig Jahren, bevor Seefahrer Ziegen und Hasen auf der Insel einführten, war sie mit Hartholzwäldern bedeckt, die von den nicht heimischen Tieren zerstört wurden. Deshalb wirkt die Insel aus der Ferne und mit einem ungeschulten Auge wie meinem betrachtet, auf den ersten Blick verhältnismäßig öde. Nur ein Naturforscher kann einem sagen, daß die paar komisch geformten Palmen und die auf das heiße, trockene, staubige Land getupften Grasbüschel einzigartig und unbeschreiblich kostbar sind.

Kostbar für wen? Und warum?

Spielt es wirklich für irgend jemanden außer diesem Rudel besessener Naturforscher eine so große Rolle, daß die acht Flaschenpalmen von Round Island die weltweit einzigen sind, die in der Wildnis wachsen? Oder daß die im Botanischen Garten Curepipe auf Mauritius stehende *Hyophorbe amaricaulis* (eine Palme, die so selten ist, daß sie keinen anderen als ihren wissenschaftlichen Namen hat) das letzte noch existierende Exemplar ihrer Art ist? (Der Baum wurde rein zufällig entdeckt, als der Boden, auf dem er stand, wegen des Baus des Botanischen Gartens gerodet werden sollte. Man hätte ihn um ein Haar gefällt.)

Meines Wissens gibt es kein »tropisches Inselparadies«, das auch nur annähernd dem von diesem Begriff heraufbeschworenen, idealen Phantasiegebilde gleicht oder auch nur dem, was man in Urlaubsprospekten beschrieben findet. Es ist ganz natürlich, das auf die Diskrepanz zu schieben, die wir üblicherweise zwischen dem, was Werber versprechen, und dem, was die Welt zu bieten hat, entdecken. Es überrascht uns nicht mehr sonderlich.

Deshalb kann einen die Erkenntnis wie ein Schlag treffen, daß die Welt, die wir aus den Beschreibungen von Reisenden aus vergangenen Jahrhunderten (oder auch nur vergangenen Jahrzehnten) und Biologen aus unserer Zeit kennen, tatsächlich existiert hat. Der Zustand, in dem sie sich heute befindet, ist lediglich Folge dessen, was wir mit ihr angestellt haben, und die allenfalls milde Enttäuschung, die wir empfinden, wenn wir irgendwo hinfahren und alles ein bißchen heruntergekommen vorfinden, ist nur ein Gradmesser dafür, wie weit wir unsere eigenen Erwartungen schon zurückgeschraubt haben und wie wenig uns bewußt ist, was wir verloren haben. Die Leute, denen genau dies bewußt ist, sind diejenigen, die in heller Aufregung durch die Gegend rasen und das bißchen zu retten versuchen, was noch zu retten ist.

Da sich das Leben auf diesem Planeten nach einem so verblüffend komplexen System abspielt, dauerte es sehr lange, bis der Mensch wenigstens begriff, daß es sich überhaupt um ein System handelt und nicht um irgend etwas, das einfach da ist. Um zu verstehen, wie etwas Hochkomplexes funktioniert, oder zumindest zu wissen, daß irgend etwas Komplexes am Werk ist, muß der Mensch von Zeit zu Zeit winzige Bruchstücke davon zu sehen kriegen. Und deshalb waren kleine Inseln für uns so wichtig, um das Leben zu begreifen. Beispielsweise begannen sich auf den Galapagosinseln Tiere und Pflanzen, die von den gleichen Vorfahren abstammten, zu verändern und auf unterschiedliche Weise anzupassen, nachdem sie durch einige Kilometer Wasser voneinander getrennt worden waren. Die Inseln zerlegten uns diesen Prozeß säuberlich in seine Bestandteile und ermöglichten Charles Darwin somit jene Beobachtungen, die geradewegs zum Grundprinzip der Evolution führten.

Die Insel Mauritius brachte uns ein ebenso bedeutendes, aber wesentlich unerfreulicheres Grundprinzip näher – das des Aussterbens.

Das berühmteste von allen mauritischen Tieren ist eine große, sanfte Taube. Eine wahrhaft bemerkenswert große Taube: Sie wird annähernd so schwer wie ein gutgenährter Truthahn. Ihre Flügel haben sich schon vor langer Zeit von der Idee verabschiedet, einen solchen Brocken vom Boden heben zu wollen, und sind zu dekorativen kleinen Stummeln zusammengeschrumpelt. Nachdem sie das Fliegen aufgegeben hatte, konnte sich die Taube ausgezeichnet an die jahreszeitlichen Wechsel auf Mauritius anpassen, sich im Spätsommer und Herbst, wenn der Boden mit Früchten reich bedeckt ist, dumm und dämlich futtern, um dann während der mageren, trockenen Monate von ihren Fettreserven zu zehren und allmählich wieder abzunehmen.

Sie hatte es ohnehin nicht nötig zu fliegen, weil keine Räuber da waren, die ihr Übles wollten, und sie ihrerseits ebenfalls harmlos ist. Sie hat nie richtig begriffen, was Böswilligkeit eigentlich ist, darum ist es durchaus wahrscheinlich, daß sie sich am Strand auf einen zubewegen und einen Blick riskieren würde, vorausgesetzt, sie fände einen Weg durch die Heerscharen von Riesenschildkröten, die dort auf und ab marschieren. Da das Taubenfleisch zäh und bitter ist, hatten nicht einmal die Menschen einen Grund, sie zu töten.

Sie hat einen großen, breiten, nach unten gekrümmten, gelbgrünen Schnabel, mit dem sie ein bißchen niedergeschlagen und melancholisch wirkt, kleine, runde Augen wie Diamanten und drei lächerlich kleine Schwanzfedern. Einer der ersten Engländer, die diese große Taube sahen, sagte, daß sie »sich hinsichtlich ihrer Gestalt und Seltenheit möglicherweise mit dem arabischen Phönix messen könnte«.

Von uns wird diesen Vogel allerdings niemand mehr sehen, weil der letzte bedauerlicherweise um 1680 von den holländischen Kolonialherren zu Tode geprügelt wurde.

Die Riesenschildkröten mußten aussterben, weil sie den frühen Seefahrern ungefähr das waren, was uns heute Konservendosen sind. Sie klaubten sie einfach vom Strand und luden sie als Ballast auf ihre Schiffe, um dann, wenn sie Hunger hatten, in den Laderaum zu gehen, eine rauszuziehen, sie aufzumachen und zu essen.

Aber die große, sanfte Taube – der Dodo – wurde nur zum Zeitvertreib totgeprügelt. Und das ist es auch, wofür Mauritius am berühmtesten ist: die Ausrottung des Dodo.

Es waren schon vorher Tiere ausgestorben, nur war dies ein besonders bemerkenswertes Tier, das ausschließlich auf Mauritius existierte. Es gab ganz offensichtlich keine weiteren Exemplare. Und da nur Dodos einen neuen Dodo zustande bringen konnten, wird es auch nie wieder welche geben. Die Grenzen der Insel sind wie ein deutlicher, kräftiger Strich unter dieser Aussage.

Bis zu diesem Moment hatten die Menschen nicht wirklich auf die Reihe bekommen, daß ein Tier einfach aufhören konnte zu existieren. Es war, als hätten wir bis dahin nicht begriffen, daß etwas, das man tötet, einfach nicht mehr da sein würde. Endgültig. Nachher, in diesem Fall nach dem Aussterben des Dodo, ist man trauriger und klüger.

Am Ende schafften wir es doch noch, nach Rodrigues, einer zu Mauritius gehörigen Insel, zu fahren und nach dem seltensten Flederhund der Welt zu suchen, aber vorher gingen wir uns etwas ansehen, was Wendy Strahm sehr am Herzen lag – so sehr, daß sie ihren normalen Rodrigues-Besuchsplan umstellte, um uns höchstpersönlich hinzubringen.

Am Rand einer heißen, staubigen Straße wuchs ein alleinstehender, kleiner, buschiger Baum, der aussah, als habe man ihn in ein Konzentrationslager gesteckt.

Bei der Pflanze handelte es sich um eine wilde Kaffeesorte namens *Ramus mania*; sie galt als ausgestorben. Bis 1981 ein Lehrer aus Mauritius, Raymond Aquis, in einer Schule auf Rodrigues unterrichtete und seiner Klasse Bilder von etwa zehn Pflanzen zeigte, die auf Mauritius als ausgestorben galten.

Eines der Kinder meldete sich und sagte: »Entschuldigen Sie, Sir, aber das da wächst im Garten hinter unserem Haus.«

Es war zuerst kaum zu glauben, aber dann schnitten sie einen Ast ab und schickten ihn nach Kew Gardens in London, wo er zugeordnet wurde. Es war wilder Kaffee.

Die Pflanze stand in unmittelbarer Verkehrsnähe am Straßenrand und schwebte damit in beträchtlicher Gefahr, weil jede Pflanze auf Rodrigues als gefundenes Fressen für den heimischen Ofen gilt. Also baute man einen Zaun, um ihre Abholzung zu verhindern.

Nur fingen die Leute unmittelbar nach dieser Einzäunung

an zu denken: »Sieh an, das ist eine ganz besondere Pflanze«, und stiegen über den Zaun und machten sich daran, kleine Äste und Blätter und Rindenstücke abzureißen. Da der Baum offensichtlich etwas Besonderes war, wollte jeder ein Stück davon haben, und plötzlich wurden ihm ganz erstaunliche Fähigkeiten angedichtet – zum Beispiel die, Kater und Gonorrhöe zu kurieren. Da Rodrigues außer der Unterhaltung in den eigenen vier Wänden nicht viel zu bieten hat, wurde die Pflanze innerhalb kürzester Zeit sehr begehrt und zügig durch das Abschneiden von Teilen umgebracht.

Der erste Zaun erwies sich bald als nutzlos und mußte von einem Stacheldrahtzaun eingezäunt werden. Dann mußte der erste Stacheldrahtzaun von einem zweiten Stacheldrahtzaun eingezäunt werden und dann der zweite von einem dritten, bis das ganze Gehege sich über knappe zweitausend Quadratmeter erstreckte. Schließlich wurde auch noch ein Wächter eingestellt, um die Pflanze zu beschützen.

Zur Zeit versucht man in Kew Gardens mit Ablegern dieser einen Pflanze zwei neue Pflanzen zu kultivieren, um sie so möglicherweise irgendwann wieder in der Wildnis anpflanzen zu können. Bis man damit Erfolg hat, wird dieses hinter Stacheldraht verbarrikadierte Einzelstück der letzte Vertreter seiner Art auf Erden sein und weiterhin vor jedem geschützt werden müssen, der willens ist, ihn wegen eines kleinen Stückes umzubringen. Es glaubt sich so leicht, daß uns das Aussterben des Dodo hat trauriger und klüger werden lassen, aber einiges deutet darauf hin, daß wir heute lediglich trauriger und besser informiert sind.

In der Abenddämmerung jenes Tages standen wir am Rand einer anderen Straße und sahen zu, wie die seltensten Flederhunde der Welt ihre Schlafplätze im Wald verließen und über den dunkler werdenden Himmel flatterten, um ihren nächtlichen Überfall auf die Obstbäume zu starten.

Die Flederhunde kommen ganz gut zurecht. Es gibt Hunderte von ihnen.

Ich habe das häßliche Gefühl, daß wir diejenigen sind, die in Schwierigkeiten stecken.

Vom Stochern in der Asche

Es gibt eine Geschichte aus meiner Jugend, die mich nie losgelassen hat, weil ich sie einfach nicht verstand. Erst nach vielen Jahren fand ich heraus, daß es die Geschichte der Sibyllinischen Bücher war. Zu diesem Zeitpunkt hatten sich alle Einzelheiten der Geschichte in meiner Erinnerung verändert, aber die wesentlichen Bestandteile waren unverändert geblieben. Nachdem ich ein Jahr lang einige der gefährdeten Lebensräume der Welt erkundet habe, glaube ich die Geschichte endlich verstanden zu haben.

Es geht um eine uralte Stadt – es ist unwichtig, wo sie war oder wie sie hieß –, eine blühende, gedeihende Stadt, die inmitten einer großen Ebene lag. Eines Sommers, als die Stadtmenschen eifrig mit dem Weiterblühen und -gedeihen beschäftigt waren, tauchte eine seltsame alte Bettlerin vor den Toren auf, die zwölf Bücher bei sich trug und den Stadtmenschen zum Verkauf anbot. Sie sagte, die Bücher enthielten alles Wissen und alle Weisheit der Welt und daß sie sie der Stadt für einen Sack voll Gold überlassen wolle.

Das hielten die Stadtmenschen für ein ziemlich ulkiges Angebot. Sie antworteten ihr, sie habe offensichtlich überhaupt keinen Begriff vom Wert des Goldes und solle im Interesse aller am besten wieder verschwinden.

Das wolle sie gern tun, sagte sie, aber zuerst werde sie die Hälfte der Bücher vor den Augen der Stadtmenschen vernichten. Sie errichtete einen kleinen Scheiterhaufen, verbrannte sechs der Bücher, die alles Wissen und alle Weisheit der Welt enthielten, vor aller Augen und ging dann ihrer Wege.

Der Winter, ein strenger Winter, kam und ging, aber die Stadt schaffte es hindurchzuflorieren, und im nächsten Sommer kehrte die alte Frau zurück.

»Oh, du schon wieder«, sagten die Stadtmenschen. »Wie geht's denn so voran mit Wissen und Weisheit?«

»Sechs Bücher«, sagte sie, »es sind nur noch sechs übrig. Die Hälfte allen Wissens und aller Weisheit dieser Welt. Ich biete sie euch noch einmal zum Verkauf an.«

»Ach ja?« giggelten die Stadtmenschen.

»Nur hat sich der Preis geändert.«

»Wundert uns nicht.«

»Zwei Säcke voll Gold.«

»Wie?«

»Zwei Säcke voll Gold für die sechs verbliebenen Bücher des Wissens und der Weisheit. Schlagt ein oder laßt es bleiben.«

»Uns will scheinen«, sagten die Stadtmenschen, »daß es mit deiner eigenen Weisheit und deinem Wissen nicht weit her sein kann, da du sonst begreifen müßtest, daß man auf einem von Angebot und Nachfrage regulierten Markt nicht einfach rumgehen und einen ohnehin schon unerhörten Preis noch vervierfachen kann. Sollte das die Art Wissen und Weisheit sein, mit der du hausieren gehst, kannst du sie, offen gesagt, behalten – und zwar zu jedem Preis.«

»Wollt ihr sie haben oder nicht?«

»Nein.«

»Na schön. Ich werde euch um ein wenig Feuerholz bemühen müssen.«

Sie errichtete einen weiteren Scheiterhaufen, verbrannte drei der verbliebenen Bücher und machte sich erneut über die Ebene davon.

In jener Nacht stahlen sich ein paar neugierige Stadtmenschen nach draußen und stocherten in der Asche, um zu sehen, ob die eine oder andere Seite zu retten sei, aber das Feuer hatte alles gründlich verbrannt, und die alte Frau hatte die Glut geschürt. Es war nichts mehr da.

Ein weiterer harter Winter forderte seinen Tribut von der Stadt und bescherte ihr kleinere Probleme mit Hungersnöten und Krankheiten, aber die Geschäfte gingen gut, und so waren alle wieder in leidlich guter Verfassung, als der folgende Sommer kam und die alte Frau erneut auftauchte.

»Bist früh dran dieses Jahr«, sagten sie.

»Hab nicht mehr viel zu tragen«, erwiderte die alte Frau und zeigte ihnen die drei Bücher, die sie noch bei sich hatte. »Ein Viertel allen Wissens und aller Weisheit dieser Welt. Wollt ihr es haben?«

»Wie ist der Preis?«

»Vier Säcke voll Gold.«

»Du bist völlig verrückt, alte Frau. Von allem anderen mal abgesehen, stecken wir, wirtschaftlich gesehen, gerade ein bißchen in der Klemme. Säcke voll Gold kommen überhaupt nicht in Frage.«

»Feuerholz, bitte.«

»Jetzt warte doch mal«, sagten die Stadtmenschen. »Davon hat doch niemand was. Wir haben uns die Sache durch den Kopf gehen lassen und einen kleinen Ausschuß gebildet, der sich deine Bücher einmal ansehen soll. Laß sie uns ein paar Monate zur Beurteilung hier, laß uns sehen, ob sie irgendeinen Wert für uns haben, dann können wir dir nächstes Jahr, wenn du wiederkommst, vielleicht ein vernünftiges Angebot machen. Über Säcke voll Gold allerdings lassen wir nicht mit uns reden.«

Die alte Frau schüttelte den Kopf. »Nein«, sagte sie. »Bringt mir Feuerholz.«

»Das wird dich was kosten.«

»Dann eben nicht«, sagte die Frau und zuckte die Achseln. »Die Bücher werden auch so brennen.«

Und mit diesen Worten machte sie sich daran, zwei der Bücher in Stücke zu reißen, die schnell in Flammen aufgingen. Rasch verschwand sie über die Ebene und überließ die Stadtmenschen ein weiteres Jahr ihrem Schicksal.

Im späten Frühling war sie zurück.

»Nur noch dieses eine Buch ist übrig«, sagte sie und legte es vor sich auf den Boden. »Und diesmal habe ich mir mein eigenes Feuerholz mitgebracht.«

»Wieviel?« fragten die Stadtmenschen.

»Sechzehn Säcke voll Gold.«

»Wir hatten nur acht eingeplant.«

»Wie ihr wollt.«

»Warte hier!«

Die Stadtmenschen berieten sich und kehrten eine halbe Stunde später zurück.

»Sechzehn Säcke ist alles, was wir noch haben«, flehten sie. »Die Zeiten sind hart. Du mußt uns irgend etwas lassen.«

Die alte Frau summte bloß vor sich hin und begann, das Brennmaterial aufzuhäufen.

»Na gut!« riefen sie schließlich, öffneten die Tore der Stadt und führten zwei Ochsenkarren hinaus, beide mit acht Säcken voll Gold beladen. »Aber dann hat es gefälligst auch gut zu sein.«

»Danke«, sagte die alte Frau. »Das ist es. Und ihr hättet den Rest sehen sollen.«

Sie führte die beiden Ochsenkarren über die Ebene mit sich und überließ es den Stadtmenschen, so gut wie möglich mit dem einen verbliebenen Zwölftel allen Wissens und aller Weisheit, die es auf der Welt gegeben hatte, zu überleben.

Marks letztes Wort . . .

War dies wirklich unsere letzte Gelegenheit, diese Tiere zu sehen? Unglücklicherweise sind zu viele Unbekannte im Spiel, um darauf eine einfache Antwort geben zu können. Durch energische Bemühungen vor Ort haben die Bestände einiger dieser Arten inzwischen tatsächlich zu wachsen begonnen. Klar ist aber, daß schon ein kurzfristiges Einstellen dieser Bemühungen bedeuten würde, daß die Kakapos, die Yangtse-Delphine, die nördlichen weißen Nashörner und viele andere umgehend verschwinden würden.

Wie sich in der Vergangenheit häufig gezeigt hat, ist das Fortbestehen einer Tierart durch einen großen Bestand nicht zwangsläufig gewährleistet. Das berühmteste Beispiel ist die nordamerikanische Wandertaube, früher die weltweit verbreitetste Vogelart. Bis sie durch die Jagd im Verlauf von etwas mehr als fünfzig Jahren vollständig ausgerottet wurde. Aus dieser Erfahrung haben wir nichts gelernt: Vor zehn Jahren gab es in Afrika noch 1,3 Millionen Elefanten, aber inzwischen sind so viele von Wilderern getötet worden, daß heute nicht mehr als sechshunderttausend übrig sind.

Andererseits können sogar die kleinsten Bestände vom Rand des Abgrundes zurückgeholt werden. Bis 1965 war die Zahl der Juan-Fernandez-Seebären von mehreren Millionen auf weniger als hundert gesunken; heute sind es wieder dreitausend. Und obwohl der Bestand an Chatham-Island-Drosseln auf Neuseeland 1978 bis auf ein trächtiges

Weibchen dezimiert war, konnte die Art durch die Fürsorge von Don Merton und seinem Team vor dem Aussterben bewahrt werden, so daß heute wieder mehr als fünfzig Tiere existieren.

Auch der Kakapo könnte sich auf dem langsamen Wege der Besserung befinden. Kurz nach unserer Rückkehr nach England erreichte uns folgender Brief aus Neuseeland:

»P. O. Box 3, Stewart Island.
Lieber Douglas, lieber Mark, ich hoffe, daß Euch das hier schnell erreicht – es gibt gute Nachrichten aus dem Kakapo-Land auf Stewart Island. Um 8 Uhr 45 am 25. August 1989 hat einer unserer Hundeführer, Alan Munn, mit seinem englischen Setter ›Ari‹ bei Lees Knob in 380 Metern Höhe ein neues Kakapo-Weibchen aufgespürt. ›Jane‹ wog 1,25 Kilo und war mächtig am Skrarken, als Alan sie hochgehoben hat. Sie hatte die Mauser gerade hinter sich, machte aber einen guten Eindruck, und wir werden sie in den nächsten Tagen in ihre neue Heimat fliegen – nach Codfish Island.

Nochmals herzlichen Dank für Euren Besuch. Er hat mit Sicherheit ein bißchen dazu beigetragen, daß man sich jetzt in angemessener Form für diese großen grünen Burschen interessiert.

Mit freundlichen Grüßen, Andy Roberts (Kakapo Project Manager), i. A. R. Tindal, District Conservateur Department of Conservation, Rakiura.«

Später erreichten uns noch mehr gute Nachrichten von den Kakapos. Zwei weitere Weibchen waren auf Stewart Island gefunden und nach Codfish umgesiedelt worden, womit der Kakapo-Gesamtbestand jetzt dreiundvierzig beträgt.

Inzwischen haben viele der Männchen auf Little Barrier

Island geschrien, unter ihnen zur allgemeinen Freude auch der neunjährige »Schnark«. 1981 auf Stewart Island geboren, war Schnark das einzige Kakapo-Küken, das ein Mensch in diesem Jahrhundert gesehen hat.

Die beste Nachricht von allen sollte aber noch kommen. Unmittelbar vor der Drucklegung rief ein sehr aufgeregter Don Merton an, um uns mitzuteilen, daß man gerade ein frisch errichtetes Kakapo-Nest auf Little Barrier Island entdeckt hatte. In diesem Nest, das von einem neunjährigen Weibchen namens »Heather« gebaut worden war, liegt ein einzelnes Kakapo-Ei.

Die Kakapos nach Little Barrier Island und Codfish Island umzusiedeln bedeutet, bewußt ein Risiko einzugehen – nur besteht keine andere Hoffnung, den Kakapo vor dem Aussterben zu bewahren. Heathers Nest ist das erste ermutigende Zeichen, daß das Projekt tatsächlich Früchte trägt, und jetzt wartet alles nervös darauf, ob sie ein Junges ausbrüten und es in ihrer Wahlheimat aufziehen kann.

Wir bekamen auch einen Brief von Kes Hillman-Smith aus Zaire, in dem sie uns mitteilte, daß, seit wir Garamba verlassen hätten, dort drei nördliche weiße Nashornbabys zur Welt gekommen seien, womit sich der Gesamtbestand auf jetzt fünfundzwanzig Tiere erhöht hat. Die begeisterten Parkangestellten tauften sie »Mpiko«, gleichbedeutend mit Mut, »Molende«, gleichbedeutend mit Beharrlichkeit, und »Minzoto«, gleichbedeutend mit Stern.

Man muß sich im klaren darüber sein, daß nicht jede Schutzstrategie auch zwangsläufig funktioniert: Wir tappen beim Experimentieren häufig im dunklen. Während der Anfangsphase des Garamba-Projekts wurde großer Druck auf die Zairer ausgeübt, all ihre nördlichen weißen Nashörner einzufangen und in Gefangenschaft zu halten. Die Regierung von Zaire war damit nicht einverstanden. Ihrer Auffassung nach gehörten die Nashörner ihnen und sollten nicht in

Zoos in anderen Teilen der Welt ausgestellt werden. Zum Glück scheint diese Entscheidung richtig gewesen zu sein. Wie sich herausstellte, vermehren sich nördliche weiße Nashörner nicht besonders gut in Gefangenschaft – das letzte wurde 1982 geboren, während in Freiheit im selben Zeitraum mehr als zehn Tiere zur Welt kamen.

Die Nachrichten aus Mauritius waren durchwachsener. Mit den Falken geht es bergauf, und nach Carls Ansicht leben heute schätzungsweise hundert von ihnen in Freiheit, darunter zwölf brütende Pärchen. Der Bestand an wirklich freilebenden Rosa Tauben hingegen ist unter zehn abgesunken. Einige der in Gefangenschaft aufgezogenen Tauben wurden wieder freigelassen. Bisher sind sie den Jägern entkommen, und es scheint ihnen ganz gutzugehen.

Was die Mauritiussittiche betrifft, ist mindestens einer von ihnen gestorben, seit wir sie gesehen haben, aber dafür haben ein paar andere zu brüten begonnen. Im November 1989 entdeckte Carl ein Sittich-Nest mit drei Eiern. Eines dieser Eier verschwand kurz darauf unerklärlicherweise, und deswegen riskierte er es, die anderen herauszunehmen und im Zuchtzentrum in Gewahrsam zu nehmen. Beide Eier wurden erfolgreich ausgebrütet, und die Küken sind gesund und wohlauf.

Das Wichtigste überhaupt ist vielleicht (zumindest für Nichtornithologen), daß der Bestand an in Freiheit lebenden Rodrigues-Flederhunden vor kurzem die Tausendergrenze überschritten hat.

Es gibt auch schlechte Nachrichten; nach Ausstrahlung der Rundfunksendung erreichte uns folgender beunruhigende Brief von einem Paar, das in China gearbeitet hatte:

»Lieber Douglas, lieber Mark, die Yangtse-Delphin-Sen-

dung hat uns sehr gefallen – nur haben wir uns beim Zuhören ein bißchen schuldig gefühlt. Wir waren kürzlich drei Monate in Nanjing, um dort in verschiedenen Fabriken zu arbeiten. Wir haben eine wunderbare Zeit mit den Menschen dort verbracht und gut gegessen. Uns zu Ehren hat einer von ihnen zu unserem Abschied einen Yangtse-Delphin gekocht, also waren wohl in Wirklichkeit 201 da. Tut uns leid.
Mit freundlichem Gruß ...
P.S. Verzeihung, es waren zwei Delphine – mein Mann hat mich gerade daran erinnert, daß er der Ehrengast war und das Embryo bekommen hat.«

Es besteht vermutlich wenig Hoffnung, die Delphine im Yangtse-Fluß retten zu können, trotz all der Zeit und Mühe, die auf ihren Schutz verwandt werden. Vielleicht haben sie in Halbgefangenschaft eine Chance, im Schutzgebiet in Tongling und dem neuen in Shi Shou, obwohl das Leben dort niemals ein Ersatz für das Leben in Freiheit wird sein können. Der Lärm und die Verschmutzung gehen inzwischen natürlich unvermittelt weiter.

Niemand kann sagen, wie viele andere Arten kurz vor dem Aussterben stehen. Wir wissen nicht einmal, wie viele Tier- und Pflanzenarten es insgesamt auf der Welt gibt. Bisher sind schwindelerregende 1,4 Millionen vorgefunden und identifiziert worden, aber manche Experten glauben, daß weitere dreißig Millionen noch zu entdecken sind. Das ist nicht verwunderlich, wenn man bedenkt, daß wir über die Mondoberfläche mehr wissen als über Teile unseres eigenen Planeten. Viele Tiere und Pflanzen verschwinden, vielleicht irgendwo in den Tiefen eines unerforschten Meeres oder in einer stillen Ecke eines tropischen Regenwaldes verborgen, bevor wir von ihrer Existenz erfahren.

Und es ist nicht nur den winzigen, unauffälligen Lebewesen gelungen, unserer Aufmerksamkeit zu entgehen. Zum Beispiel hat man in den Regenwäldern von Madagaskar einige aufregende neue Entdeckungen gemacht, seit Douglas und ich dort 1985 nach dem Aye-Aye gesucht haben. Feldforscher haben zwei neue Lemurenarten entdeckt: eine, der sogenannte goldene Bambuslemur, hat hübsche, goldene Augenbrauen, orangefarbene Wangen und ein volles, rötlichbraunes Fell; der andere hat oben auf dem Kopf einen goldroten Haarschopf und wurde goldfarbener Diademsifaka getauft.

Beide Lemuren sind äußerst selten und praktisch unbekannt. Welche Rolle spielen sie in den Regenwäldern von Madagaskar? Können wir von ihnen irgend etwas über unsere eigene Entstehungsgeschichte lernen? Was bedroht ihren Fortbestand am stärksten? Wir wissen es nicht. Sie könnten aussterben, bevor Experten genügend Wissen zu ihrer Rettung gesammelt haben. Die Erhaltung von Tierarten ist immer ein Wettlauf mit der Zeit. Die Zoologen und Botaniker, die unerforschte Gegenden erkunden, sich abmühen, die bloße Existenz einer Spezies zu dokumentieren, bevor sie ausstirbt, sind fast wie jemand, der durch eine brennende Bibliothek eilt und versucht, ein paar der Titel jener Bücher hinzukritzeln, die niemand mehr wird lesen können.

Seit Millionen von Jahren sterben Arten aus: Tiere und Pflanzen verschwanden lange Zeit, bevor Menschen auf den Plan traten. Was sich jedoch geändert hat, ist die Aussterbens-*Rate*. In Millionen von Jahren starb durchschnittlich eine Art pro Jahrhundert aus. Die meisten Arten starben jedoch in den letzten dreihundert Jahren aus.

Und die meisten der Arten, die in den letzten dreihundert Jahren ausgestorben sind, verschwanden in den letzten fünfzig Jahren.

Und die meisten der in den letzten fünfzig Jahren verschwundenen Arten starben wiederum in den letzten zehn Jahren aus.

Schon die Erhöhung des Tempos ist erschreckend genug. Wir vernichten heutzutage jährlich mehr als tausend verschiedene Tier- und Pflanzenarten auf unserem Planeten.

Derzeit gibt es fünf Milliarden Menschen, und es werden kontinuierlich mehr. Wir kämpfen um Lebensraum mit Tieren und Pflanzen, die zudem mit der Jagd fertig werden müssen, mit Verschmutzung, Pestiziden und, was am wichtigsten ist, dem Verlust von Habitaten. Allein die Regenwälder beherbergen die Hälfte aller Tier- und Pflanzenarten auf Erden, und trotzdem wird jährlich eine Fläche von der Größe des Senegal vernichtet.

Es gibt auf der Welt so viele bedrohte Tierarten, daß es Douglas und mich, bei einer durchschnittlichen Quote von einem Exemplar in drei Wochen, mehr als dreihundert Jahre gekostet hätte, alle zu suchen. Und hätten wir beschlossen, auch noch bedrohte Pflanzenarten zu berücksichtigen, hätten wir weitere tausend Jahre gebraucht.

In jeder noch so entlegenen Ecke gibt es Menschen wie Carl Jones und Don Merton, die ihr Leben der Rettung dieser Arten verschrieben haben. Allzu häufig ist ihre Entschlossenheit alles, was zwischen einer bedrohten Art und deren Aussterben steht.

Aber warum machen sie sich die Mühe? Ist es denn wirklich so schlimm, wenn der Yangtse-Delphin, der Kakapo, das nördliche weiße Nashorn oder irgendeine andere Art lediglich in den Notizbüchern von Wissenschaftlern weiterleben?

Ja, das ist es. Jedes Tier und jede Pflanze ist ein unerläßlicher Bestandteil seiner beziehungsweise ihrer Umgebung: Sogar Komodo-Warane spielen eine bedeutende Rolle für die ökologische Stabilität ihrer empfindlichen Inselheimat.

Würden sie verschwinden, könnten viele andere Arten folgen. Darüber hinaus ist die Erhaltung von Arten unerläßlich für unser eigenes Überleben. Tiere und Pflanzen versorgen uns mit lebensrettenden Arznei- und Nahrungsmitteln, sie gewährleisten erfolgreiche Ernten und produzieren wichtige Bestandteile diverser industrieller Verfahren. Ironischerweise sind es häufig nicht die großen, schönen Geschöpfe, sondern die häßlichen und weniger aufsehenerregenden, die wir am nötigsten brauchen.

Trotzdem mag einem der Verlust einiger weniger Arten angesichts solch schwerwiegender Umweltprobleme wie der globalen Erwärmung oder der Zerstörung der Ozonschicht fast belanglos erscheinen. Aber wenn die Natur auch sehr geduldig ist, so hat diese Geduld doch Grenzen. Niemand weiß, wie weit wir uns dieser Grenze schon genähert haben. Je dunkler es wird, desto schneller fahren wir.

Es gibt noch einen letzten Grund, sich zu kümmern, und ich glaube, daß er allein ausreicht. Jenen Grund, der zweifellos die vielen Menschen antreibt, die ihr ganzes Leben damit zubringen, sich den Interessen von Nashörnern, Sittichen, Kakapos und Delphinen zu widmen. Es ist ein sehr einfacher Grund: Die Welt wäre ärmer, dunkler und einsamer ohne sie.

Dank

Wir möchten folgenden Personen und Institutionen danken, daß sie zum Gelingen dieses Projektes beigetragen haben: Gary »Arab« Aburn, Air France, Air Zaire, Conrad und Ros Aveling, Jane Belson, Bill Black, Boss, Juan Carlos Cardenas, John Clements, Sue Colman, Peter und Linda Daniel, Mike und Dobbie Dobbins, Phred Dobbins, Margaret Edridge, Steven Faux, Sue Freestone, Fuji Films, Alain le Garsmeur, Lisa Glass, Michael Green, Reinaldo Green, Terry Greene, Linda Guess, Bob Harris, Rod Hay, Kes und Fraser Hillman-Smith, Craig Hodsell, Liz Jarvis, Jersey Zoo, Carl Jones, Zhou Kaiya, Aartee Khosla, Kodak UK Ltd., Annette E. Lanjouw, Jürgen Langer, Richard Lewis, Roberto Lira, London Zoo, David McDowell, Charles und Jane Mackie, Marina Mahon, Rob Malpas, Don Merton, Doreen Montgomery, Phil Morley, Chris Muir, Nikon UK Ltd., Chen Peixun, Jean-Jacques Petter, David Pratt, Red Cross, Liu Renjun, Marcia Ricci, Bernadette Salhi, Putra Sastrawan, Gaynor Shutte, Ivan Leiva Silva, Neville Stevenson, Wendy Strahm, Godofredo Stutzin, Miguel Stutzin, Condo Subagyo, Struan Sutherland, Kirsty Swynnerton, Debra Taylor, Ron Tindal, Tongling Baiji Conservation Association, Daniel Torres, Ed Victor, Sue Warner und Carlos Weber.

Die nachfolgend genannten Organisationen haben uns bei der Suche nach den verschiedenen in diesem Buch vorkommenden Tieren sehr geholfen: in Indonesien: Komodo Dragon, PHPA, Jalan Suwung 40, P. O. Box 320, Denpasar, Bali, Indonesien; in Zaire: Rhino Anti-Poaching Operation and Mountain Gorilla Project, IUCN, Regional Office, Eastern Africa, P.O. Box 68200, Nairobi, Kenia; in Neuseeland: Kakapo Recovery Programme, Threatened Species Trust, Department of Conservation, Box 10420, Wellington, Neuseeland; in China: Baiji Dolphin Conservation Project, People's Trust for Endangered Species, Hamble House, Meadrow, Godalming, Surrey GU7 3JX, England; auf Mauritius: Mauritius Wildlife Project, Mauritius Wildlife Appeal Fund, 10 Dr. Ferriere Street, Port Louis, Mauritius, Indischer Ozean.